Nanine
acht aus vielen

Für Christa, mit meinen besten Wünschen!

Nanine

8. 9. 1997

nanine

acht aus vielen

HEYN

Titelbild: Tizian, »Venus von Urbino«, 1538,
mit freundlicher Genehmigung der Uffizien, Florenz
Buchgestaltung: Jana Revedin

Druck: Theiss

ISBN 3 85366 666 3

Inhalt

Vorwort

Königin Ysolt, Tristans einzig Geliebte: Tragik der Erfüllung. Ysolt Weißhand, Tristans Gemahlin: Wehmut des Unerfüllten. O Nichtbegreifen über den reifen Stunden des Glücks! Wenn sie vergangen, stehn sie in bangen Tiefen des Herzens, Tiefen des Schmerzens, bleibenden Blicks.

Nicht nur die Vernunft bewegt unser Leben: sie moderiert, kontrolliert und dokumentiert es allenfalls. Sehnsucht bereitet uns füreinander vor, trennt uns voneinander. »Nicht mit dir und nicht ohne dich« - was die Ratio vermag, kritisch und kühl, ist dem warm pulsierenden Herzen, dem leidenschaftlichen Getriebensein der Sinne, unmöglich. Und doch bestimmen alle drei, Verstand, Gefühl und Begierde, unser Dasein.

Wer rief Ysolt, Tristan rückhaltlos anzugehören? Wer Tristan, sie unentrinnbar zu lieben? Die helle Hand der anderen, leicht und leise, vermochte nur Wunden zu heilen, Tränen zu trocknen.

Isis, die Große Mutter, teilt uns Lust und Leid zu aus unversiegbarem Quell, heißt uns, aus ihm zu schöpfen bis zur Erschöpfung. Niemand kennt sich selbst. Nur an den Folgen unseres Tuns und Lassens vermögen wir unser Wirken und damit unser Wesen zu begreifen. Nur unsere Erfahrungen machen uns mündig, nur das Erschaute führt uns zu Wissen und Weisheit.

Wer bist du - wer bin ich?

Griseldis

Griseldis wie Isis, ägyptisch »Ese«, ursprünglich vielleicht die Personifikation des als göttliches Wesen verstandenen Herrscherthrones, dessen Schriftzeichen oft ihr Haupt schmückt. Sie galt früh als Gemahlin und Schwester des Osiris und Mutter des Horus und entwickelte sich zur großen Muttergottheit Ägyptens. Durch ihre Verbindung mit Osiris, dessen durch Seth getöteten und zerstückelten Leib sie sammelte und beklagte, fand sie Eingang in das Totenritual. Da sie sich hierbei wie auch beim Schutze des Horus kräftiger Zaubermittel bediente, spielte sie als »zauberreiche« Göttin eine wichtige Rolle in der Magie. Sie wurde immer menschlich dargestellt; das Kuhgehörn, auch als Mondsichel deutbar, das sie mit der Sonnenscheibe häufig auf dem Kopfe trägt, verdankte sie ihrer begrifflichen Verschmelzung mit der Himmelsgöttin Hathor. Gern bildete man sie mit dem Horusknaben ab, oft ihn säugend, was sie ikonographisch zu einer der Vorgestalten Marias mit dem Kinde macht.

Mittsommernachts-Traum: Ein Mann, der sich als der meine ausgibt, mich umarmt. Ich sage ihm ins Gesicht, daß er von einer anderen käme und zu einer anderen ginge. Ja, antwortet er, ich komme von Griseldis.
Ich mache mich von ihm los. Durch den Schattenriß des hohen Fensters zu meiner Linken, von der Abendsonne vergoldet, steigt sie in den Raum: Griseldis.
Ich verwünsche sie. Und bin verwunschen. Bin die Spange in ihrem Haar, aus honigfarbenem Bernstein geschnitten, mit einem Wappen in der Mitte.

Sie hatte sich daran gewöhnt, nicht zu verstehen. Weder die Feinheiten der Sprache noch das sie Bewegende, Erregende. Warum wechselte das Gespräch der Herren von der Geschichte Venedigs der letzten Jahre zu den Verknüpfungen dieser Geschichte mit den Fürstenhäusern Italiens, mit dem Papst in Rom? Warum kam Neapel auf - es schauderte sie, wenn sie nur den Namen hörte. Denn neapolitanische Seeräuber hatten sie vom Schiff ihrer Gastgeber aus Genua gezerrt, im Hafen feilgeboten und an den Erzbischof von Palermo verschachert. Der machte sie dem Patriarchen von Venedig zum Geschenk. Seine Mätresse, eine stadtbekannte Kurtisane, befreite sie aus seinen Gemächern und bediente sich ihrer als Animiermädchen bis zu ihrem sechzehnten Lebensjahr. Bis Agostino Barbarigo sie sah, der »Doge diabolico«, und sie zu sich rufen ließ. An seinen Nachfolger fiel sie, als er kurz darauf, am 20. September 1501, verstarb. Leonardo Loredan, ebenso energisch wie verschlagen, war von hemmungsloser Eitelkeit. Es ging ihm nicht nur darum, die schwindende Macht der Republik zu stabilisieren, sondern auch und vor allem um seinen persönlichen Ruhm.
Wenige Wochen nach seiner Wahl am 2. November ließ er Papst Alexander VI. die Glückwünsche des Senats zur Verheiratung seiner Tochter mit dem Erbprinzen Alphonso von Ferrara überbringen. Lucrezia, die »Madonna molto gentile«, Schwester des gefürchteten Cesare Borgia, blieb eine Freundin Venedigs auch dann noch, als es von Nicolò Machiavelli, dem Zyniker, und Paolo Grovio, dem Verleumder, längst im Stich gelassen worden war.
Griseldis schien dieser bewunderten, begehrten Lucrezia ähnlich - blond, feingliedrig und strahlend wie sie. Der Doge ließ sie so kleiden, wie die Gesandten Venedigs zu den Hochzeitsfeierlichkeiten in Ferrara, Nicolò Dolfini und Andrea Foscolo, Lucrezias Gewänder beschrieben - schwarz, goldbestickt, mit breiten Ärmeln, die in weiten Falten herabfielen, mit Brokatmänteln, hermelinbesetzt, und dünnen, diamantbesäten Netzen, die das Gold ihres Haares zusammenhielten.

Heute trug sie zu einer dieser Roben die schwere Kette mit Perlen und Rubinen, die Seine Herrlichkeit, der Doge, ihr umgelegt hatte - der Fürst über ihren Leib und ihr Leben.
Nein, sie verstand weder seine Rede noch die des Stefano Correr, Prokurator von San Marco, seines Gastes. Warum der

Feldzug gegen die Türken? Warum die Feste für das beunruhigte Volk, die Einladung an den König von Böhmen und seine französische Gemahlin? Warum Francesco Ana, Zweiter Kapellmeister zu San Marco, noch in der Abenddämmerung herbeirufen, damit er eine Kantate zu Ehren der Majestäten komponiere - mitten im Krieg?

Sie schenkte Wein nach. Die bronzenen Riesen über dem Tor zur Marzaria schlugen Mitternacht mit ihren gewaltigen Hämmern. Geisterhaft bleich lag der riesige Platz vor ihr, menschenleer. Nichts von allem, was die Männer besprachen, berührte sie. Heimweh überkam sie, Heimweh nach dem weißen Strand der Stadt am Meer mit ihren ernsten Backsteinbauten und wehrhaften Kirchen, nach dem Patrizierhaus am Markt mit seinen ziegelgedeckten Mauern, in dem sie aufwuchs, von freundlichen Mägden und Bediensteten der Kontorei bewacht. Das Herz tat ihr weh, so sehr sehnte sie sich nach dem toten Vater, der jüngeren Schwester, die nicht mit in den Süden gereist war. Sie faltete die Hände und bat die frühverstorbenen Eltern um Beistand.

Ein schmaler Mond warf mageres Licht auf den riesigen Häusersaal, zum Himmel geöffnet, dessen prächtige Arkaden im Dunkel lagen. Glitzernd hinter dem Campanile der Canal grande mit den schwarz-silbernen Gondeln, die im Rhythmus der Wellen auf- und niederschaukelten.

Während die Männer redeten, weinte es in ihr. Verloren an die Fremde, verloren in der Fremde stand sie da, aufrecht, regungslos. Des Dogen Stimme rief sie in die Stunde zurück.

»Madonnetta«, sagte er, »bring die Karten!«

Die Naippe, die er von Lorenzo Lotto hatte malen lassen, die er niemandem sonst in die Hand gab.

In einer kostbaren Elfenbeinschatulle aus Marco Polos Zeiten aufbewahrt, lagen sie in einer der beiden Truhen, die Giorgione Barbarelli, Meisterschüler des Giovanni Bellini, erst kürzlich im Auftrag der Signoria bemalt hatte.

»Behalte die Bildnisse«, sagte er gönnerhaft, »und schaue sie dir an!«

Sie sonderte zweiundzwanzig Karten aus und setzte sich an das Tischchen am Fenster. Hohe Kandelaber mit weißen Kerzen warfen ihr flackerndes Licht auf die kleinen Kunstwerke. Lorenzo hatte Kupfertäfelchen als Grundlage gewählt und in schmale Goldrahmen einpassen lassen. Die Zahlen, an der linken oberen Ecke in den Schild eines majestätischen Markus-Löwen eingraviert, konnte sie entziffern. Behutsam fügte sie Bild nach Bild in ihre numerische Ordnung. Sollte sie mit der Null beginnen oder enden? Die Eins betrachtete sie lange und fand Ähnlichkeit zwischen dem hochaufgerichteten Magier und Leonardo Loredan. Der eben nach mehr Wein verlangte, nach Nüssen und Naschwerk.

Sie lief und brachte Mandeln und Gebäck, es den Herren recht zu machen. Der Doge schien erregt. Er lachte überlaut, verstummte dann plötzlich, mischte mit verkniffenem Mund und teilte aus.
Sie zog sich ans Fenster zurück. Die zweite Karte fesselte sie über die Maßen. Eine wunderschöne Frau auf einem überirdisch hohen Thron, das Meer im Rücken, ein Buch auf dem Schoß. Seltsame Früchte auf dem Atlasvorhang zu beiden Seiten. Und erst ihre Krone! Eine Mondsichel aus Kristall - oder Diamanten? Und der Zeigefinger der Linken auf den geschlossenen Lippen, schier unmerklich lächelnd. Eine wunderschöne Frau - ihr Herz schmerzte, an die Eltern dachte sie, wieder falteten sich die Hände wie von selbst, flehten um Hilfe. Ein Bild glitt vom Tisch, und sie bückte sich schnell, es aufzuheben: die Ziffer Sechs. Da stand ein Mann zwischen zwei Frauen, einer älteren und einer jüngeren. Die ältere trug eine feingefältelte Haube und ein Brokatgewand, über und über mit Edelsteinen bestickt. Sie hatte die Rechte auf den Arm des Mannes gelegt, als wollte sie sagen: mein ist er. Der jüngeren fiel das lange Haar voll auf Schultern und Brust; der linke Ärmel war hochgeschlagen und gab ihre helle Haut frei, die der Mann spüren mußte, denn sie hatte den Unterarm locker um seinen Hals gelegt, als wollte sie entgegnen: nein, er ist mein.
Griseldis empfand ihr Herz schneller schlagen, denn der Mann zwischen diesen beiden Frauen war ihr wohlbekannt. Obwohl sie ihn nur einige Male gesehen hatte, schien er ihr unsagbar vertraut. Seinem Portrait auf der Karte fehlte der Bart, auch war sein Haar in Wirklichkeit eisgrau. Stirn, Augen und Mund aber stimmten ganz mit der Wirklichkeit überein. Sie legte die Hand auf die Brust, ihr Herz zu beruhigen. Eine unerhörte Spannung ließ sie nur noch flach atmen, ja, sie spürte, wie ihr der Atem verging. Warum war es plötzlich so laut im Raum? Schrien die Männer sich an? Angstvoll wandte sie sich um und sah in das zornige Gesicht des Dogen.
Die plötzliche Stille nahm ihr fast die Besinnung. Sie stützte sich auf die Stuhllehne vor ihr. Stumm standen die Männer sich gegenüber. Der Doge winkte sie heran, nahm ihr die Kette ab, streifte ihr die Ringe von den Fingern, löste das im

Nacken geknotete Haarnetz. Wie Wasser fielen die blonden Locken auf ihre Schultern. Der Doge deutete auf die Karten, wild über den Tisch verstreut.
»Ich habe verloren«, sagte er. »Geh mit ihm!«
Der Prokurator verneigte sich respektvoll und ging hinaus. Sie folgte ihm, nachdem sie dem Dogen hastig beide Hände geküßt hatte. Eine dunkelhäutige Dienerin warf ihr den wärmenden Mantel über, bevor sie ihnen das Portal zur Seitengasse des Domes öffnete.
Langsam, wie zögernd, ging der Prokurator den mondweißen Platz entlang, durchschritt die Arkaden, bog irgendwann nach links ab und klopfte am Ende einer Gasse an ein schmales Tor. Eine Magd öffnete, von einem Diener gefolgt, der seinem Herrn Umhang und Hut abnahm, ihm pelzgefütterte Hausschuhe überstreifte und einen Samtrock, den er lose gürtete. Nach einigen geflüsterten Anweisungen führte die Magd die junge Frau in ein Gemach des ersten Stockwerkes, über eine steile Holztreppe erreichbar. Sie legte frische Leintücher und Kissen auf, entzündete Feuer im Kamin, entkleidete sie und breitete ihr Gewand sorgfältig auf einer Truhe aus. Schließlich half sie ihr auf das Ruhebett, verbeugte sich und verschwand.

Tief in ihrem Haar versteckt, erwachte ich. Griseldis war eingeschlafen. Leise begann ich mit ihr zu sprechen. Nur träumend vermochte sie mich zu hören.
»Griseldis,« begann ich, »deine Zeit ist gekommen. Geh deinen Weg, Griseldis, fürchte dich nicht!«
Sie dehnte sich in den weichen Decken, ruhig atmend, und ich sang ihr das alte Wiegenlied von der Mücke im Bernstein, vom Bernstein im Meer.

Am nächsten Morgen stand sie im Erker ihres Eckzimmers und schaute hinaus auf das Markusbecken, sah einen fernen Küstenstreifen im Frühlicht. Zwei Stufen führten von diesem Erker zum Balkon an der Vorderseite des Palazzos. Über ihm ein weiteres Stockwerk mit schlanken Säulen neben den Fenstern und einer kleinen Terrasse vor der hohen Tür zum Saal. Dort mochte wohl oft getafelt oder getanzt werden; jetzt aber war alles still. Nur die unter ihr an gelbblau gestrichenen Pfählen vertauten Barken berührten sich im Takt des Wellenschlags und vor dem breiten Portal wartete eine Gondel. Es roch nach Gemüse, Fisch, Tang und Tag - sie breitete die Arme aus und empfing diesen Tag voller Freude.

Die Magd kam mit Wasser und Tüchern, mit Kleidern und Pantoffeln zur Morgentoilette. Danach führte sie Griseldis über eine breite Marmortreppe hinauf in den sonnendurchfluteten Salon der Dame des Hauses. »Donna Lucia«, sagte sie, und schob Griseldis zum Tisch. Die beiden Frauen sahen einander an, ohne die Augen zu heben, prüfend die eine, bangend die andere.
»Willst du dich nicht setzen?«
Griseldis hielt sich auf der Stuhlkante, die Hände im Schoß zusammengelegt.
»Die Magd heißt Rebecca. Sie ist uns treu ergeben und sorgt auch für dich. Mich wirst du Madonna Lucia nennen - nur meinem Gemahl steht mein voller Name, Lucia Maria Angela, zu. Wie fühlst du dich hier?«
Griseldis dankte.
»Dein Italienisch läßt zu wünschen übrig. Ich werde einen Lehrer finden. Spielst du ein Instrument?«
Griseldis verneinte.
»Pietro de Fossis, Chorleiter zu San Marco, wird dir Lautenunterricht geben. Ich liebe es, zur Laute zu singen.«
Griseldis dankte.
»Besitzest du Schmuck?«
Griseldis verneinte.
Donna Lucia rief Rebecca und hieß sie, ihren Schmuck zu bringen. Ohne Griseldis Einblick in das Kästchen zu gewähren, wählte sie Kette, Ohrringe und Ringe aus und reichte sie ihr.
Griseldis dankte.
Rebecca brachte einen Handspiegel. Griseldis legte den Schmuck an und freute sich über die bunten Steine in den Ringen. Sie sah Donna Lucias wachsamen Blick, vermied, ihr in die Augen zu schauen. Als Rebecca den Raum verlassen hatte, erhob sich die Dame. Sitzend hatte sie größer gewirkt, auch schmaler. Nun ging sie etwas schwerfällig zum Fenster, schob die Vorhänge zur Seite und sah hinunter.
»Der Prokurator kommt«, sagte sie und glättete den tiefroten Samt ihres Kleides, »mein Gemahl«.
Er kam im langen Gewand der Senatsherren, die Staatsperücke über dem Spitzenkragen, und begrüßte sie ehrerbietig.
»Ich habe dich im Spiel gewonnen, Madonnetta«, wandte er sich dann zu Griseldis. »Ein Scherz oder ein Geschenk des Schicksals? Du kommst von weit her und hast vieles durchlitten. Wir haben keine Kinder. Willst du unsere Tochter sein?«

Griseldis stand wie vom Blitz getroffen. Sie hatte doch eine Familie, eine Schwester, liebe Menschen zu Hause - sollte sie diese nie wiedersehen?
»Nun?« Donna Lucias Stimme drang auf sie ein.
Griseldis ging auf sie zu und ließ sich umarmen, ohne berührt zu werden. Dann stand sie vor Stefano Correr, sah seinen sehnsüchtigen Mund. Er drückte sie zärtlich an seine Brust.
»Ich bin sehr glücklich«, sagte sie und faltete die Hände, den toten Eltern zu danken, denen sie sich angstvoll anbefohlen hatte.

Am Abend brannten Öllampen im Treppenhaus, in ihrem Gemach, in den Räumen des Obergeschosses. Der Saal, den Griseldis von ihrem Erker aus sehen konnte, war in Wirklichkeit eine langgestreckte Bibliothek, an deren östlicher Seite der mächtige Schreibtisch des Prokurators stand. Auch hier Lampen und Kerzen in hohen Kandelabern, so wie in den anschließenden Wohnräumen. Donna Lucia saß am Stickrahmen und bedeutete Griseldis, neben ihr Platz zu nehmen.
»Erzähle von dir«, sagte sie, während sie verschieden getönte grüne Seide einfädelte.
»Woher kommst du?«
Griseldis suchte nach Worten. Sie beherrschte diese Sprache nicht, konnte nur Alltägliches ausdrücken.
»Wie alt bist du?«
Sie versuchte, sich darüber klar zu werden. Als die Seeräuber sie von Bord zerrten und tagelang unter der sengenden Sonne Neapels einer gaffenden Menge feilboten, war sie eben zwölf Jahre geworden, ein Frühjahrskind, dessen Geburtstag im Norden mit der Schneeschmelze zusammenfiel. In Palermo war sie nicht lange gewesen und beim Patriarchen von Venedig eben dreizehn geworden. Als sie von Faustina, seiner Mätresse, aus den stickigen Stuben neben der Hauskapelle befreit wurde, in denen sie mit Folianten, Meßgewändern und Altargeschirr oft tagelang eingeschlossen wurde, war sie noch nicht vierzehn. Und bis der Doge sie aus Faustinas Haus zu sich befahl, als er kurz darauf starb - ja, da war sie sechzehn Jahre alt. Nun also kam der siebzehnte Geburtstag heran, um die Osterzeit, die nirgendwo feierlicher begangen werden konnte als in Venedig.
»Wir werden ein Fest für dich geben«, sagte Donna Lucia, aber Griseldis schien es, als redete der Wein aus ihr, den Rebecca ihr aus einer bauchigen Kanne reichlich einschenkte. Dunkelroter Wein, der wie Öl in die Gläser rann.

»Ein wunderbares Fest wird es sein«, nahm Donna Lucia das Gespräch wieder auf, schob die Stickerei zur Seite, versuchte ein paar Tanzschritte und eine Verbeugung.
»Alla tua salute«, sagte sie dann und hob das Glas einmal mehr. Auch Griseldis nippte.
»Ihr seid sehr gütig, Donna Lucia.«

Der Mosaikkünstler Sebastiano Zuccati hatte eine Kaufmannstochter aus Ulm zur Frau genommen, die nun schon lange in Venedig lebte und bei der Griseldis die Sprache der Republik erlernen sollte. Sie bewohnten ein Haus mit Werkstatt im Sestier Castello hinter der Kirche Santa Maria Formosa. Gleich einem Schiff ragte es zwischen zwei Kanälen auf; Griseldis wurde mit der Barkasse gebracht und abgeholt, wobei man ihr auch Santa Maria dei Miracoli zeigte, den Dom der Heiligen Giovanni und Paolo und das imposante Reiterstandbild Colleonis auf dem hoch aufragenden Sockel, der den weitläufigen Platz zu adeln schien und mit ihm die eleganten Paläste ringsum.
Griseldis staunte über die tiefschürfenden Gespräche zwischen Messer Sebastiano, seiner Frau Aglaia und den Söhnen Francesco und Valerio und nahm immer Neues auf. »In Venedig begegnen sich Orient und Occident, Madonnetta. Als der Doge Enrico Dandolo den vierten Kreuzzug, der von 1202 bis 1204 stattfand und von Papst Innozenz III. eigentlich gegen Ägypten geplant worden war, auf Byzanz, die große Konkurrentin Venedigs im Levantehandel, umleitete, kehrten die Kreuzfahrer nach der Eroberung dieser Metropole im Jahre 1204 mit ungeheurem Beutegut zurück. Ein großer Teil dieser Beute diente zum Schmuck von San Marco. Die bronzene Quadriga und die sogenannten Tetrarchen, die aber wohl die Söhne Kaiser Konstantins darstellen, wurden zum Wahrzeichen Venedigs, und in der Vorhalle des Domes begann man mit dem Schöpfungsmosaik, das 1220 beendet wurde und uns mit der Weltsicht des frühen Christentums im 5. und 6. Jahrhundert vertraut macht. Die Illustrationen zur Genesis stimmen bis in Einzelheiten mit den Miniaturen eines spätantiken Kodex, der Cotton-Bibel, überein, die in Konstantinopel oder Alexandria gefertigt wurde und nicht den Gott des Alten Testaments, sondern den Logos, das Wort, also Christus, in seiner apollinischen, jugendlichen Herrschergestalt zeigt. Der bartlose Christus als menschgewordener Logos entspricht

dem Prolog des Johannes-Evangeliums und damit dem des Pneumatikers unter den Evangelisten; auf leuchtendem Goldgrund, dem Lichtquell allen Seins, sind die Figuren dargestellt. Christus zur Seite wirken sieben weißgekleidete Engel, die Elohim - für jeden Tag der Schöpfung einer - als Geister der Gestaltung und Entwicklung der Erde.«

»Was heißt Elohim?« fragte Griseldis neugierig.

»Ein hebräisches Wort: diejenigen, vor denen wir scheue Ehrfurcht empfinden.«

Auch über das Mosaiklegen erfuhr Griseldis viel von ihrer Lehrerin, die nach der Art der Frauen aus dem Norden mit den Männern arbeitete und die Geheimnisse des Handwerks kannte.

»Mosaiken an Decken, Wänden und Kuppeln stellen hohe Anforderungen an die Kenntnisse und Erfahrungen der beteiligten Handwerker und Künstler. Bevor die Mosaikleger mit ihrer eigentlichen Arbeit beginnen können, müssen die Wandflächen vorbereitet werden. In der Regel trägt man zunächst zwei Mörtelschichten unterschiedlicher Konsistenz als Grundierung auf. Anschließend wird der Entwurf der geplanten Dekoration in Umrissen auf dem Wandputz skizziert. Nach der Festigung des Bildprogramms bringt man eine dritte, sehr feine Putzschicht als Bettung für die Mosaiksteine auf. Das Auftragen dieser Schicht erfolgt in kleinen Abschnitten, um den Putz zur Aufnahme der Mosaikwürfel feucht zu halten. Unmittelbar vor der Verlegung der Würfel werden die vorgesehenen Bilder und Ornamente mit dem Pinsel in der Farbe des Entwurfs aufgemalt. Diese gemalte Fassung dient dem Mosaikleger zur Orientierung bei seiner Arbeit. Die farbig gefaßte Unterlage bewirkt zudem, daß der Mörtel, der in den Fugen zwischen den Mosaikwürfeln sichtbar wird, diesen farblich gleicht.

Die Mosaikwürfel für Wand- und Deckenmosaiken bestehen mehrheitlich aus farbigem Glas. Daneben gehören Würfel aus Naturstein - für Hände und Gesichter - aus Terracotta oder Perlmutt zum Vorrat der Mosaikleger. Besonders charakteristisch für die Farbigkeit unserer Mosaiken sind Goldglaswürfel. Zu ihrer Herstellung wird ein dünngehämmertes Goldblech über eine flache, mattfarbige Glasmasse gebreitet und mit einer dünnen, farblosen Glashaut überzogen. Für die Würfel, die anschließend aus diesem Glasbrocken gebrochen werden, läßt sich so eine starke Reflexwirkung erzielen, ähnlich wie bei einem Spiegel. Zusätzliche Glanzeffekte erhalten die Mosaikleger durch unterschiedliche Neigungswinkel, in denen die Glassteine eingesetzt werden - dazu bedarf es einer besonderen Begabung! Zum Unterschied zur Freskomalerei spiegeln und brechen die Mosaiken alles Licht, das in sie eindringt. Man könnte sagen, daß das Licht geradezu vervielfacht wird durch die bloße Tatsache, daß es sich von selbst in unendliche Farbeinheiten auflöst.«

Ein andermal sprach Messer Zuccati nach der Italienischstunde wieder mit Griseldis und erzählte ihr viel von Venedig. »Die Pfeiler, auf denen San Marco ruht, stammen aus dem Fernen Osten. Die Löwen vor dem Arsenal standen vordem am Piräus, dem Hafen von Athen. Byzantinische Meister führten die ersten Mosaiken in Venedig und Torcello aus. Der eigenen Kraft verdanken die Venezianer ihre weltumspannenden Erfolge im Handel, die ihnen die Mittel bereitstellten, Künstlern aus allen Ländern Aufträge zu erteilen, um die Königin der Meere prachtvoll auszustatten. Heute vertreten Maler wie die Brüder Bellini, Benedetto Rusconi, Cima da Conegliano, Vittore Carpaccio und Giorgione Barbarelli den Ruhm der venezianischen Malergilde, in der auch die Mosaizisten vertreten sind. Vergeßt nicht, Madonnetta, daß über 150 Inseln und Inselchen den Archipel der Republik bilden, daß die Terra ferma weit in die Berge, in die Ebene und an die adriatische Küste hinunterreicht, daß viele Künstler hier wirken müssen, um das Reich der Signoria zu schmücken und immer prachtvoller werden zu lassen.«

»Dürftet Ihr uns wohl nach Torcello begleiten?« fragte Agleia ihre fleißige Schülerin eines sonnigen Herbsttages. »Bittet Donna Lucia, daß sie es erlaubt! Zur wundertätigen Assunta und den Gebeinen des heiligen Eliodor wallfahren wir jedes Jahr. Auch das wandgroße Mosaik des 'Jüngsten Gerichts' und das des 'Christus in der Herrlichkeit' solltet Ihr wohl kennenlernen, Griseldis« - das Mädchen liebte es, ihren Namen von Donna Agleia ausgesprochen zu hören.
Auch wenn Wehmut sie überkam - wenn es doch die eigene Mutter wäre, die zu ihr spräche, sie wohlwollend berührte, für sie sorgte!

Donna Lucia beliebte, sich der kleinen Gruppe anzuschließen. Man nahm auch Rebecca mit, damit sie alles für die Übernachtung, die in Burano geplant war, vorbereite. Der

Prokurator verfügte seine Barkasse und zwei Schiffer zu ihrem Schutz.

Morgennebel über der Lagune, feuchtes Grau, das wie nasse Tücher über den Dächern hing, an den Mauern herunterfiel und über den Kanälen lag. Kaum zu unterscheiden Gassen und Wasserrinnen, Brücken und Plätze. Klamme Kälte griff nach ihnen, glitt unter die Haut und bis in die Zehenspitzen. Rebecca verteilte leichte Decken und hüllte die Damen in Pelzpelerinen. Tauben flatterten verschreckt auf, Möwen schaukelten auf der bleigrauen Flut. Von fern die Glocken von hundert Türmen, alle übertönend die des mächtigen Campanile auf dem Markusplatz, den eben die ersten Strahlen der sich freikämpfenden Sonne trafen. Silberne Schleier des Morgens, weiches Licht, das die Haut streichelte. Und dann die Verzauberung durch die volle Sonne, golden über sie ausgeschüttet, über das Wasser und die undeutlichen Umrisse der ersten Inseln.
Die Ruderer sangen. Griseldis sog den Geruch des Wassers nach Fisch und Ferne in sich ein, nach Abenteuer, nach Unendlichkeit. Möwen begleiteten sie. Frau Agleia packte den ersten Proviantkorb aus und reichte ihnen Früchte, Brot und Käse. Donna Lucia hatte sich von der Sonne abgewandt, schien zu träumen. Wie unabsichtlich legte sie ihre Rechte auf Griseldis' Schulter, fragend fast. Das Mädchen wagte nicht, diese Hand zu ergreifen, ließ es geschehen, spürte Wärme und Weite als Glück.
»Vielleicht leitet sich der Name Torcello von einer Pforte der römischen Stadt Altinum ab«, nahm Meister Sebastiano seine Erläuterungen wieder auf.
»Sicher war die Insel schon vor römischer Zeit bewohnt, wie uns der Dichter Martial berichtet. Zu Beginn des 7. Jahrhunderts scheinen dann die Einwohner von Altinum vor den südwärts ziehenden Langobarden in die Lagune geflohen zu sein, die Reliquien des heiligen Eliodor mit sich tragend, um für sie eine würdige Stätte zu finden.
Ein Stein mit der Jahreszahl 639 belegt die erste Kirchengründung, die in die Regierungszeit des byzantinischen Kaisers Herakleion fiel. Bischof Orseolo, Sohn des Dogen Pietro Orseolo und Enkel des berühmten heiligen Orseolo, des Dogen, der den Markusdom wieder errichtete, gab ihr um etwa 1000 n. Chr. die heutige Form mit einer zentralen Apsis und zwei Apsiden; und unter Francesco Foscari, dem kunstliebenden Dogen, und Bischof Pietro Nani wurde sie 1423

restauriert und von Zanino di Pietro mit herrlichen Wandtafeln versehen.«
»Ist diese Basilika so wichtig?« wollte Griseldis wissen.
»Um das Jahr 1000 war die Insel ein großer Handelsplatz, zählte an die 30.000 Einwohner, neun Kirchen und war seit nahezu 400 Jahren Bischofssitz. Dann blühte Venedig auf, überflügelte den Inselhafen. Auch fehlte es an frischem Wasser, da ein Nebenfluß des Piave, die Sile, nicht mehr ins Meer mündete, die Lagune rings um Torcello zu faulen begann und Malariaepidemien ihre Bewohnerzahl dezimierten. Viele Meister unserer Zunft verließen Torcello, gingen nach Venedig oder nach Rom, wie zum Beispiel die Familie der Cosmaten, die einst aus Byzanz gekommen war.«

»Die Assunta der Basilika, von der so viel gesprochen wird, wer hat sie vollendet?« begehrt Donna Lucia zu wissen.
»Das Wandmosaik wurde gewiß schon im 7. Jahrhundert begonnen, die Theotokos wohl aber erst im 13. Jahrhundert eingefügt. Sie stellt die heilige Jungfrau als Gottesgebärerin dar, als Mater Theu, die von oben herabsteigt, was die leichte Bewegung des rechten Knies andeutet. Sie ist wie eine Basilea, eine Königin, gekleidet, und hat jenen durchdringenden Blick, der Raum und Zeit an der Ewigkeit zu messen scheint. Auch ihr Sohn ist als König dargestellt, segnend, mit der Gesetzesrolle in der Linken. Er kommt also nicht, die Gesetze des Kosmos aufzulösen, sondern um sie zu erfüllen, und hilft denen, die guten Willens sind, ihm in diesem Sinne nachzufolgen.«
Donna Lucia senkt den Blick. Griseldis aber schaut Meister Sebastiano voll an:
»Diese Königin kann nicht die Jungfrau der Verkündigung sein - oder doch, Meister?«
»Ja und nein, Madonnetta. Sie ist Königin in vielerlei Gestalt. Sie steigt aus dem All herab, das zu bewirken auf Erden, was ihr aufgetragen ist von Anbeginn. Und sie fährt auf in die Himmel dann, wenn der Allgewaltige sie ruft. Sie dient der Verkündigung des Logos über die Zeiten hinaus.«
»Das verstehe ich nicht«, sagt Donna Lucia. Griseldis aber gibt Meister Sebastiano mit kaum merklichem Augenaufschlag zu verstehen, daß sie versteht.
Frau Agleia lenkt ab. »Ihr werdet durstig sein«, meint sie und reicht den Damen verdünnten Wein.
Die bunten Häuser von Burano tauchen aus dem dunstigen Horizont auf, ihre Gärten mit Obstbäumen, Maulbeerbäumen,

Akazien und Weiden. Man läßt Rebecca aussteigen mit den Körben voller Bettzeug für die Nacht. Und gleitet weiter, Torcello zu.
Und dann, endlich, steht Griseldis vor der Großen Mutter, vor ihrem Thron, der zwar der des Bischofs war, aber doch nur ihr gebührt. Sie sieht die Apostel zu ihren Füßen, die Verkündigungsszene ihr zur Seite. Alles ist gleichzeitig, durchzuckt es das Mädchen. Alles ist immer da, wir müssen es nur noch leben. Wir fahren nieder zur Erde und wieder auf gen Himmel, ihr nach, der Allgebärenden, Allverdichtenden und Allverzichtenden.
Gelobt sei sie. Amen.

Tauben gurren, als sie erwacht, Tauben, die Vögel der Hathor, der Nut, der Isis, der Hera, der Aphrodite und der Maria. Glockenklang dringt aus der Ferne, weht über die Wellen hin. Als sie zurückfahren, kommen ihnen die Möwen vom Meer her entgegen.
Sie sitzt nachdenklich. Die geheimnisvolle Verschmelzung von Luft und Wasser, Licht und Schatten, Höhe und Tiefe - eine unendlich zarte Vermählung des Himmlischen und des Irdischen, überwältigt sie. Da liegt der Lido, die schmale Landzunge zwischen Meer und Lagune, der unzähmbaren und der gezähmten See. Zwischen der Fondamenta delle Zattere und der Giudecca hindurch führt der Wasserweg zur Brenta, die das Festland für Venedig öffnet und die Königin der Meere teilhaben läßt am Königreich der fruchtbaren Erde mit Bäumen, mit Blumen, mit Obstgärten und Getreidefeldern. Weit im Westen liegt die kornträchtige Po-Ebene, weit im Norden das grüne Bergland der Dolomiten und Carinzias.

Gott wohnt in einem undurchdringlichen Licht. Und dieses Licht wohnt ihr bei, der Gottesgebärerin. Sie begreift ihr eigenes Wesen als das einer Tochter der Großen Mutter. Und sie bringt sich nicht nur ihr dar, sondern auch Venedig, der Lichtgeborenen aus dem Meer.

Stefano Correr war zum Dogen gebeten worden. Serenissimo wünschte den Besuch des Bischofs von Paphos, Jacopo Pesaro, mit ihm zu besprechen, der als apostolischer Legat der päpstlichen Armada ein mächtiger Verbündeter gegen die Türken war und nach dem Sieg von Santa Maura mit allen

Ehren in Venedig empfangen worden war. Dieser, vom Volk »Baffo« genannt, galt als verläßlicher Gefolgsmann der Borgias, was ihm nicht nur Zuneigung eintrug. Seine Tapferkeit und Unerschrockenheit im Kampf aber brachten ihm einen überragenden Ruf ein: im Krieg habe er den Feind, im Frieden sich selbst überwunden. Der Prokurator bewunderte einmal mehr das diplomatische Geschick des Dogen, sich zugleich als Freund des Papstes und als unabhängiger Spieler in der Partie um die Macht in Europa zu zeigen. Ein aufrechter Ränkeschmied, dachte er bei sich - ich möchte nicht das Eisen auf seinem Amboß sein!
Der Doge schien das Mädchen vergessen zu haben, das er beim Tarocchi als Pfand eingesetzt und verloren hatte. Aber als Stefano Correr sich verabschiedete, ließ Serenissimo die dunkelhäutige Dienerin kommen und gebot ihr, ihm die Gewänder seines schönen Gastes - so sagte er - nachzutragen. Sodaß sich Griseldis am nächsten Morgen wie eine Prinzessin vorkam, umgeben von pelzgefütterten Mänteln, Goldbrokatroben mit feinziselierten Schließen und hochhackigen Schuhen, an denen Perlen- und Kristallspangen glänzten.
»So also wirst du dem Carneval begegnen«, rief Donna Lucia mit schmeichelndem Lachen - »Rebecca, schau die Pracht dieser Kleider!«
Die schweigsame Magd, Tochter einer Familie geflüchteter Spagniolen, glättete andächtig die wunderbaren Stoffe. Madonna Correr beschloß, sich eine gleichwertige Robe anfertigen zu lassen für die Redoute der Signoria. Beide würden sie sich wie Lucrezia, Herzogin von Ferrara, auf dem Markusplatz zeigen, verborgen hinter ihren Masken, bestaunt von der illustren Gesellschaft.

Ein weißer Bajazzo in der fürstlich geschmückten Barkasse zwischen zwei Lucrezien - von der Rialto-Brücke aus jubelte das Volk ihnen zu, am Dogenpalast staunte die Nobilita der Stadt. Behend neigte sich Leonardo Loredan den beiden Schönen zu. Beide in schwarzen, goldbestickten Samtgewändern, Goldbrokatmänteln, hermelinbesetzt, feinen, diamantbesäten Netzen über dem Haar, goldenen Masken vor blitzenden Augen - welche war einmal die Seine?
Elegante Bewegungen des Gauklers, weißgeschminkt, weißgekleidet, mit weißen Handschuhen die Damen geleitend - wer war das wohl, woher kam er, wohin ging er? Lange nach

Mitternacht noch glitten die drei durch die Menge, schlangengleich, stumm - der Doge spürte seiner »Dogessa« nach, immer wieder umringt von prächtig kostümierten Gästen, die sie voneinander trennten und wieder zueinander finden ließen.

Ein winziges Schmuckstück aus dem Gold der Bernsteinküste, lag ich auf ihrem Tischchen und sah ihr zu, wie sie sich Puder und Schminke vom Gesicht wusch. Haut und Haar dufteten. Rebecca hatte die schweren Gewänder über die Truhe gelegt und war gegangen, die Lampe mit sich nehmend. Mondlicht sickerte in den Raum, von ferner Musik und raunenden Wellen umspült.
Ich sah ihr zu, ich, eine vergessene Spange aus Bernstein, als sie hinaustrat auf ihren Erker und sich wiegte wie eine Birke im Wind, eine Wollgrasflocke im Moor. Und ich grüßte sie mit stillem Glanz, als sie sich auf ihr Bett legte.
Ich sah, wie die Tür sich öffnete und der weiße Harlekin eintrat, demaskiert. Ich sah sie erschrecken, kurz nur, bis seine sanfte Umarmung sie beruhigte.
Ich sah ihnen zu, wie sie sich liebten, sog ihre Liebe in mich ein. Und ich träumte, daß ein hellhäutiger Knabe über den Strand gegangen kam, mich aufzuheben und zu betrachten: einen Brocken Bernstein an der Küste Samlands, weit, weit von hier, vor langer Zeit.

»Wie Exzellenz befehlen«, verabschiedete sich Alessandro Leopardi, erfreut über den Auftrag, einen Markus-Löwen für das zweite Obergeschoß des Palazzos schaffen zu sollen. »Venezia superba«, grüßte ihn Correr, »denkt daran, Messere!«
»Dieser Löwe sollte an der Brüstung des Dachgartens stehen und auf den Kanal hinunterschauen«, fügte seine Gemahlin hinzu.
»Meint Ihr, Mona Lucia Maria Angela? Ich dachte ihn dort sitzend und zum anderen Ufer blickend, über alle Dächer der Stadt hinweg hinein in die Wolken, die vom Meer her treiben, in Sonne und Sterne!«
Die Sterne am Abendhimmel seines Lebens, Venus am Abendhimmel: Stefano Correr liebte Griseldis, wie er noch keine Frau geliebt. Er kostete ein Glück, von dem er bisher nichts

gewußt hatte. Nur Rebecca begleitete es, hielt Wache an der Stiege zum Erkerzimmer, schützte die Liebenden.
Bald würden Gemächer über Bibliothek und Salon, nach Süden und Westen ausgerichtet, mit dem Dachgärtlein vor den Türen, die Amme und das Kind aufnehmen. Das Kind des Kindes.
»Mag es ein Dogensohn sein?« fragte Lucia ihren Gemahl, flüsternd ob der Unerhörtheit dieses Verdachtes.
»Warum sagt Ihr Sohn, Mona?«
»Es ist ein Sohn«, antwortete sie mit kühler Entschiedenheit.
Ein Dogensohn - das würde erklären, warum man die liebenswürdige Tochter nicht verheiratete, rechtzeitig vor der Geburt dieses Kindes. Ein Dogensohn - warum nicht das als Gerücht verbreiten? Gab es doch Papstkinder, war sie doch wie Lucrezia Borgia kostümiert beim Karnevalsfest erschienen! Ein Dogensohn - Stefano Correr konnte seine unbändige Freude kaum verbergen.
»Wir werden eine Amme an der Brenta suchen«, sagte er. »Die Frauen der Terra ferma sind gesund und widerstandsfähig.«
»Oder in den Bergen, mein Freund«, flüsterte sie und trat zu ihm, um Nähe buhlend, die er ihr nicht verweigern durfte.

Ich hielt ihr Haar, fast zu schwer für den schweren Leib. Ich hielt es am Hinterkopf zusammengerafft. Sie lag bei geschlossenen Läden unter der Last der Hitze, die ihr den Schweiß aus allen Poren preßte. Kein Fest war gefeiert worden an ihrem siebzehnten Geburtstag, kein Fest am vierzigsten der Dame des Hauses, dem 15. August, der auf einen Freitag fiel. Die letzten Glutschauer des Sommers erstickten sie fast. Ich sang sie in einen flachen Schlummer, sang vom kühlen Wind im Norden und von den bunten Drachen aus Rinderdarm, die der hellhäutige Junge steigen ließ, vor den Toren seiner Stadt. Kaufherr der Hanse war sein Vater, und ich erzählte ihr von dessen Fahrten nach Riga und Nowgorod, nach London und Marseille. Sie bewegte sich unruhig, naß unter dem leichten Linnen. Dann lächelte sie, denn ich beschrieb den flinken Knaben, der den Strand entlanglief mit seinem Drachen, in den Wind hineinschreiend - er trug mich, das Bröcklein Bernstein, immer mit sich. Wechselte er das Wams, nahm er mich in die neue Tasche, sorgfältig eingewickelt in ein Schnupftuch mit dem Wappen seiner Familie. Ein Tor war darauf und ein Schiff auf wogenden Wellen. Ja, lachend erwachte sie, denn ich schrie wie der Knabe, schrie »Wind, Wind, wiege meinen Drachen, trage ihn höher hinauf, noch höher, hoch bis in den

Himmel!« Sie griff nach mir. Ich verstummte. Bei ihr bleiben dürfen, sie streicheln dürfen, sie schützen!

Anfang November, am Allerseelen-Tag, kam Griseldis mit einem kräftigen Knaben nieder. Donna Lucia, die nicht aus dem Gemach gewichen war und das Kind aus den Händen der Amme übernahm, triumphierte. »Leonardo wird er heißen«, sagte sie, »mag man an den begnadeten Maler denken, der Venedig mit seinem Besuch beehrte!«
Der junge Priester, den Rebecca vom Fondaco dei Tedeschi holte, war ein Deutscher aus Augsburg. Seiner Lesung zu Allerseelen und der Geburt des Sohnes folgte Griseldis entzückt:

> »Allmächtiger Gott,
> wir glauben und bekennen,
> daß Du Deinen Sohn
> als ersten von den Toten auferweckt hast.
> Stärke unsere Hoffnung,
> daß Du auch unsere Brüder und Schwestern
> auferwecken wirst zum ewigen Leben.
> Darum bitten wir durch ihn, Jesus Christus.«

Evangelium nach Johannes:
»Jesus sagte zu seinen Jüngern: Euer Herz sei ohne Angst! Glaubt an Gott und glaubt an mich! Im Hause meines Vaters sind viele Wohnungen. Wenn es nicht so wäre, hätte ich euch dann gesagt: ich gehe hin, um euch einen Platz zu bereiten? Wenn ich hingegangen bin und euch einen Platz bereitet habe, komme ich wieder und werde euch zu mir holen, damit auch ihr dort seid, wo ich bin. Ihr kennt den Weg, wohin ich gehe. Thomas sagte zu ihm: Herr, wir wissen nicht, wohin du gehst; wie sollen wir den Weg kennen? Jesus sprach zu ihm: Ich bin der Weg und die Wahrheit und das Leben; niemand kommt zum Vater, denn durch mich.«

> »Herr, unser Gott
> Du bist das Licht der Glaubenden
> und das Leben der Heiligen.
> Du hast uns durch den Tod
> und die Auferstehung Deines Sohnes erlöst.
> Sei Deinen Dienern und Dienerinnen gnädig,
> die das Geheimnis seiner Auferstehung
> gläubig bekannt haben,

und laß sie auf ewig Deine Herrlichkeit schauen.
Darum bitten wir durch Jesus Christus.«

Griseldis küßte dem Priester dankbar die Hand, als er ihnen den Segen erteilt hatte. Donna Lucia war wortlos neben dem Bett stehengeblieben, Leonardo im Arm. Bis Rebecca ihn in die Wiege legte, die blütenweißen Vorhänge schloß und der Wöchnerin zu essen brachte. Sollte sie sich stärken für den Besuch des Prokurators! Der sie freundlich mit »unsere liebe Tochter« anredete, ihr sanft die Stirn küßte und ihr einen Ring mit einem blauroten Rubin an die Linke steckte.

Dann trat die breitschultrige Bäuerin aus Gemona ihre Herrschaft über die Wochenstube an. Griseldis wurde in dichtgewebte Leintücher gewickelt, man band ihr die Brüste hoch, setzte sie auf Reiskost und gab ihr dazu täglich nur eine Tasse Tee. Wenn die Amme das Kind stillte, saß Donna Lucia neben ihr und legte es dann in die Wiege zurück, diese mit dem Fuß leicht schaukelnd. Griseldis sehnte sich danach, mit Leonardo allein zu sein, den sie heimlich Lodo nannte, Lodo-Liebling. Rebecca erspürte diese Sehnsucht und rückte die Wiege abends nahe an ihr Bett. Schon nach einer Woche aber zogen sie aus dem Gemach aus: die Amme mit dem Kind und Donna Lucia. Sie richteten sich im sonnigen Obergeschoß ein, in dem Griseldis nur als Gast geduldet wurde. Und als sie am Christtag zum Dom schritten, in warme Mäntel gehüllt, trug Lucia das Kind zum Altar, um es segnen zu lassen. Griseldis duldete es klaglos. Sie lebte vom abgründigen Begehren des Prokurators, seiner besitzergreifenden Leidenschaft.

Während der Nebeltage des Januar ließ er seine Frau, die Amme und das Kind auf sein Landgut bei Malcontenta bringen, damit die Frauen Spaziergänge in reiner Winterluft machen konnten. Griseldis blieb, scheinbar noch zu schwach für die Reise, in Venedig zurück. So durfte sie ihm wieder und wieder gehören, selbst zwischen seinen Büchern in der Bibliothek und in Lucia Maria Angelas damastausgeschlagenem Alkoven. Der Alternde hatte für nichts anderes mehr Augen, Ohren, Gefühle, Gedanken.
»Nackt sollst du sein, mein sollst du sein, liege mir bei, jetzt und für immer!«
»Tochter meines Herzens, Schwester meiner Seele, einzig Geliebte, breite dich aus für mich, um mich, unter mir, über mir - »

Sie ergab sich ihm fraglos, furchtlos. Aus Spiel wurde Ernst. Rebecca zitterte, wenn sie ihre Schreie hörte, prüfte alle Fenster, ob sie auch fest verschlossen seien, ließ keinen der Diener in die oberen Gemächer. Als Donna Lucia heimkehrte, verstand es der Prokurator, Seine Exzellenz den Dogen zu einem festlichen Mahl ins Haus zu bitten. Wie von ungefähr saß auch Griseldis an der verschwenderisch gedeckten Tafel, in leuchtend rotem Kleid und mit gelöstem Goldhaar. Leonardo Loredan starrte sie unverhohlen an, und es war für Donna Lucia ein leichtes, ihn zum Gang durch den elegant eingerichteten Altan zu bewegen. Die Amme hob das Kind aus der Wiege, und der Doge, geschickt und schlau, pries den »kleinen Leonardo«. Donna Lucia errötete vor Entzücken: ein Dogensohn, wie sie gesagt hatte! Mit Gönnerlächeln legte sie einen Arm um Griseldis, die liebenswürdige Tochter. Die Herren nickten galant und nahmen einen letzten Trunk an der steinernen Brüstung des Dachgartens, hinter der Leopardis majestätischer Löwe auf die Dächer des anderen Ufers blickte, auf das Meer hinter der Lagune und die rätselvollen Länder hinter dem Meer.

Mit der großzügigen Einladung für alle zum Karnevalsfest im Dogenpalast verabschiedete sich Serenissimo, von seiner Gondel aus grüßend, die ihn zurück nach San Marco führte.
»Was werden wir tragen, Piccola?« wandte sich Donna Lucia an Griseldis, der die schweren Weine zu schaffen machten. Sie sah hilfesuchend zu Stefano Correr hinüber.
»Ihr werdet Hera und Helena sein«, antwortete er ohne Zögern. »Und Paris wird euch geleiten!«
Keine der beiden wußte irgend etwas von diesen Gestalten, nicht einmal so viel, daß es sich um Figuren aus der griechischen Sagenwelt handelte. Der Prokurator hatte freie Hand, die Gondel, seine Gefährtinnen und sich selbst auszustatten. Hera trug ein wallendes Goldgewand und goldene Spangen im Haar, Helena einen weißen Peplos und offene Locken, die ihr bis zum Gürtel hinabfielen. Paris, in Wollmantel und Sandalen der Hirten Attikas, hielt eine Leier in den Händen. Hinter den Masken die nackte Neugier: wie würde man sie empfangen?

Serenissimo, dem hellhörige Diener den Plan verraten hatten, erschien als Göttervater persönlich - und Helena lag in seinen Armen, als der Tanz begann. Paris ließ sie gewähren und bemühte sich auffällig um Hera, die wiederum sich Zeus zu nähern suchte, bis die Morgenröte über dem Lido die letzten Gäste vertrieb. Helena war nirgendwo zu sehen, nur Rebecca wußte, daß sie längst in ihrem Gemach lag und auf den Prokurator wartete. Der wohl zuerst seine Gemahlin umarmen mußte. Als er sich über Griseldis beugte, versagte ihm schier der Atem vor Wonne. »Es ist geglückt«, flüsterte er - »wir können weiter uns angehören!«

Ein gutes Jahr nach Leonardo, am 8. Dezember, den die Kirche als Hochfest von Mariae Empfängnis feiert, wurde ihr zweiter Sohn geboren, Marino. »Nennen wir ihn nach dem Oheim Morosini«, bestimmte Donna Lucia, »der dereinst auch ein Dezemberkind gewesen ist.« Der Prokurator war einverstanden, Griseldis fragte man nicht. Wieder ordnete die gute Bäuerin aus den Bergen den Tagesablauf in der Wochenstube, die Pflege für die Wöchnerin an. Nur daß sie nun alle im zweiten Obergeschoß zusammenkamen; die stillende Amme, Donna Lucia, die stolze Mutter der Kinder, Griseldis, die liebenswürdige Tochter, Rebecca, die Leonardo umsorgte. Der sein Brüderchen mit patschigen Fingern streichelte, ein blonder Knabe, der dem dunkellockigen Säugling kaum ähnlich sah.

Und wieder bot Donna Lucia ein Neugeborenes am Weihnachtsabend im Dom dar, wieder standen Griseldis und Stefano Correr hinter ihr. Der 1. Januar des Jahres 1509 aber sah sie alle in Santa Maria Gloriosa dei Frari, der Kirche der Minderbrüder des heiligen Franz von Assisi, der Frati Minori nach venezianischer Mundart, deren Klostergemeinschaft der Prokurator eine bedeutende Stiftung gemacht hatte. »Denn da unsere Tochter, eine unbescholtene Fremde aus dem Norden des Heiligen Römischen Reiches Deutscher Nation, uns zum Tage Mariae Empfängnis einen zweiten Sohn gebar, bringen wir diese Gabe ehrfurchtsvoll den gütigen Minoriten von Venedig dar. Möge der heilige Franziskus unser Fürsprech' sein bei der Allerheiligsten Dreifaltigkeit!«
Den Minderbrüdern wurde Leonardo geweiht, bevor er noch sprechen konnte - Marino sollte das Erbe der Correr antreten. Donna Lucia, aus reichem Paduenser Geschlecht, setzte auf den Zweitgeborenen, nicht ahnend, daß schon ein dritter Sohn unter dem Herzen der über alles Geliebten lag. Griseldis, entkräftet von ihren Schwangerschaften, den Kindern entfremdet von Anfang an, kannte nur noch die Raserei der Lust, den Wahnsinn der Leidenschaft. Sie gebar diese Söhne in die

Hände Lucias, Stefanos Gemahlin, war dessen heimliches Weib, von dem niemand auch nur ahnen durfte. So wuchs Francesco im Mutterleib heran, der dritte Sohn des Dogen, wie Lucia meinte und der Prokurator es den anderen zu deuten wußte.

Griseldis zieht es mehr und mehr zu den Frari, in den Kreuzgang ihres Klosters. Stefano Correr gilt als besonderer Gönner der Minderbrüder, seit er plant, eine Kapelle der Kirche ausgestalten zu lassen.
Sie hat ihr volles Blondhaar, merklich nachgedunkelt seit ihrem 22. Lebensjahr, zu einem Zopf geflochten.

Wie lange schlief ich in ihrem Gemach? Nun liege ich auf ihrem Herzen, diesen schweren Zopf zusammmenhaltend. Sie trägt mich durch die Kirche der frommen Frari. Ich erbebe ob der Gewalt des Raumes, erschauere im Mittelschiff, zittere in den Seitenkapellen.
Die Sakristei. Das Triptychon von Bellini. Dort wird die Madonna »sicheres Tor zum Himmel« genannt und man bittet sie: »Erleuchte mir den Sinn, leite mein Leben, dein sind alle meine Taten.«
Das Chorgestühl. Das vergoldete Blätterwerk der Verzierungen auf Rahmenwerk, Bögen und den doppelt muschelförmig angeordneten Sitznischen - es sind derer 124, 50 davon oben, 40 darunter und 34 in der tiefsten Reihe. Die Chorschranke aus hellem Gestein zeigt eine Inschrift, die mich anrührt: »Solo Dei Honor et Gloria« unter der Büste des Oheims Morosini.
Donna Lucia, spüre ich, gehört in diese Welt, in derart gelebte Kultur. Neuerlich scheint sie verjüngt. Täglich läßt sie sich von Griseldis oder Rebecca auf den Markt von Rialto begleiten. Auf der Giudecca hat sie ihre Gärten herrichten lassen, seit Jahrzehnten Familieneigentum, nie zuvor von ihr betreten. Nun spielen die Kinder dort, und sie lädt die Damen der Senatoren zu sommerlichen Festen.

Griseldis trägt mühevoll das dritte Kind ihrer Hingabe; Sommerhitze und Angst lasten auf ihr. Diesmal war es nicht im Carneval, sondern erst um Pfingsten, daß sie empfing. Es wird eine Märzengeburt werden. Die Amme aus den Bergen geriet dort in eine Lawine und konnte nur noch tot geborgen werden. Griseldis weiß sich allein mit Rebecca, der Getreuen. Sie fürchtet sich.

Der Prokurator erweitert seine Besitzungen auf der Terra ferma. Serenissimo, der Doge, bereitet den Besuch eines berühmten deutschen Malers vor: Albrecht Dürer wird in Venedig erwartet.
Die Deutschen, allen voran Messer Kolb, fördern ihn des »Rosenkranzfestes« wegen, das er zu malen gerufen ist. Indessen hat Catena den Auftrag für das Präsentationsbild des Dogen Leonardo Loredan erhalten; viele meinen, Giorgione wäre der bessere Künstler gewesen. Der Prokurator von San Marco hält es für an der Zeit, seine Damen malen zu lassen: Madonna Lucia Maria Angela und Griseldis, die liebenswürdige Tochter. Diese aber erbittet Frist bis nach der Niederkunft. Ein dritter Dogensohn? Rebecca, schweigsamer denn je, weiß ihrer Herrin längst nicht mehr Rede und Antwort zu stehen. Ein dritter Dogensohn - wahrhaftig?

Bei den Frari. Pater Germano Casale greift nach ihrer Hand. Ich zucke zurück, eine Bernsteinspange, die in ihrem Zopf sich öffnet.

»Nicht so, Piccola«, sagt er.
»Piccola?«
»Nicht so, Sorella, sage die Wahrheit!«
»Wahrheit?«
Griseldis spricht die Sprache der Republik nun fehlerfrei, versteht jedes Wort. Aber sie ist vorsichtig im Reden, vermeidet es, vorlaut zu sein. Lieber fragt sie.
Pater Germano, der Vorsteher des Klosters, lehnt sich in den schweren, aus Eichenholz geschnitzten Sessel zurück. Aus den Fenstern des Kapitelsaales blickt man auf den Kreuzgang. Er liebt es, auf den Brunnen in seiner Mitte zu schauen, hört das Wasser leise plätschern. Er wartet auf die nächste Frage der jungen Frau, deren schwangerer Leib sich unter dem hellen Gewand abzeichnet.

Ich flüstere ihr Mut zu, als sie versucht, mich um das Zopfende über ihrer Brust zu schließen.

»Eine schöne Spange habt Ihr da, Madonna«, sagt Pater Ger-

mano, von der Vertrautheit der ersten Minuten ihres Gespräches abrückend.
»Sie ist das einzige, was mir blieb, als sie mich von Bord schleppten«, antwortet Griseldis. »Bernstein aus meiner Heimat.«
Mitfühlend umfängt Pater Germano ihre Gestalt, ihr ernstes Gesicht mit seinen Augen.
»Was wolltet Ihr mir sagen, Madonna?«
»Die Wahrheit!«
Pater Germano erkennt diese Wahrheit blitzartig, als er ihren Ring sieht - einen feurigen Rubin.

Ich fürchte ihn, diesen Ring. Er ist laut und ruft die Gefahr herbei. Warum gibt sie ihn nicht diesem ehrenwerten Mann?

Sie streift ihn vom Finger und tut es.
»Der Prokurator von San Marco will hier eine Kapelle ausgestalten lassen«, sagt sie leise. »Ich drängte ihn, es bald zu tun. Ich wäre Euch verpflichtet, wenn Ihr daran dächtet, daß mein Kind um die Osterzeit zur Welt kommen wird. Wenn es ein Sohn ist, will ich ihn Francesco nennen, Eurem edlen Stifter zu Ehren.«
Pater Germano hält den Ring in der flachen Rechten, spürt sein Gewicht, sieht grelle Strahlen aus seinem Innern hervorbrechen, weiß alles. Die furchtbare Wahrheit.
Er neigt seinen Kopf und greift noch einmal nach ihrer Hand, der linken, die nun schmucklos und kühl ist. Ein wenig feucht, denkt er - fürchtet sie sich?
Griseldis nickt. »Betet für mich, Hochwürden. Möge Gott mir gnädig sein!«

Ich habe mich so fest in ihren Zopf verkrallt, daß mich nichts erschüttern kann, nicht ihre Angst, nicht ihre Hoffnung. Ich werde bei ihr sein. Aber ich warte auf den hellhäutigen Knaben, der mich aus der Meerestiefe erlöste und ans Licht der Welt brachte. Ich weiß, wie nahe er ist. Und daß wir ihn bald erkennen werden; sie und ich.

Pater Germano erhebt sich, läßt den Ring in die Tasche seiner braunen Kutte gleiten und öffnet Griseldis die Tür.
»Die Klostergemeinschaft ist Euch zu tiefem Dank verpflichtet, Madonna. Empfehlt mich dem Prokurator von San Marco. Wir werden seiner Wünsche gedenken. Und Eures Sohnes, Madonna« -

Griseldis verneigt sich tief und geht. Draußen wird sie von Rebecca erwartet. Die flache Wintersonne blendet sie, sodaß sie die rechte Hand schützend über die Augen legt. Die Kinder sind mit Donna Lucia zur Giudecca gefahren.

»Ich bin müde«, sagt Griseldis und hält sich an mir fest, angstvoll, angstvoll, angstvoll.

Donna Lucia ist mißtrauisch geworden. Kein Karnevalskind, kein Dogenkind. Rebecca fällt in Ungnade, wird in Küche und Vorratsräume im Erdgeschoß verbannt. Griseldis muß ihr Erkerzimmer verlassen, zu dem die schmale Holztreppe führt. Sie bewohnt nun den Altan, schläft im gleichen Zimmer mit Söhnen und Kindermädchen, einem Mündel Donna Lucias. Diese Silvana, als Vollwaise aufgenommen, ist zu einer knochigen Jungfer herangewachsen, kaum dreißigjährig schon ergraut. Sie sorgt gewissenhaft für die Knaben und befolgt die Anordnungen ihrer Herrin genau. Griseldis hat mit beiden zum Markt zu gehen, sie auf die Giudecca zu begleiten, die Kleidung der Kinder in Ordnung zu halten. Die liebenswürdige Tochter: eine töchterliche Magd, die man in kein Gespräch einbezieht. Die Damen der Senatoren sehen sie nie mehr. Zu den festlichen Abendtafeln mit Künstlern und Gästen der Stadt wird sie nicht geladen. Der Prokurator ist nach Rom entsandt worden, dem neuen Papst den Respekt der Republik zu übermitteln. Julius II. räumt auf unter den Hyänen rings um den Heiligen Stuhl. Das Erbe der Borgias gleicht einer Hydra mit tausend Köpfen - schlägt man einen ab, ersteht sogleich ein neuer. Klarlinig, weitsichtig, kraftvoll beginnt der neue Papst den Kirchenstaat wieder zu ordnen und zu festigen, wenn es sein muß, durch strategisch klug und kühn geführte Eroberungskriege. Venedig hatte sich auf diesen Herrscher einzustellen, und der Doge wußte, warum er Stefano Correr damit betraute, dem Papst zu huldigen.

Griseldis, einer Verbannten gleich, wird in der Karwoche von einem Sohn entbunden, der alsbald gleichfalls gefangen ist. Nur Pater Germano, Vorsteher der Frari, wird zur Frühtaufe zugelassen. Francesco, kaum fünf Pfund schwer und sehr zart, ist mit blonden Haaren zur Welt gekommen.
»Hold wie ein Engel«, sagt der Guardian und nimmt ihn andächtig aus der Wiege.

»Behütet ihn gut, Madonna - vielleicht wird er einer der Unseren!«
Griseldis nickt und dankt ihm für sein Kommen. Wann würde sie ihn wiedersehen?
»Ich bin auf dem Wege nach Padua«, sagt er. »Besucht mich nach meiner Rückkehr!«
Donna Lucia verzieht den Mund, verächtlich, bitter, voller Ablehnung.
»Ich werde Euch das Kind bringen, Hochwürden«, sagt sie.
Und wieder ist Griseldis allein.

Mit Leonardo und Marino darf sie manchmal ausgehen, von der wachsamen Jungfer Silvana begleitet. Donna Lucia kümmert sich kaum noch um die beiden Älteren, seit Francesco da ist; ein engelsgleicher Knabe, den sie von morgens bis abends bei sich behält. Nur wenige Wochen hat Griseldis ihn stillen dürfen, voller Seligkeit ihn in ihren Armen haltend. Wenn sie ihn ansieht, erinnert sie sich an Hedin, ihre Schwester, an die Betriebsamkeit des Hauses am Marktplatz ihrer Heimatstadt. So blond waren die Kinder dort - ihr eigenes Haar liegt nun wie dunkles Gold um Hals und Schultern. Schweren Herzens gibt sie den Engel her, alle Morgen, wenn Donna Lucia ihn holen läßt, und wendet sich doppelt liebevoll den beiden anderen zu. Silvana läßt sie selten allein, ist auch nachts rasch wach, wenn sie ein Geräusch hört. Griseldis wagt kaum mehr, den Geliebten anzusehen, als er zurückkehrt und sie besucht; und er meidet die Gefahr des Beisammenseins. So leben sie drei Jahre unter einem Dach, ohne einander zu berühren, ja, zu sprechen.

Griseldis bleibt ausgeschlossen auch dann, als Stefano Correr und die Seinen von Caterina Cornaro, der Königin von Zypern, Jerusalem und Armenien, in deren Schloß nach Asolo geladen werden. Donna Lucia läßt sich von Silvana und den drei Knaben begleiten. Leonardo, nun sechs Jahre alt, Marino, knapp ein Jahr jünger, und Francesco, der sehr früh laufen gelernt hat und früh zu sprechen beginnt, fast fehlerfrei, lassen die Mutter nicht los, wollen sie mitnehmen, müssen ihr entrissen werden. Vor allem Leonardo entbehrt sie schon beim Abschied und ergibt sich mit verschlossener Miene dem Machtwort des Prokurators. Eine Woche lang sollen sie fortbleiben, im Kreise der beiden Maler Gentile und Giovanni Bellini und einiger ihrer Schüler, der Baumeister Antonio Rizzo und Alessandro Leopardi, der Dichter Pietro Bembo und Ludovico Ariosto aus Florenz, eben Gast der Serenissima. Auch der Doge hat sein Kommen für einen Tag zugesagt. Über der ganzen Gesellschaft liegt eine seltsame Wehmut. Die Königin der Meere verliert ihren Glanz, ein jeder spürt es. Der Ruhm ihrer großen Jahrhunderte verblaßt, sie ringt um Fassung und alle Wissenden tun es mit ihr. Da sind die reichbeladenen Schiffe nicht mehr, die in den Hafen gleiten, die kostbaren Lasten, die man in den Hallen staut, um sie den Handelsherren aus Deutschland, aus Frankreich und den Niederlanden weiterzuverkaufen. Nur noch schleppend der Umsatz, müde der Markt. Die Portugiesen haben einen neuen Schiffahrtsweg nach Indien gefunden, bringen Gewürze, Spezereien, Gewebe und Geschmeide schneller und billiger nach Europa. Spanien scheffelt Gold aus den Ländereien jenseits des Meeres, von einem gewissen Cristoforo Colombo entdeckt und den Katholischen Majestäten Isabella von Kastilien und Ferdinand von Aragon übereignet. Sevilla holt auf, Venedig fällt zurück.

Der Prokurator fühlt sich wie unter einer gewaltigen Glocke aus Glas, in der ihm die Luft auszugehen droht. Er ist außerstande, tief durchzuatmen, so schmerzt die Brust. Täglich gleichgültiger steht er seiner Frau, den Söhnen, ja, Griseldis gegenüber. Manchmal wagt er sich an die gläsernen Grenzen, nie jedoch, sie zu durchbrechen. Gespräche prallen an ihm ab; selbst die Fragen der freundlichen Gastgeberin nach den Zuständen in Rom beantwortet er nur knapp. Gianbellini vermag ihn einen Abend lang in eine Diskussion über die drei Pioniere der Malerei, die dort wirken, einzuspinnen: was hält er von Leonardo da Vinci, Michelangelo Buonarotti, Raffaelo Santi? Der Prokurator fängt Feuer und schildert fast schwärmerisch, was er für die Werke des Letztgenannten empfindet; Michelangelo Buonarotti scheint ihm zu drastisch in seiner Pinselführung, in Leonardo da Vinci sieht er mehr das omnipotente Genie als den Maler. Gianbellini versteht es meisterhaft, ihm immer neue Fragen zu stellen, die Madonnenbildnisse Raffaelo Santis mit denen der Florentinischen und der Venezianischen Schule zu vergleichen.
Die Technik, in Öl zu malen, scheint die Freskenmalerei zu verdrängen. Das flüssige Malen auf feuchtem Verputz, sorgfältig geglättet, das An-die-Wände-werfen der Bilder weicht immer öfter dem Wirken feiner Pinsel auf Holz, Kupfer, Leinwand. Das Geheimnis der Farbengewinnung aus Schöllkraut, Heidelbeeren, Kirschen, Ruß, Wasser und Gummi geht mehr

und mehr verloren. Die Kunst erobert sich so die Kabinette, die Innenräume auch der reichen Bürger, nicht mehr nur des Adels.
»Wer je Messer Dürer Frauenhaar hat malen sehen, mit jedwedem Pinsel in jedwedem Farbton, wird die Ölmalerei begreifen - wenn er nicht Rötel- oder Kohlezeichnungen vorzieht!«
»Aquatinta nicht zu vergessen«, meint Giovanni Bellini, »eine gefällige Kunst«!
Sein hochgewachsener Schüler Tiziano Vecellio mischt sich ein:
»Venedig, unserer über alles geliebten Stadt, bleibt die Kunst. Verherrlichen wir ihre Taten in der Welt, ihre Menschen, ihre Bauten, ihr Licht - ihre unsterbliche Schönheit!«
Der Doge, eben hereinbegleitet, nimmt sein Barett ab und mustert amüsiert den schlanken jungen Mann.
»Infatti«, sagt er, »laßt uns also beginnen, aus der Königin der Meere die Königin der Künste zu machen!«
»Herrlichkeit, wir danken!« antwortet Gianbellini für alle Anwesenden, die leidenschaftliche Rede seines Gesellen wie entschuldigend. Stefano Correr fühlt endlich wieder sein Herz schlagen. Es schmerzt vor Rührung. Die Königin dieses Herzens würde der Kunst dienen!
»Messer Giovanni, darf ich Euch bitten, von diesem Jüngling meine Frau porträtieren zu lassen, unsere Tochter und unsere Söhne? Sobald es Euch möglich ist, Messer Giovanni?«
»Ihr habt den Besten gewählt, den meine Werkstatt beherbergt« - Gianbellini spricht diese Wertung überraschend langsam aus und fügt nachdenklich hinzu: »Er wird einer der ganz Großen werden«!
Stefano Correr legt seinen Arm auf die Schulter des greisen Meisters, den er ob der Innigkeit seiner Marienbilder verehrt.
»Dank, Messer Bellini; schickt ihn mir bald, Euren Meisterschüler!«

Mit dem Dogen reist er zurück nach Venedig, Donna Lucia, Silvana und die Söhne in der Obhut der Gastgeberin belassend. Kaum von Serenissimo verabschiedet, eilt er über den Markusplatz seinem Haus zu. Ein schmaler Mond wirft dünnes Silber in den vollkommensten Saal unter Gottes freiem Himmel wie damals, als er Griseldis im nächtlichen Spiel gewonnen hatte, als sie ihm mit gesenktem Kopf ins Ungewisse folgte.
Nicht einen Augenblick hatte sie gezögert, nicht ein einziges

Mal sich beklagt, ihm in Liebe gedient sieben Jahre lang, sein Begehren ertragend und seine Kinder austragend in größter Ergebenheit.
Und Rebecca, die Verschwiegene, die Vertraute ihrer Lust - wie dankbar ist er auch ihr!
Er schafft den Weg in wenigen Minuten, läßt sich in die Küche führen, rüttelt Rebecca von ihrem erbärmlichen Lager am Herd auf, weist ihr das Erkerzimmer an, verbittet sich ihren Dank, stürmt die Marmortreppe hinauf und umarmt Griseldis, seine einzige Frau.
Noch nie, scheint es beiden, hatten sie sich so sehr geliebt. Nie wieder würden sie sich so lieben dürfen - aber das wissen sie nicht. Ein gnädiger Schlaf im mondhellen Raum läßt sie still werden. Nacht, Wind und Wassermelodie mischen sich in ihre Träume, aus denen sie aufschrecken, um sich heißer noch zu umschlingen. Denn noch nie hatten sie sich so sehr geliebt, nie mehr würden sie sich so sehr lieben.

Donna Lucia versteht es, die Fürstin davon zu überzeugen, daß sie ihrem Manne folgen müsse und trifft schon am nächsten Abend in Venedig ein. Hohnlächelnd nimmt sie zur Kenntnis, daß Rebecca wieder zum Dienst in den Wohnräumen zugelassen ist. Hohnlächelnd sitzt sie Tiziano Vecellio Modell, als er sich wenige Wochen später im Palast vorstellt. Griseldis muß die Laute spielen, solange der Künstler zeichnet, und die Knaben haben dazu zu singen. Nur Leonardo trifft die Töne voll, manchmal auch Marino, während Francesco der Mutter die Laute aus den Armen nehmen und sich selbst hineinkuscheln will.
Wortlos skizziert Tiziano die Köpfchen der Kinder - blond, zart, fast durchsichtig Leonardo, mit runden Bäckchen, dunklen Locken und Kirschenmund Marino und übermütig fröhlich, mit Stupsnäschen und energischem Kinn Francesco. Als er eben ansetzt, den liebenden Blick der Mutter einzufangen, tritt der Prokurator neben ihn, legt die Hand auf das Blatt und schiebt es unter das begonnene Portrait seiner Frau.
»Donna Lucia Maria Angela, begutachtet die Anfänge!« bittet er und führt seine Gemahlin galant zur Staffelei. Der Maler erschrickt und ist zugleich entzückt: er sieht den Prokurator zum ersten Male ohne Robe und Perücke. Er sieht, wie er seine Gemahlin anschaut, wie er Griseldis anschaut und wie er ihn anschaut - er sieht ihn in dreifacher Gestalt, plötzlich, unausweichlich und unvergeßlich.
Abendlicht vergoldet den Raum, die pfirsichfarbene Wandbe-

spannung, das tiefe Grün des Kleides der Dame Correr, die bloßen Arme der jungen Mutter und ihrer Kinder. Tiziano steht und staunt in das Licht, vom zarten Blau der sinkenden Nacht gesäumt.
Er legt den Stift zur Seite und bedeckt die Blätter mit einem Tuch. Zwei schlanke, zartfingrige Hände helfen ihm dabei. Er wendet sich um, sieht Griseldis erröten.
»Dank, Donna Griselda«, sagt er.
Lucia lacht gellend auf. »Nennt sie nur einfach Madonnetta, Maestro«, meint sie kurz, »das genügt.«

Dutzende Male zeichnet er sie, wie sie zu ihm aufsieht, mit den Kindern spielend, das jüngste im Arm. Einmal hat Silvana die drei zur Giudecca begleitet, wo Donna Lucia Hof hält, die Söhne gleich kostbaren Schmuckstücken vorzeigend. Da kann er Griseldis nach ihrer Heimat fragen:
»Ich bin in einer Handelsstadt geboren, die Lübeck heißt, Lubecca, und mit Rostock, Königsberg, Riga und Petersburg verschwistert ist. Auch mit Brügge, London und Marseille, wenn ich mich recht erinnere. Mein Vater ließ mich und meine jüngere Schwester Hedin durch gütige Frauen erziehen, nachdem meine Mutter starb - an der Geburt eines Sohnes, der wie sie ums Leben kam. Als wir in den Süden reisten, ließen wir Hedin zurück - mein Vater wurde erschlagen, als er mir zu Hilfe eilte, mich vor den Piraten zu schützen. Nur die Bernsteinspange blieb mir; wollt Ihr sie sehen?«
Sie zeigt Tiziano das blasse Gold der Ostseeküste, seinen feinen Schnitt, in den ein Wappen eingefügt ist.
»Wollt Ihr auch meine Geschichte wissen?« fragt er.

Auf ihrem Schemel sitzend, nickt sie ihm leise zu.
»Ich stamme aus Pieve di Cadore, einem Dorf in den Dolomiten, wo mein Vater Hauptmann der venezianischen Truppen ist. Meine Mutter heißt Lucia wie die Gemahlin des Prokurators. Ich habe einen älteren Bruder und zwei jüngere Schwestern. Ich liebe meine Berge. Nur meiner Ausbildung wegen kam ich nach Venedig.«
»Venedig - welche Stadt! Immer meine ich, sie sei aus einem Bilderbogen herausspaziert«.
Tiziano lacht laut über ihre unbekümmerte Art, sich auszudrücken.
»Ich nenne sie die Stadt der Träume - vielleicht auch der Zauberei. Die Kaufleute sagen, es sei eine orientalische Stadt wie viele Orte an der adriatischen Küste. Ich sehe sie vor allem

als Zuflucht für Menschen, die auf dem Festland verfolgt wurden oder während der Kreuzzüge hier hängenblieben. Ihrer aller Werk: Venezia, la Serenissima!«
»Ziehen nicht gerade dunkle Schicksalswolken auf über Eurer lichten Zauberstadt?«
Tiziano nickt, verhalten weiterskizzierend.
»Burgund, das mächtige Herzstück Westeuropas, zerfällt. Frankreich erstarkt dadurch; Kaiser Maximilian, von dem es heißt, er sei der letzte Ritter des Abendlandes, tut alles, um seine Hausmacht zu vergrößern. England sieht die Zeit seines Eingreifens in die Weltpolitik herannahen; mächtig vor allem aber sind Portugal und Spanien. Die Portugiesen haben einen neuen Seeweg nach Indien entdeckt, ein gewisser Vasco da Gama umsegelte die Südspitze Afrikas und nannte sie 'Kap der guten Hoffnung'. Alle Schätze des Orients gelangen nun in kürzerer Zeit nach Europa als je zuvor. Und die Spanische Krone verfügt über neue Ländereien jenseits des Atlantiks, aus denen ungeheure Mengen Gold und Silber kommen sollen.«
»Kann das alles den Zauber der Lagune verlöschen lassen, Maestro?« fragt Griseldis zögernd.
»Die Marzaria wird weiter locken und verlocken, um Rialto herum wird man Geschäfte abschließen, kaufen und verkaufen, die Liebeswiegen werden weiter über die Kanäle gleiten, man wird in der »Campana« vornehm speisen oder in einer der Spelunken der Fondamenta delle Zattere sich den Magen füllen - Venedig wird nicht sterben, Donna Griselda!«
Griseldis dankt ihm stumm für das gute Wort.
»Vertrauen wir darauf, daß die Königin der Meere als Königin der Künste gute und schlechte Zeiten überleben wird. Ich werde eine Kerze in San Giacomo di Rialto entzünden, wenn ich in meine Werkstatt zurückgehe, Madonna.«

Ich hörte ihn nahen; von der Scuola di San Rocco schritt er an Kloster und Kirche der Maria Gloriosa dei Frari vorüber, überquerte kleine Rii, sah von den geschwungenen Brücken in den Sonnendunst über dem Wasser, hörte die vielerlei Sprachen, das Lachen und die Lieder der Leute rings um Rialto, hörte die Tauben gurren und das Meer leise durch die Kanäle atmen, trat durch das schmale Tor von rückwärts in den Palazzo ein.
Ich erbebte an ihrem Hals. Sie trug das dunkelnde Haar offen

über Schultern und Rücken und ein leuchtend rotes Gewand, rot wie die Salvien in den Gärten der Giudecca, die Rosen vor den Terrassentüren, unbeschreiblich leuchtend. Die feingewobene Seide kam aus China, galt seit Marco Polos Zeiten als Inbegriff des Edlen unter den Stoffen.
Für den Gang über den Markt am Vormittag hatte sie einen meerblauen Mantel übergeworfen, der noch auf dem Stuhl lag, als Tiziano eintrat.
Ich jauchzte ihr ins Ohr: da war er, der hellhäutige Knabe, der mich einst am Strand gefunden - da war er!
»Er ist es«, hämmerte ich ihr ein; »er ist es, betrachte ihn genau! Nur älter geworden, gereift in vielen Leben - betrachte ihn, Griseldis! Beachte ihn, Griseldis, er war mein Entdecker, nun wird er mich vollenden!«
Griseldis schien erregt. Hatte sie mich verstanden?

Der Maler mischte Farben auf seiner Palette. Zum ersten Mal bat er Griseldis, sich zu erheben. Immer hatte sie auf dem Schemel gesessen und zu ihm aufgeschaut, inmitten der sich an sie schmiegenden Kinder.
Die waren nicht zu sehen.
»Wo sind Eure schönen Söhne, Madonna?« fragte Tiziano. »Ich sollte die Konterfeis noch einmal vergleichen«. Sie stürmten herein - trotz seiner Wiedersehensfreude verhalten Leonardo, an seine Seite strebend Marino und dem Künstler strahlend in die Arme fliegend Francesco. Zu dritt standen sie da, und Tiziano skizzierte diese Gruppe mit sicherem Stift. Warum setzte er einen Engel über sie, strengen Gesichts? Warum dessen dunkler Flügelschlag?
Silvana sah herein, rief die Kinder zum Spaziergang.
»Einer fehlt mir noch« sagte Tiziano, sah sinnend auf das Blatt.
»Hier ist er«, zeigte Griseldis auf ihren Leib; »ich trage ihn seit zwei Monaten unter dem Herzen.«
Tiziano beugte ein Knie vor ihr, ehrerbietig, in unverhohlener Bewunderung.

Dann malte er rasch ein Kinderköpfchen mit nußfarbenem Haar auf die Leinwand, von einem türkisfarbenen Schild geschützt, von kaum erkennbaren Gesichtern umgeben, den Gesichtern der Ungeborenen, ewig Geborgenen.
Und Griseldis stand groß, fruchttragend, freudig vor ihm.

Ich verlor fast die Besinnung, als er mich vom Ausschnitt des Kleides löste, ihr den Mantel überwarf und ihn mich halten ließ; sie schob die Kapuze aus der Stirn und hob die Hände, als grüße sie die Majestät Gottes . . .

In diesem Augenblick kam Stefano Correr in den Raum. Seine rote Robe fing das Licht ihres Gewandes auf, warf es leuchtend zurück.
Auch er hob die Hände - trat in den Hintergrund, legte die Linke an die Brust und betrachtete die rasch hingeworfene Komposition des Meisters.
Tiziano malte und malte, vergaß Modell und Auftraggeber, ging auf im Rausch des Schaffens. Bald hatte der Prokurator die Tür behutsam hinter sich geschlossen. Griseldis ließ die Arme sinken und setzte sich.

Ich atmete heftig an ihrem Hals.
»Er wird uns vollenden«, wiederholte ich, unfähig, etwas anderes zu denken.

»Sollte ich ihn Tiziano nennen«? scherzte Griseldis und betastete ihren noch schlanken Leib.
Er lachte überrascht. Der Bann war gebrochen. Die Pinsel kamen zur Ruhe.
»Oh nein, Madonna Griselda, viel eher . . . Marco. Ja, wie wäre es mit Marco, dem Prokurator zu Ehren und der Stadt, deren Schutzheiliger er ist?«
Dann sah er sie lange an, liebevoll, ohne wie sonst den Blick zu senken.
»Laßt ihn Marco heißen, Madonna«, meinte er. »Ich werde es mir gewiß merken.«
Griseldis betrachtete die Leinwand, wurde nachdenklich.
»Kennt Ihr die Assunta der Basilika von Torcello?« fragte sie. »Sie hat dieses Blau. Aber es ist übergoldet vom Hintergrund, vom Heiligenschein, vom segnenden Kind.«
Tiziano hielt inne. »Jene Mutter steht über Lust und Leid der Welt«, meinte er. »So wie ihr Kind, der Richter und Retter.«
»Warum hält sie ein Tuch in der Linken?« fragte sie.
»Es gilt als Symbol der Mater dolorosa«, antwortete der Maler. »Die Inschrift unter der halbrunden Kuppel lautet: 'Ich bin Gott und Mensch, Bild des Vaters und der Mutter, dem Schuldigen nicht fern, aber dem Reumütigen nahe' - Christus bezieht die Mutter in das Erlösungswerk mit ein.«
»Oder die Mutter ihn?« dachte Griseldis laut und erschrak über ihre Worte.
Tizianos Ergriffensein griff auf seine Hände über, auf Pinsel

und Palette - unauslöschlich erkannten diese Hände Griseldis' Wesen.

Sie sann dem Maler nach, der von Pater Germano Casale eingeladen worden war, ihn in Padua zu besuchen. Die Wände der Scuola di Santo wären auszumalen und in der Scuola di Carmine fehlten Bildnisse für das Refektorium der Mönche.

Sie saß im Dachgärtlein vor ihren Gemächern neben dem bronzenen Markus-Löwen und schaute hinunter auf den großen Kanal. Im Abenddunst verwischten sich die Konturen der Barken, Boote, Gondeln. Auf die leuchtenden Farben des Tages fiel es wie welke Rosenblätter, Stimmen und Klänge schienen von rosigen Schleiern gedämpft. In der dunkelnden Ferne, hinter den letzten Inseln der Lagune, hinter dem Adriatischen Meer das Land der Türken, von dem sie so oft hörte, und viel, viel ferner: Indien. Die Wunder des Orients. Menschen, die seltsame Sprachen sprechen, bunte Gewänder tragen, Gewürze, Gewebe und Geschmeide nach Venedig bringen. Und noch ferner die Seidenstraße, von der ihr der Doge erzählte, als sie nach Marco Polo fragte und wo er gewesen sei. Zierliche Frauen mit lackschwarzen Haaren und winzigen Füßen lebten dort in luftigen Holzhäusern, umgeben von bizarren Bergen und einsamen Seen. Und noch weiter fort, undenkbar weit, die Insel der grimmigen Samurai, von denen selbst die Herren der Signoria nichts wußten außer Gerüchten.
In den Fensterscheiben des Palazzos auf der gegenüberliegenden Seite spiegelten sich letzte Sonnenstrahlen und warfen züngelnde Blitze zurück. Es war noch warm. Umgeben vom Duft der Gardenien und des Jasmin erinnerte sie sich an die blühenden Linden ihrer Heimat. Rings um Rialto und auf dem Markusplatz würde bald das allnächtliche Treiben beginnen, die überschäumende Lustbarkeit des Volkes, der peinliche Prunk der Nobelherren und ihrer Damen. Tausende von Kurtisanen wohnten in Venedig, hielten Hof selbst in den vornehmen Sestiers, trieben Handel mit den Trieben ihrer Besucher, verkuppelten ihre Dienerinnen vom Balkan, aus Afrika, Kleinasien, Süditalien, dem Bergland der Terra ferma. Sie schüttelte den Gedanken an die Jahre solcher Liebesdienste ab, an die schreckliche Erinnerung des Schreckens der Leibeigenschaft.

Die Zeit stand still. Sie begleitete Tiziano in Gedanken zum Festland hinüber und auf dem Weg nach Padua. Würde er dann noch in seine geliebten Berge reisen? Wie einen Bruder fühlte sie ihn, war er ihr nahe.
Sie suchte Stefano, den leidenschaftlich Geliebten, in Florenz, wo er im Auftrag der Signoria erkunden sollte, wie man sich bei der geplanten Aufteilung Italiens verhalten wolle - stand doch das Schreckgespenst der völligen Vernichtung der Republik vor den Toren. Der Papst sollte die Romagna, Spanien die apulischen Städte, der Kaiser Istrien erhalten; Frankreich machte Anspruch auf die Terra ferma, Ungarn auf Dalmatien, der Herzog von Savoyen auf Zypern und der Markgraf von Mantua auf Asolo, falls sie der Liga gegen Venedig beiträten, die im zweiten Geheimvertrag von Cambrai gegründet worden war.

Und sie suchte in Gedanken die Söhne, die mit Donna Lucia zum Lido und nach Malamocco hinausfahren durften, eine fröhliche Fahrt, die sie so liebten. Die Zeit stand still in ihrem Herzen. Die Mutter war da, leise sie berührend. Der Vater sah nach ihr, wehmutsvoll. Hedin, die Kleine, streichelte die Bronzemähne des Markus-Löwen. Und wieder stand Tiziano vor ihrem inneren Auge, der brüderliche Meister.
Die Nacht griff nach den Dächern, ihrem kleinen Garten, den Wassern unter ihr. Lampions schimmerten auf. Rebecca brachte ein Windlicht und fragte nach ihren Wünschen. Wunschlos glücklich war sie, verwunschen in der Zeit ohne Zeit, der Welt ohne Welt. Sie legte die Hände auf ihren Leib und bat um Segen für das wachsende Menschlein darin. »Marco«, flüsterte sie, oder würde es ein Mädchen sein, eine sanftäugige Tochter?

Pestglocken gellen über die Stadt, unterbrochen vom Wimmern der Sterbeglöckchen. Vor der Hafeneinfahrt gibt man alle paar Stunden Kanonenschüsse ab, um einlaufende Schiffe zum Abdrehen zu veranlassen. Schwarze Wimpel entlang der Fondamenta sollen die Fischer abhalten, sich den kleinen Kanälen zu nähern, die, verstopft von Booten auf der Flucht vor dem schwarzen Tod, vom Jammer der Zurückbleibenden widerhallen. Auch die großen Wasserstraßen, der Canal Grande und der Giudeccakanal sind schon überfüllt. Die mächtigen Barkassen der Patrizierfamilien streben dem Festland und

der Brenta zu. Durch die Gassen trägt man Bahren mit Kranken zum Lazarett der Mönche, maskierte Ärzte eilen von Haus zu Haus, kontrollierend und reinigend, wo die Pest eingezogen ist. Verzweifelt versuchen mit Menschen überfüllte Kähne die Isola di Santo Spirito zu erreichen, um dort bei den Franziskanerpatres unterzukommen.
In all dem Tumult bleibt Rebecca so ruhig wie immer, ja, sie wird von Stunde zu Stunde stiller. Sie verriegelt die Tore zur Gasse und zum Landesteg am Canal grande, badet die Kinder, verbrennt Weihrauch in Küche und Treppenhaus, geht mit einer Räucherpfanne durch alle Räume. Donna Lucia, von einem Ausflug zu Freundinnen, die auf der Giudecca wohnen, verspätet wieder daheim, wird eingelassen. Sie zieht sich in ihre Gemächer zurück, um den Gatten bangend, der aus Florenz erwartet wird. Erst am anderen Morgen findet man sie, auf ihrem Betschemel zusammengesunken, fieberheiß. Rebecca zieht die schweren Damastvorhänge zu und wäscht die Herrin feucht ab, hüllt sie dann in trockene Tücher, läßt sie Kräuterdämpfe einatmen. Das Fieber steigt.
Die Kinder werden ins Erkerzimmer gelegt und dürfen nur noch die Holztreppe benutzen. Griseldis trägt nasse Tücher um Nase und Mund, wäscht sich nach jeder Arbeit die Hände. Der heiße Herbsttag quält sich durch die engen Gäßchen und Kanäle, das Stöhnen der Sterbenden ist allgegenwärtig.

Als Griseldis die Barkasse des Prokurators nahen sieht, begleitet sie die Söhne zum Steg hinaus, vertraut sie Rebecca an und schiebt sie neben den Ratsherrn. »Schnell hinaus«, sagt sie, »ich sorge für Donna Lucia!«
Die Buben weinen, wollen sie nicht zurücktreten lassen; Leonardo legt seinen Arm um sie und Marino und Francesco klammern sich an ihre Röcke, bis diese laut raschelnd reißen. Griseldis läßt die Tücher vor dem Gesicht fallen und zeigt lachend auf ihr Kleid mit dem breiten Riß, der sich bis zum Knie hinaufzieht - das ist das letzte Bild, das ihnen von ihr bleibt. Das Boot kämpft sich durch bis zur Rialto-Brücke und weiter bis zur Mündung der Brenta.
Silvana erwartet Griseldis hinter den Toren, die sie zu zweit fest verschließen. Der alte Diener des Prokurators hält Wache zwischen den Wirtschaftsräumen und den Treppen. Längst haben sie einen Boten ausgesandt, den Arzt zu rufen, einen anderen, Pater Romano Casale zu benachrichtigen.
Keiner von beiden kommt zurück.
Donna Lucia fiebert die ganze Nacht und den ganzen folgen-

den Tag. Um die Mittagsstunde lassen die Hitzen nach, geht ihr Atem ruhiger, scheint der Puls sich zu erholen. Sie bittet um Wasser. Griseldis geht hinunter, Tee zu bereiten, bringt Gebäck mit herauf. Als sie die Vorhänge zur Seite zieht, um ein wenig Sonne hereinzulassen, bemerkt sie dunkle Stellen auf Silvanas Hals und Händen. Entsetzt schiebt sie die Ärmel hoch und sieht auch ihre Haut übersät mit Flecken. Sie reicht Donna Lucia den Tee und bittet Silvana, mit ihr hinauszugehen. Sie zwingt den Diener, das schmale Tor zur Seitengasse zu öffnen und schlüpft an ihm vorbei, Silvana mit sich ziehend. Mit schwindenden Kräften läuft sie gen Campo San Polo zur Frari-Kirche. Die ist verschlossen. Vor der Scuola di San Rocco bricht sie zusammen, Silvana mit zu Boden reißend.
So, von niemandem beachtet, werden sie sterben, während die Glocken Sturm läuten, die Glöckchen wimmern, Menschen vorbeihasten, Kinder nach ihren Müttern weinen, hilflos durch die Hitze stolpernd.
Über 20.000 Menschen sterben. Venedig liegt wie leer unter einem blendend blauen Himmel, stinkt zum Himmel, hat keine Schreie mehr.

Donna Lucia Maria Angela erholte sich langsam in ihrem fest verriegelten Palast. Der greise Diener servierte ihr Speisen und Wein. Wochen später erreichte sie die Nachricht, daß der Prokurator von San Marco mit Magd und Söhnen in der Villa seines Landgutes verbrannt sei. Aufständische Bauern hatten sie angezündet, um sich vor der Pest zu schützen. Mit ihnen verbrannten Boot und Ruderknechte.

Donna Lucia Maria Angela trank sich zu Tode. Sie erlebte den 19. Mai 1518 nicht mehr, den Geburtstag der liebenswürdigen Tochter, an dem mit großer Feierlichkeit das gewaltige Altarbild Tiziano Vecellios über dem Hochaltar der Frari-Kirche aufgestellt wurde. Zwei Jahre lang hatte er an dieser »Himmelfahrt Mariae« gearbeitet. Das fast 7 x 3,5 Meter messende Bildnis, auf zwei waagrecht zusammengesetzten Holztafeln gemalt, stand nicht im Einklang mit den herrschenden Meinungen über die Darstellung von Heiligen, Aposteln, Jüngern und vor allem der Madonna, die bisher immer als wortlos Ergebene, als demütig Dienende gesehen worden war. Zweifel und Einwände der Ordensbrüder aber wurden von ihrem

Vorsteher nicht geteilt und verstummten endgültig, als das Tafelbild über dem Altar enthüllt war. Ein Triumphbogen von Engeln, anbetend, singend und musizierend, trägt Maria empor - voll unendlicher Liebe streckt sie sich dem Göttlichen entgegen. Dreifach die Gestalt dieses Gefährten, als Begehrender, als Verehrender und als sich mit ihr Vereinender - Sinnbild des Körperlichen, Seelischen, Geistigen im Menschen.

Leuchtend rot diese Dreiheit unten und oben, inmitten des Engeljubels, der Glanz der Jungfrau und Gottesmutter, der Frau und Mutter in Gott. Ihr meerblauer Mantel, sie umwallend, wird von einer Bernsteinspange mit einem winzigen Wappen in der Mitte gehalten. Und sie trägt unter dem Herzen, kaum sichtbar noch, das ewige Kind der Liebe, Sohn oder Tochter, Geschöpf, vom Schöpfer gerufen und heimkehrend zu ihm.

Links neben ihr, getreu den Skizzen jener unvergeßlichen Tage im Palazzo des Prokurators, die Söhne: durchsichtigen Profils Leonardo, brünett gelockt Marino, mit glücklicher Gebärde Francesco, von dunklen Flügeln mahnend überschattet - den Flügeln eines Engels, ihren nahen Tod verkündend. Und darüber, durchsichtig zart zwischen den Kindern des Lichts, das Ungeborene, wie aus einem Quell auftauchend, die Mutter staunend zu betrachten.

Oder war das er selbst, der Künstler, erwachend zu neuem Leben, ewiger Wanderer zwischen zwei Welten?

Tiziano kam oft, sein Werk zu betrachten, heißt es in einem Bericht. Bevor er Griseldis, seiner unvergeßlichen Schwester, in den Schwarzen Tod folgte, dankte er wieder und wieder für diese Begegnung. Der hellhäutige Knabe, der einst den Bernsteinbrocken an der samländischen Küste auflas, ein Bruder vor langer, langer Zeit, fand heim zu ihr und wird mit ihr sein bis ans Ende der Tage.

Inez

Inez oder Ines, von Agnes und Ariagne, griechisch Hagne, »Heilige«, »Reine«. Spanischer Mädchenname.

"Sie haben mich gefesselt, geschlagen, geschunden, verhöhnt. Nackt und blutend war ich ihnen ausgeliefert. Der letzte von ihnen ging mit dem Messer auf mich los - ich erstarrte vor Entsetzen. So hänge ich nun, der zerquälte Baum, an diesem Balken deiner armseligen Hütte. Wärme mich mit deinem Atem, deiner Nähe. Stumm hänge ich am Kreuz vor dir, Inez. Hilf mir, segne mich!"

Feuchtheiße Tage und Nächte, wochenlang. Manchmal eine kurze, laue Brise vom Fluß her wie ein Atemholen der Hitze.
Auch der Vollmond der Heiligen Nacht bringt keine Kühlung. Gras und Blumen verdorren. Kaum Wasser mehr für die Menschen. Den Unbeschuhten Karmeliterinnen, nach der Strengen Observanz der Teresa de Ahomada y Cepeda lebend, bringt man ab und zu noch Milch. Das kleine Kloster mit den Palisadenzäunen und der Kapelle aus weißgekalktem Lehm liegt an der Grenze zum Indianerland und ist mit dem Ochsenkarren in fünf Stunden vom Hafen San Telmo der Stadt »Santa Maria del Buen Aire« aus zu erreichen. Dazwischen Hütten von Siedlern aus Galizien und der steinerne Casco des kastilischen Hidalgos, unter dessen Schutz die fünf Nonnen aus Spanien an den Rio de la Plata gekommen sind. Und Weideland, menschenleer, häuserlos, braun vor Dürre.
Weißer Himmel hinter hohen Palmen, an denen kein Blatt sich regt. Die mageren Hühner in Sandlöchern, die Hunde im kargen Schatten der Mauern. Nach dem Abendgebet noch ein Schluck Mate mit der »bombilla«. Dann ist Inez allein.

Sie wagt nicht, sich zu entkleiden. Der Rosenkranz klebt an ihren geschwollenen Fingern. Auf dem Lehmboden neben dem Bett ist es kühler. Das Bild ihres Elternhauses steigt in ihr auf, als sie den Blick auf mich heftet. Ich hänge an einem rohbehauenen Balken neben der Tür, schier bewußtlos vor Hitze.
Ihr Vater hat mich dieser Tochter geschenkt, als sie aufbrach in die Neue Welt. Immer hatte ich meinen Platz im Comedor seines Hauses gehabt, hinter dem langen dunklen Tisch mit den hochlehnigen Stühlen, über der Truhe mit dem silbernen Leuchter.
Schon als Kind hatte sie mich vertrauensvoll gegrüßt, mich eindringlich betrachtet. Von allen Töchtern des schweigsamen Granden von Avila entschied nur sie sich für den Schleier, trat in das kleine Kloster San José ein, das erste Reformkloster der seligen Teresa. Und machte sich auf, deren Botschaft über das Meer zu tragen, der Himmlischen Majestät zu dienen, Glauben weiterzugeben und vorzuleben.
Wehmütig schaut sie zu mir auf, das Bild der Heimat im Herzen, durstend und hungernd in dieser heißen Ferne, der sie doch angehören will mit all ihrer Kraft.

Eintönige Küchenarbeit bis zur Speisung der Alten und Kranken im Langhaus neben der Kapelle. Die Waisen, von den Schwestern aufgezogen, helfen. Es sind vier Mädchen und ein Knabe, den sie auf den Namen Juan de la Cruz getauft haben. Die Kinder leiden unter der Hitze. Es gibt nichts zu tun im Garten, die Straße ist leer. Fern hört man das Vieh auf der Weide brüllen vor Hunger. Ein Gaucho, der zu Neujahr einkehrte, berichtete vom großen Kälbersterben. Er hatte auch Indianer gesehen, einen Tagesritt weit, auf schnellen Pferden. Immer wieder brachen sie in die Campos ein, trieben Kühe und Schafe mit sich fort, stahlen, was sie fanden, erschlugen die Wächter.
Sonntags kamen nur wenige Siedler in die Kapelle, um mit den Schwestern Gottesdienst zu halten. Diese aber versammelten sich viele Male täglich, beteten, versenkten sich in die Geschichte ihres Ordens.

Die ursprüngliche Regel der Karmeliter war, wenn man sie auch formuliert und bekanntgegeben hatte, dem Orden selbst seit langem verlorengegangen. Die Geschichte seiner Gründung am Fuße des Berges Karmel im 12. Jahrhundert durch eine Gruppe von Einsiedlern, die der Kreuzfahrer Berthold von Kalabrien um sich geschart hatte, ist reich an Legenden über den Propheten Elias, von dem man erzählt, daß er einem italienischen Mönch aufgetragen habe, an der Stätte seiner ehemaligen Klause eine Einsiedelei zu errichten. Diese ersten Eremiten am Abhang des Karmel fühlten sich in allem, was sie taten, vom Propheten Elias selbst beschützt und geleitet. Sie ließen sich zu Beginn des 13. Jahrhunderts vom Patriarchen Albert von Jerusalem eine Lebensregel aufstellen, die später als die Ursprüngliche Regel des Ordens vom Berge Karmel bekannt werden sollte. Die wichtigsten der 16 Vorschriften, die sie enthielt, waren: das Gelöbnis der Armut, Enthaltung von jeglichem Fleischgenuß und die Verpflichtung, daß jeder Eremit allein für sich hause, nur von seiner Hände Arbeit lebe und stets in absolutem Schweigen verharre. Ferner mußte jeweils vom Tage der Kreuzerhöhung, dem 14. September, bis zum Ostertag des folgenden Jahres an allen Werktagen streng gefastet werden.
Als sich im 13. Jahrhundert in Palästina die mohammedanische Macht festigte, war es mit dem friedlichen Leben der christlichen Einsiedler vorbei. Im Jahre 1238 gaben die Karmeliter den Berg Karmel auf, zogen über das Meer westwärts und ließen sich in Zypern, Frankreich und England nieder.

Sie gründeten ihre erste englische Niederlassung wohl im Jahre 1245 in Kent; gewiß ist, daß der um diese Zeit lebende außerordentlich erfolgreiche Generalrat des Ordens, der heilige Simon Stock, ein Engländer war.
In Europa erwies es sich für die Mitglieder jeder einzelnen Ordensgruppe als notwendig, ihre voneinander getrennt liegenden Eremitenbehausungen aufzugeben und gemeinsam in Einsiedeleien zu leben. Das bedeutete bereits die Aufgabe des Schweigegebotes und damit eine erste Schwächung der Ordensregel. Auch waren die Karmeliter, die aufgrund ihrer weißen Mäntel und Skapuliere, die sie über ihren braunen Kutten trugen, die Weißen Mönche genannt wurden, im 13. Jahrhundert ein Bettelorden.
Ihre Macht breitete sich in ganz Europa, besonders aber in England aus, wo sie infolge verschiedener, vom Papst angeordneter Lockerungen der alten Regel Reichtum und Ländereien erwarben. Zu der Zeit, als die Klöster aufgelöst wurden, besaßen die Karmeliter in England 52 Ordenshäuser. Mit der Ausbreitung des Ordens ergaben sich zahlreiche Abspaltungen und Differenzierungen innerhalb des Gesamtordens, aber die allgemeinen Bestrebungen, eine Auflockerung und Milderung der Ordensregel durchzusetzen, behielten die Oberhand. Zu Beginn des 15. Jahrhunderts wurden die ersten Ordensfamilien der Karmeliterinnen gegründet, die ganz offen die bereits erstarkte Tendenz zur Milderung der Ordensregel vertraten und diese von ihnen angestrebte Auflockerung damals auch offiziell als Gemilderte Regel für den Orden durchsetzten. Am Ausgang des gleichen Jahrhunderts hatte sich dieser mächtige Bettelorden der Weißen Mönche und Nonnen allerdings von den Anweisungen des Propheten Elias und der Stille der Einsiedeleien des Heiligen Landes sehr weit entfernt.
Dann brach das 16. Jahrhundert an und mit ihm das Zeitalter der Renaissance und der Reformation, eine Epoche, die in religiöser Hinsicht geprägt war von Martin Luther und Teresa von Avila.
Als Martin Luther 1546 starb und Teresa gerade in ihrem 32. Lebensjahr stand, war sie nichts weiter als eine kranke, unglückliche, innerlich zerquälte Nonne. Nachdem am Sankt-Bartholomäus-Fest, dem 24. August 1562, aber die offizielle Gründung des kleinen Klosters von San José stattgefunden, die ersten vier Schwestern der Reform den Schleier empfangen hatten und das heiligste Sakrament in aller Stille in dem heimlich vorbereiteten Klösterchen feierlich eingesetzt wor-

den war, schrieb Teresa über dieses Ereignis: »Ich befand mich wie im Himmel«. Das kleine Haus verdankte sie der Liebe und Güte ihrer Freundin Doña Guiomár de Ulloa, die Teresa während unruhiger Jahre Obdach gewährt und für ihr leibliches Wohl gesorgt hatte, einer Dame, die ihr Leben als eine der ergebensten Anhängerinnen der »Unbeschuhten« beschloß. Alles, was Teresa und ihre Getreuen verlangten, war die Erlaubnis, nach der ursprünglichen, im Jahre 1247 festgelegten Regel der ersten Mönche am Berge Karmel leben zu dürfen. So hatte zur tiefen Zufriedenheit der fünf Nonnen in San José die Reform ihren Anfang genommen, obwohl die kirchlichen und zivilen Behörden nicht aufhörten, Einspruch zu erheben und Schwierigkeiten zu machen.

Das 36. Kapitel der Selbstbiographie enthält Teresas klare und ungekünstelte Erzählung des Abenteuers ihrer ersten Klostergründung. »Obwohl das Leben im Kloster sehr streng ist, da Fleisch nur in dringenden Notfällen genossen werden darf, acht Monate lang gefastet und andere Übungen der Enthaltsamkeit, wie sie die ursprüngliche Regel vorschreibt, eingehalten werden müssen, scheint es den Schwestern doch noch sehr leicht zu fallen.« Und gegen Schluß des letzten, des 40. Kapitels der Biographie schreibt sie: »Da ich jetzt außerhalb der Welt stehe und es nur mit der kleinen Schar meiner frommen Anhängerinnen zu tun habe, schaue ich gleichsam vom Himmel auf die Erde hinunter und kümmere mich sehr wenig darum, was die Leute über mich reden oder von mir wissen wollen.

Mir ist der geringste Fortschritt, den eine einzige Seele mit meiner Hilfe macht, wichtiger als alles, was die Leute mir nachsagen mögen. Denn seit ich in diesem Hause bin, will der Herr, daß im Leben für diese kleine Gemeinschaft das Ziel all meiner Wünsche liegt.

Er hat mir ein Leben geschenkt, das dem Schlafe gleicht, denn wenn ich etwas sehe, scheint es mir fast immer, als träume ich es nur. Weder zur Freude noch zum Schmerz verspüre ich eine innere Bereitschaft. Wird durch irgendein Ereignis eine dieser beiden Empfindungen doch in mir ausgelöst, verfliegt sie nicht nur so schnell, daß ich ganz erstaunt darüber bin, sondern hinterläßt auch ein Gefühl, das dem gleicht, das Träume in uns hervorrufen.«

Inez. Abend für Abend rief sie die Himmlische Majestät an,

ihnen beizustehen. Schwer lastete ihre Andacht auf mir. Ich erschrak vor ihrem bedingungslosen Glauben, vor ihrer blinden, tauben, törichten Hingabe. Als der Februar anbrach, heißer und trockener noch als die Monate zuvor, flehte sie um ein Wunder.

»Wirke ein Wunder, Himmlische Majestät - nur ein Wunder kann uns noch retten!«

Ihr tränenloses Weinen war wie das Greinen eines verlassenen Säuglings. Etwas in mir zuckte zusammen, zitterte. Ich kannte dieses Wimmern. Lange bevor ich in das Speisezimmer des Adelshauses in Avila gebracht wurde, hatte ich es gehört. In einer Stube, deren dumpfes Dunkel die kreißende Frau zuzudecken, das Neugeborene zu ersticken schien. Das Neugeborene, das elend verhungerte, neben der toten Mutter, lichtlose Tage lang.

Als man die beiden fand und hinaustrug, fiel Licht auf mich; und auch mich schaffte man fort. Man brachte mich dem Herrn, dessen Knecht der Mann der Frau, längst von den Mauren erschlagen, gewesen war.

Schaudernd erinnere ich mich des wimmernden Wesens, der öden Hütte, der groben Gesellen, die mich auf einen Karren legten, neben die Toten, schon halb verwest. Schaudernd starre ich nun auf die Nonne, die vor mir kniet, mit erhobenen Händen, von Schluchzen geschüttelt. Schaudernd sehe ich mich an der Lehmwand über ihr hängen, neben der rissigen Tür, im hitzeflimmernden Halbdunkel.

Warum hat sie mich aufgeweckt, mich, den geschändeten Baum? Ich versuche mich zu bewegen, vom Kreuz zu befreien, an das ich genagelt wurde, damals, vor langer Zeit.

»Ich war lebendiges Holz«, höre ich es aus mir reden. »Ein Nußbaum am Brunnen. Vögel nisteten in meinen Zweigen. Ich gab Schatten und Frucht. Was willst du von mir, Mädchen?«

Inez erbebt. Ihr Herz schlägt wie ein Hammer.

»Wirket ein Wunder, wirket Regen!« murmelt sie, halb ohnmächtig vor Erregung.

»Kannst du die Dornen aus meiner Stirn ziehen? Die Nägel aus meinen Händen und Füßen? Die klaffende Wunde an meiner Seite schließen? Nein? Nun denn, ich kann keinen Regen machen!«

Inez sinkt auf die Knie vor Entsetzen.

»Alles könnt Ihr, Himmlische Majestät!«

Ich lache so laut, daß mich die Erschütterung schmerzt, daß ich zu fluchen beginne.

»Nichts kann ich. Sie haben mich abgehauen von meinen Wurzeln, tief und weit ausgreifend, haben mir die Zweige vom Leibe gehackt, mich enthäutet und gespalten - nichts kann ich mehr!«
»Wasser«, bittet Inez tonlos, »Wasser, Majestät!«
»Willst du mich verhöhnen, Mädchen? Die Jahrzehnte am Kreuz haben mich ausgetrocknet, rissig gemacht, brüchig - willst du mich verhöhnen?«
»Wasser«, flüstert Inez. »Wasser, Wasser - »
»Hol dir Wasser«, herrsche ich sie an. »Suche eine Quelle, einen Bach, einen Brunnen, eine Lache, feuchten Boden. So wie meine Wurzeln es tun mußten, nie erlahmend. Suche Wasser, Mädchen!«
Inez legt sich auf den Rücken, mit gefalteten Händen. Ihr schwindelt. Was ist geschehen? Wer spricht zu ihr?

Sie erwachte wie mit zerschlagenen Gliedern. Hatte sie das alles geträumt? Sie bekreuzigte sich vor dem Gekreuzigten, ging zum Morgengebet, fand zurück in die behütende Ordnung des Karmels, zu den vertrauten Gesichtern der Mitschwestern.
Heiß, brütend heiß von Sonnenaufgang bis Sonnenuntergang. Keine Milch mehr für Kinder und Kranke. Inez machte sich auf die Suche nach Wasser, fand eine morastige Stelle neben dem Feldweg, weit vor der Umzäunung des Klosters, schöpfte brackiges Naß für die Küche. »Erst abkochen«, befahl die Oberin, »und dann durch ein Tuch seihen«. Wenig, wenig, kaum genug, den Fiebernden Lippen und Zunge zu netzen.
Als sie wieder mit mir allein war, berichtete sie mir davon, daß sie einen Topf mit Wasser gewonnen hätten.
»Ist das alles?« fuhr ich sie an. »Hast du nicht tiefer graben können? Meine Wurzeln stießen durch Geröll bis zum Grundwasser vor. Grün waren meine Blätter, glatt und geschmeidig Stamm und Äste, stark das Gezweige. Grabe tiefer, Mädchen, mühe dich - was erwartest du Wunder! Wie vermessen von euch Menschen, Wunder zu erbitten! Nimm deine Hände, wühle weiter!«
Getroffen, verletzt, weinte sie sich in den Schlaf. Und sah sich im Traum in einem tiefen Krater, brodelnd vor Hitze, nach Wasser graben, hatte Blasen an den Fingern, schrie vor Schmerzen, schlug kleine Flämmchen von ihrer Kutte, schlug um sich, hustete in Qualm und Lohe, schrie ohne Stimme, fand keine Tränen mehr.

Tage folgten, in denen die Hitze sich wie ein Kessel über sie zu stülpen schien. Zwei ältere Frauen mußten sie begraben und Juan, den elternlosen Knaben, den sie vor der Tür der Kapelle gefunden hatten bald nach ihrer Ankunft hier und der nun wie vertrocknet in seinem kleinen Sarg lag. Wann hatten sie ihn damals zur Taufe getragen? Inez entsann sich der Freude, die sie empfunden, als sie ihn in den Armen wiegte, nachdem das Taufwasser ihn geweckt hatte. Schluchzend kam sie in die Zelle zurück, als sie ihn nun neben der Kapelle hatten verscharren müssen. Keine von ihnen hatte genügend Kraft gehabt, die Grube zu vertiefen. Schluchzend kniete sie vor mir nieder, erwartete Trost.
»Kämpfe«, wehrte ich ihre Schwäche ab. »Alles in der Natur muß kämpfen. Jede Wurzel, jedes Blatt, jede Blüte, jedes Tier im Wasser, in der Luft und auf der Erde. Leben ist Kampf ums Überleben, kennt kein Erbarmen. Wehre der Trägheit deines Leibes, stehe auf und widerstehe. Was starrst du mich an, von mir erhoffend, was du nicht tun willst? Kämpfe, Mädchen!«
Da sie schwieg, begann ich zu schreien. »Sie haben mich umgehauen und zerhauen, einen Krüppel aus mir gemacht, mich ans Kreuz genagelt - wie soll ich Wunder tun? Ich bin verwundet bis ins Mark. Wehre dich, Mädchen aus Avila, kämpfe!«
Wieder schien es ihr ein Traum zu sein, wußte sie nicht, ob sie schlief oder wachte. Sah sich auf den glitschigen Planken des Auswandererschiffes, im rüttelnden Ochsenkarren vom Hafen hierher, einer Rodung unter ragenden Palmen, nicht weit vom Brunnen, der nun kein Wasser mehr hatte. Sie sah sich auf der schmalen Liegestatt ihrer Zelle, Blumen in den Händen, eine bleiche Tote, neben der Kerzen entzündet wurden. Oder war es die selige Teresa, die da lag, die Verfechterin des reinen Glaubens, die auf ihrem Lager verschieden war, bei der sie nun Totenwache hielt?

Die Gauchos, sonst auf dem Ritt nach Westen, kamen nun von dorther zurück. Sie brachten Fleisch. Man aß, weil man nicht trinken konnte; Inez verabscheute die dicken Lendenstücke, sehnte sich nach frischem Gemüse, nach Früchten, nach Wasser.
»Geh mit den Männern zur Stadt«, befahl ich ihr, als sie endlich, entsetzlich matt, vor mir niedersank. »Was willst du noch hier? Ein Baum gehört zu anderen Bäumen, ein Mensch zu

anderen Menschen. Was wollt ihr Weiber hier? Erwarte nichts von mir. Ich bin der Gehängte - geh, solange noch Zeit dazu ist!«
Inez hob sich auf die Zehenspitzen.
»Betet mit mir, Himmlische Majestät«, bat sie und sank zurück, schlief vor Erschöpfung ein.

Schlaftrunken wankte sie zur Morgenandacht in die Kapelle.

Nada te turbe
Nada te espante,
todo se pasa,
Diós no se muda;
la paciencia
todo lo alcanza;
quien a Diós tiene
nada le falta.
Solo Diós basta.

»Nichts soll dich beunruhigen, nichts soll dich erschrecken. Gott allein genügt.«
Diese Worte der seligen Teresa, der Reformerin ihres Ordens, machte die Oberin der kleinen Schar zum Motto des Tages. Inez erschrak, als hätte man sie bei einer Todsünde ertappt.
»Doch was, meine Töchter, wird wohl Sein Wille sein? Daß wir vollkommen seien, um eins zu sein mit Ihm und dem Vater - wie Seine Majestät es erbeten hat. Schaut, wieviel uns noch fehlt, um dorthin zu gelangen. Ich sage euch, daß ich dies in tiefer Betrübnis schreibe, weil ich mich so weit davon entfernt sehe, und zwar durch meine eigene Schuld. Denn der Herr muß uns dazu keine großen Geschenke gewähren; es genügt, was Er uns geschenkt hat, als Er uns Seinen Sohn gab, damit Er uns den Weg weise.
Der Herr verlangt nur zwei Dinge von uns: Liebe zu Seiner Majestät und zum Nächsten. Darum haben wir zu ringen. Bewahren wir sie ohne Fehl, so tun wir Seinen Willen und sind dadurch eins mit Ihm. Doch wie weit sind wir davon entfernt, dieses zweifache Gebot so zu halten, wie wir es einem solch großen Gotte schuldig sind! Möge es Seiner Majestät gefallen, uns die Gnade zu verleihen, daß wir es verdienen, auf diese Stufe zu gelangen. Wir haben es in der Hand, wenn wir wollen.«
Schwester Oberin Maria-Julia las diese Zeilen aus Teresas »Castillo Interior«, nachdem sie die Horen gebetet hatten. Wie-

der spürte Inez, was die große Teresa ihren Töchtern vorgelebt hatte: alles Handeln muß Gebet sein, Vereinigung mit Gott.

So inniglich versunken im Dank an den Allmächtigen kehrte sie in ihre Zelle zurück, kniete nieder, betete an. So dem höchsten Wesen hingegeben, beugte sie sich vor mir.
»Euch gilt all mein Sein, Himmliche Majestät« murmelte sie. Tränen liefen über die mageren Wangen, endlich wieder Tränen.
»Warum nennst du mich so?« fragte ich in die lastende Stille hinein. »Ich bin keine Majestät!«
»Ihr seid Gottes Sohn, Herr Jesus!«
»Gottes Sohn? Ich habe ihn nie gesehen!«
»Er ist in Euch und um Euch und über Euch, Herr Jesus«, sagte Inez leise. »Ich bete Ihn an in Euch«.
»Gott«, wiederholte ich, »Gott - wer ist das?«
Inez weinte erschüttert. »Der Vater«, sagte sie. »Euer allmächtiger Vater!«
Wieder Stille, zentnerschwer.
»Die Sonne habe ich gesehen, den Mond, die Sterne. Den Wind kenne ich, den Regen, Blitz und Donner, Kälte und Schnee. Meinst du das, Mädchen?«
Sie schwieg.
»Vögel sangen in meinen Zweigen. Insekten umsummten mich. Eichhörnchen sammelten die Nüsse und vergruben sie als Wintervorrat. Kinder warfen Steine in mein Geäst, trafen die grünen Früchte, brachen sie auf, aßen, jubelten. Ich sog den Duft der frischen Kerne in mich ein. Der Himmel unerhörter Sommernächte, weit, warm und klar, umhüllte mich - der Himmel grauer Wintertage machte mich frieren. Wo ist der Vater, von dem du sprichst?«
Inez rang die Hände. »Das alles ist Er, Majestät, Euer Vater!«
Schweigen, vernichtend.
»Ich kenne diesen Vater nicht. Die Mutter, ja, die liebte ich. Mutter Erde, die meinen Wurzeln Feuchtigkeit und Kraft gab. Die mich festhielt in grausamen Stürmen, unter gefahrvollen Gewittern. Die Mutter, ja - ihr werde ich immer dankbar sein.«

Inez stockte der Atem. Mutter? Sie hatte ihre Mutter früh verloren, nie war die Rede von ihr gewesen. Der Vater blieb: streng, ernst, aufrecht. Der Vater - er gab ihr das Kruzifix, legte ihr die Hand fest auf den Kopf beim Abschied. Die spürte sie noch, Vaters feste Hand.

»Mutter Erde«, tönte es aus mir - alles Vogellied, alles Blätterrauschen, alles Bienengesumm, alle Windmelodien waren in diesem Namen.
»Mutter Erde« lobpries meine Stimme, mit ungeahnter Wucht aus mir herausbrechend, und Inez zitterte vor Sehnsucht, vor Wehmut.
»Himmlische Majestät« hauchte sie, »Himmliche Majestät, erbarmet Euch unser!«
»Mutter«, stöhnte ich, »Mutter, Mutter, warum hast du mich verlassen?«
Inez richtete sich auf, blickte mich an.
»Erbarmet Euch, Himmlische Majestät, erbarmet Euch unser!«
Ich neigte mich sacht zu ihr hinab.
»Segne mich, Schwester«, bat ich leise.
Und sie berührte behutsam meine Füße, meine im Todeskampf verkrampften Füße, mit ihren Lippen.

Feuer, Feuer, schrie das Glöcklein der Kapelle. Feuer - weit draußen noch, auf der Pampa, aber vom Winde herübergedrückt.
»Rettet uns, Himmlische Majestät«, rief Inez, »errettet uns vor der Feuersbrunst!«
»Rettet euch selbst«, sagte ich laut, knapp, herrisch. »Schlagt die Zäune herunter. Alles was brennbar ist, müßt ihr hinaustragen aus den Häusern, aus dem Hof. Spute dich, Mädchen!«
Inez raffte die Kutte hoch, rannte zu den anderen. Sie halfen den alten Männern, die Palisaden niederzureißen. Sie halfen ihnen, knieend, das dürre Gras vom Boden zu schneiden. Sie trieben die Kinder an, hölzerne Tröge, Bänke, Bretter fortzutragen. Sogar die jungen Obstbäume im Garten wurden umgehauen und weggeschleppt.
»Feuer«, kreischte das Glöcklein, »Feuer -«, und verstummte.
Kein Wasser, die Flammen zu löschen. Nur kahle Erde konnte sie vor der Feuerhölle bewahren.
Sie kam näher wie mit tausend Teufeln. Die Glut nahm ihnen die Sicht, die Stimme, fast den Atem. Sie stampften auf die Funken, mit bloßen Füßen, deren Sohlen taub wurden gegen den Schmerz. Ein Mann wälzte sich über die heranzüngelnden Flammen, Frauen versuchten, sie mit ihren Tüchern zu ersticken. Die Kinder klammerten sich verschreckt an Maria-Julia, die Oberin, bis sie sich alle in die Kapelle drängten, dem Rauch zu entkommen.

Ein windloser Abend, unsagbar blau und licht. Funkelnde Sonne im Westen, orangefarben sich verschleiernd, blutrot unter den Horizont sinkend. Als die Nacht im Osten aufstand, schwesterlich die Erde umfangend, erlosch das Feuer.
Die letzten Glutnester glommen noch nach, verloren sich dann in der Dunkelheit. Inez tränten die Augen, als sie sich auf ihr kahles Lager legte. Mit dem letzten Leintuch hatte sie mich umwunden, mich vor dem Brand zu schützen.
Sie war so müde, daß sie einschlief, ohne noch einmal die Hände zum Gebet zu falten. Als ich sie rief, fuhr sie aus einem bösen Traum auf: ihr Elternhaus stand in hellen Flammen und die Wiege, in der sie und ihre Geschwister einst gelegen, wurde aus dem Fenster im Erdgeschoß geworfen, verkohlte auf der Straße.
Ich rief noch einmal, sehr laut rief ich. »Mädchen«, rief ich, »nimm dieses Tuch von mir, ich muß mit dir reden!«
Endlich hörte sie, erhob sich, nahm das Linnen von mir, kniete nieder.
»Was wollt Ihr mir sagen, Himmlische Majestät?«
»Laß das, hör auf, mich Majestät zu nennen! Ich bin ein Baum, bin wieder ein Baum, hoch und breit. Ich sehe und höre, was um mich her geschieht. Mutter Erde hat mir Leben zurückgegeben. Freue dich, Mädchen!«
Sie verstand mich nicht, wollte mich nicht verstehen.
»Himmlische Majestät«, murmelte sie, »das Feuer ist erloschen. Wir sind verschont geblieben, die Alten, die Kranken, die Kinder, die Schwestern. Habt Dank, Majestät!«
Ich mußte lachen. Dieses Lachen schüttelte mich, riß mich auf. Und so brach es aus mir heraus:
»Freue dich, Mädchen! Atme meine Frische ein, meine lebendige Kraft. Höre auf, vom Himmel zu faseln, liebe die Erde so wie ich, gib dich ihr hin!«
Meine ausgebreiteten Arme schienen sich zu dehnen, meine Finger schienen sich zu lösen, streichelten dieses verängstigte Wesen wie mit frischen Zweigen und Blättern.
Inez fügte sich der Umarmung, sog das knospende Erbarmen in sich ein. Es war ihr, als fülle der Duft jungen Grüns, feuchter Rinde den Raum.
»Gut, mein Mädchen«, lobte ich sie. »Und nun schlafe aus, ich wache über dich!«
Wieder fiel sie in tiefen Traum. Wieder war sie zu Hause in Spanien, ging unter der steinernen Römerbrücke bei Avila hindurch, an Felsbrocken unter kargem Buschwerk vorüber, der Stadt zu, deren Mauern und Türme sie schon von weitem

grüßten. Das Tor aber vermochte sie nicht zu durchschreiten: ein alles überragender Nußbaum, höher als die Kirchtürme, versperrte den Weg. Ein Baum, in dem unzählige Vögel zwitscherten, in dessen Schutz Rehe und Hirsche und Hasen ästen, in dessen Wurzelwerk allerlei Gewürm wohnte, der von Motten, Bienen, Fliegen und Faltern umschwirrt wurde und dessen Rauschen wie eine Glocke klang - eine Feuerglocke - das Feuerglöcklein?
Angstvoll erwachte sie, sprang auf, hastete aus der Kammer zur Küche: Was war geschehen? Zwei Gauchos standen dort, von den Schwestern umringt. Fahler Morgen sickerte durch die Fenster, eine magere Katze strich zur Tür herein, ein Kind weinte auf seiner Matte. Das Gesicht der Oberin schien Inez geisterhaft blaß. Sie hörte, wie ein Gaucho sagte: » . . . sie wissen, daß Ihr vom Feuer abgeschnitten worden seid. Aus der Stadt kann man Euch nicht zu Hilfe kommen.«
»Sie« - Inez erschrak so sehr, daß ihr der Atem stockte - das waren die Indianer, die immer wieder versuchten, bis zu ihnen durchzubrechen, marternd und mordend.
»Sie wollen nur das Vieh forttreiben« hörte sie die Oberin sagen. Mit kleiner Stimme, verzagend.
Die Gauchos saßen schon wieder auf ihren Pferden. »Wir versuchen durchzustoßen«, riefen sie. »Wenn auch nur bis zu Don Alfredos Casco. Suerte, Señoras!«
Inez tastete sich zurück in ihre Zelle. Ein Baum war dort, in dem sie sich verbergen konnte. Vielleicht gelang es ihr, hoch oben in seiner Krone zu überleben, vom Wind gewiegt, von der Sonne gewärmt, vom Regen gelabt.
Aber da war kein Baum mehr. Sie fand nur mich, stöhnend.
»Ich kann mich nicht von der Stelle rühren!« klagte ich, entsetzlich betrübt aus dem Traum vom gewesenen Leben erwacht. »Ausgeblutet bin ich, voll von Wunden, zu Tode geschunden.«
Inez begann zu schluchzen.
»Gott wird uns vor allem Bösen bewahren, Himmlische Majestät. Vertraut Ihm, ruft Ihn an!«
Sie rutschte näher zu mir, umklammerte meine Knie. »Euer Vater, Himmlische Majestät, ist allmächtig!«
»Ich kenne diesen Vater nicht«, keuchte ich, von Nägeln gepeinigt, von Dornen zerstochen. »Schweig endlich von ihm, Mädchen! Wehre dich im Namen der Mutter, die uns alle trägt und nährt, ruf sie um Hilfe an!«
Inez bekreuzigte sich. In der »Inneren Burg« der seligen Teresa gab es nur Wohnungen für den Vater im Hause der Seele. Ihm

dankte sie, auf ihn hoffte sie. Sie erinnerte sich der Worte Teresas: »Gott hat die Seele zu einer Ihm würdigen Wohnstatt gemacht und gibt ihr Anteil an Seiner eigenen Herrlichkeit. Denn wenn wir es recht betrachten, Schwestern, so ist die Seele des Gerechten nichts anderes als ein Paradies, an dem der Herr, wie er selbst sagt, seine Lust hat. Nun, was meint ihr, wie wohl die Wohnstatt sein mag, in der ein solch mächtiger, weiser und reiner König, der so reich an Gütern jeglicher Art ist, sich ergötzt? Ich finde nichts, mit dem sich die große Schönheit einer Seele, ihre weite und hohe Befähigung vergleichen läßt.«

Ich zerrte an meinem Kreuz, fühlte mein Ende am Holz nahen.

»Verteidige dich, Mädchen«, brachte ich noch heraus. »Nimm mich als Waffe, verteidige dich, solange es geht!«

Inez begann zu lallen vor Angst und Entsetzen. Sie krümmte sich auf zu mir.

»Ruft den Vater herbei, Majestät, den Vater mit allen Engeln und Heiligen, daß sie uns beistehen, daß sie uns erretten!«

»Rette dich selbst« - meine Stimme überschlug sich.

»Rette dich selbst, ich kann es nicht tun. Hörst du sie nicht schon kommen? Ist niemand mehr da, das Glöcklein zu läuten?«

»Er wird unsere Glocke sein, unser Vater in dem Himmel, der uns liebt und schützt, unser Vater in dem Himmel, Euer Vater, Majestät!«

Inez rang die Hände, besinnungslos fast.

»Steh auf, Mädchen«, gellte es aus mir, »kämpfe!«

Tritte auf dem Hof, vor der Tür. Stöße, Schläge. Dann brach es herein: braunrote Leiber, feixende Gesichter. Sie stand starr, einen Herzschlag lang.

Dann riß sie mich vom Balken, faßte mich fest mit beiden Händen und schlug zu. Ich zersplitterte am Kopf des ersten Eindringlings.

Inez wurde schwarz vor Augen.

Zu Boden getreten, bespuckt, sterbend vergewaltigt, lag sie da, mit geschlossenen Lidern und blutverschmiertem Mund. Ihre schwarzen Haare quollen aus dem weißen Schleier und umrahmten das bleiche Gesicht mit der hohen Stirn, den mageren Wangen, der flachen Nase und dem fliehenden Kinn.

Sie hatte den Kampf verloren, den der Geschundene am Holz ihr aufgetragen, den sie zu gewinnen glaubte im Namen des allmächtigen, grenzenlos gleichgültigen Vaters im Himmel.

Giselle

Giselle, von Gisela oder Zisal, Geisel, Kind edler Abkunft. Französischer Mädchenname.

Mitternacht. Müde schaue ich in den Spiegel des Frisiertischchens, das heute geliefert wurde, bei einer Auktion vor zehn Tagen ersteigert. Am Rahmen noch sein Steckbrief: Nußholz, reich intarsiert, mit originalen Messingbeschlägen, Louis XV, Paris.
Ein jugendfrisches, strahlendes Gesicht erwidert meinen Blick. Ich rücke ihm näher, will genauer sehen. Und erkenne dieses Mädchen, kaum bekleidet, gierig nach Glück: Giselle.

Alles an ihr ist klein: die Statur, der Kopf, Hände und Füße, das Gesicht. Klein die Nase, der Mund, das Kinn, der Hals. Klein die Stimme und das Talent. Wenn sie auf der Bühne steht, ist sie das Entzücken älterer Damen und die Versuchung nicht nur älterer Herren. Etwas hinreißend Kindliches geht von ihr aus, das Beschützerinstinkte wachruft, Mütterliches und Brüderliches. Zugleich atmet ihr Körper schiere Sinnenlust - ein »allerliebstes Hürchen«, pflegt der Marquis zu sagen, wenn er sie seinen Gästen vorstellt.

Sie gefällt und hält Gefälligkeit für selbstverständlich. Der Marquis vergibt sie als Pfand für Gefälligkeiten, die man ihm bei Hofe erweist. Sie ist Leihgabe und steigt im Wert von Succès zu Succès - wenn der Marquis sich ihrer persönlich bedient, weiß sie auf amüsante Art von ihren Amouren zu plaudern, auf seinen Knien sitzend und ihn wärmend, bis die Begierde heiß genug ist.

Dann schließe ich die Augen und träume mich davon, ich, ihr Tischchen mit dem handgeschliffenen Spiegel. Denn ich stehe in ihrem Boudoir und kann nicht fliehen. Erst dann, wenn sie frischen Puder auflegt, öffne ich die Augen wieder und schaue sie an.
Ich liebe Giselle. Sie ist meine Welt. Ich kenne sie so genau wie nicht einmal sie selbst sich kennt. Jeden winzigen Leberfleck ihrer Haut kenne ich, jede zarte Wölbung ihres Leibes, jedes Härchen in ihrem Schoß, jede Locke über ihrer Stirn. Alles ist klein an ihr, auch die Stirn. Aber sie hat ein großes Herz.

Wir wohnen in Sully-sur-Loire, dem Schloß des Marquis. Das Schloß ist typisch für die Anlage der festen Burgen dieser Zeit. Trapezoider Grundriß, hohe Mauern mit Ecktürmen, gedeckten Wehrgängen, Pechnasen und Schießscharten. Die Loire umspült den Fuß des Gebäudes.
Südlich des Wehrturmes liegt, ebenfalls von Wasser umgeben, der äußere Burghof. Der gewölbte Durchgang des Torbaues öffnet sich auf den Innenhof und eine weitere Zugbrücke, von kleinen Türmen eingerahmt, die den Zugang zum Wehrturm zu sperren vermag.
Dieser Wehrturm am Ufer der Loire ist wohl der eindrucksvollste Teil des Baues. Sein Erdgeschoß enthält eine Halle für

die Wache; der erste Stock bildet einen einzigen großen Raum. Im obersten Stockwerk dagegen, im »hohen Saal«, findet sich das älteste und schönste Beispiel der Zimmermannskunst dieser Gegend: die Anlage in Form eines Schiffskörpers, die von allen Besuchern bewundert wird. Hier hat man ein kleines Theater errichtet, in dem auch Giselle mit ihrer Truppe spielte, bevor sie Wohnung im Schloß nahm.

Wenn Giselle spielt, trägt man mich in ihre Garderobe und ich beobachte sie beim Ankleiden und Auskleiden wie ein erfahrener Voyeur.
Mit Bouquets beladen, empfange ich sie nach der Vorstellung und weiß, wie mühevoll sie die Billets doux entziffert, die in ihnen versteckt sind.

Den mit steiler Schrift gemachten Anweisungen des Marquis ist unbedingt Folge zu leisten; fehlen sie, dann wägt Giselle die Einladungen zum Souper, zu Kutsch- oder Kahnfahrten ab oder verliert sich seufzend in verliebten Versen, die sich auf coeur, soeur, un, aucun, elle und belle reimen oder so ähnlich. Sie hat ein großes Herz auch im Mitgefühl mit den Jünglingen, die sie nicht erhören kann. Öffnet sich womöglich die Tür der Garderobe und stürmt ein verzweifelt wartender Verehrer herein, so dauert das Entkleiden nicht lange und wird das Hors d'oeuvre des Abends sogleich genossen, wonach als Apéritif tausend Schwüre folgen, für die es nach dem Dessert um Mitternacht ohnedies zu spät wäre. Alles ist klein an Giselle, auch der blauseidene Beutel, in dem sie die Goldstücke aufbewahrt, die ihr zugesteckt werden.

Nur ich weiß, daß er in einem Geheimfach liegt, neben ein paar schäbigen Ringen, die sie ins Schloß mitbrachte, als die reisenden Komödianten sie in Blois zurückließen - der Marquis hatte sie dem Patron der Truppe abgekauft.
Als sie zum ersten Mal vor mir saß, mit vor Erregung gerötetem Gesicht, erwachte ich aus langem Schlaf. Sie küßte das kühle Glas des Spiegels, tastete mich mit beiden Händen ab, entdeckte die offenkundige und die geheime Schublade, legte ihre Ringlein hinein und fädelte den Schlüssel der großen Lade an eine Kordel, ließ ihn im Dekolleté verschwinden. Seither gehören wir einander und diene ich ihr, wohin immer sie mich tragen läßt.
Giselles Glanzrolle ist die einer Schäferin, die Königin wird und als Königin Schäferspiele inszeniert, bei denen sich die

Angehörigen des Hofstaates als antike Götter und Helden verkleiden und sie sich Apollo hingibt, dem Herrn der Musen. In dessen Kostüm ihr Stallbursche steckt; ein herrlicher Liebhaber. Wie da Göttinnen und Halbgötter, Dienstboten und Gäste durcheinander geraten! Die aufreizende Maskerade endet mitnichten, wenn der Vorhang fällt - im Park und im Gewächshaus, in Schloß und Stall geht das Bäumchen-Bäumchen-wechsle-dich-Spiel weiter. Giselle, nimmermüde, liegt längst bei ihrem Apoll, der nun nur noch Haut trägt und keiner besonderen Erwärmung bedarf.

Wenn sie dann wiederkommt, sich zu parfümieren und zu pudern, riecht sie nach Gier und Glück und Wein und Stall und schüttelt die Strohhalme aus dem Blondhaar, daß es nur so stäubt.

Mit Beginn des Winters kommen die Knechte und tragen mich zu den Planwagen, angefüllt mit Möbeln, Teppichen, Gobelins, Silber und Porzellan, die nach Paris rollen. In den winzigen Mansarden von Versailles, die wir dann bewohnen, stehe ich so dicht neben Giselles Bett, daß sie sich vom Bettrand aus schminkt und frisiert, knieend manchmal, wenn die Wimpern geschwärzt und die Brauen nachgezogen werden.

Die Wand hinter mir ist kalt und feucht, Schimmel überzieht meine Rückseite, der Beutel mit den Goldstücken in der geheimen Lade riecht übel, wenn Giselle ihn herausnimmt, um für Geschmeide Platz zu machen; feines Geschmeide aus rotem Gold und geschliffenen Edelsteinen.

Der Marquis fröstelt, wenn er bei ihr liegt, wie immer sie ihn zu erhitzen sucht; viel häufiger kommen die Gefälligkeits-Kavaliere, nachdem sie Wein und Süßigkeiten, Blumen und Schmuck überreichen ließen. Giselle blüht auf unter den Huldigungen der Herren eines Hofes, der dieser Kindfrau zu Füßen liegt. Giselle ist die Königin der Schäfer, wird zum Lamm für den König.

Denn an einem Tag im März, himmelblau und rosarot, treten reich livrierte Diener ein, reiben mich ab mit ihren weißen Handschuhen, putzen meinen Spiegel blank und tragen mich in ein Gemach unter dem Schlafzimmer Seiner Majestät. Da sind die Wände mit prachtvollen Gobelins behangen, der Boden mit Teppichen ausgelegt, die Fenster mit Portièren zugsicher verschlossen und die Kristall-Lüster mit Kerzen über und über bestückt, daß wir nicht mehr frieren müssen.

Eine Tapetentür im Vorraum führt zu einer Wendeltreppe und diese direkt in des Königs Privatkabinett. Nicht einmal Madame la Maîtresse en titre und schon gar nicht Ihre Majestät die Königin wissen vom Versteck des Lämmleins einen bezaubernden Frühling lang. Im Gegenteil: der Gunst der Gräfin de Mailly, Erste Favoritin des Königs, darf das Kind Giselle sicher sein, kann diese sich doch kaum des Charmes und der Schönheit der Kleinen vom Lande entziehen. Und von Mesdames, den Töchtern des Königs und der Maria Leszczynska, wird sie oft in die kleinen Appartements von Versailles gebeten, um mit ihnen heiße Schokolade zu trinken und zu plaudern. Dort verkehren Marivaux, der vom Ruhm verwöhnte Komödiendichter und Romancier, der bissige Piron, der trockene Montesquieu und Fontenelle, der großartige Verfasser der »Entretiens« und Dekan der Dichtkunst. Der Marquis, zum Kämmerer ernannt, versteht zu vertuschen, zu tuscheln und zu schweigen. Giselles Schmuckschatz wächst. Die Goldstücke sammeln sich in der großen Lade, sorgsam verschlossen.
Ihre Garderobe wird maßgebend für die Damen bei Hofe, ihre Art, das Blondhaar unter der Puderperücke in Nacken und Gesicht rieseln zu lassen, die Rechte zum Kuß freizugeben und mit dem Fächer in der Linken Nasenstüber zu verteilen; ihre Art, ein Schönheitspflästerchen auf der entblößten Brust zu zeigen und dann kokett die Spitzenborten aus Calais darüberzuziehen, die sich an den Volants des bauschigen Rockes wiederholen, ihre Art, diesen Rock mit beiden Händen zu heben, sodaß die Waden enthüllt werden und alles, was darunter nackt ist. Eine Fee, ein großes Kind, Psyche, die unsterbliche Geliebte Amors, Aphrodite selbst oder Circe, die gewaltige Zauberin, ja, eine leibhaftige kleine Hexe hat den König hörig gemacht und mit ihm seine Schranzen und seine Gäste bei Hofe.
François Boucher, aus Paris herbeieilend, malt sie in veilchenblauer Seide und schaumweißen Spitzen auf einer Schaukel, von Blumengirlanden umfangen, vor einem zarten Frühlingshimmel mit wattigen Wolken. Er malt sie auch als liegenden Akt mit einer Alabasterschale voller exotischer Früchte. Alabasterfarben ihre Haut und die kleine Hand, die mit den Brüsten spielt. Auch Jean-Marc Nattier portraitiert sie auf seine unnachahmliche Rokokomanier, und zwar als

»Schülerin der Grazien«, ihr größter Würdiger aber ist Charles André Vanloo, Erster Maler Seiner Majestät.
Versailles in jenen Maitagen: blühende Pracht der Rabatten, wohliges Grün der Hecken und Bäume, goldener Sand der Wege, kühlendes Plätschern der Springbrunnen und betäubendes Jubilieren der Vögel: Giselle, im rosafarbenen Fond ihrer Equipage, von Schimmeln gezogen, die der Kutscher in seiner rot-blauen Livrée kaum antreiben muß, so stolz traben sie durch die Sonnenflut.
Alles ist klein an Giselle, auch das Lächeln, mit dem sie ihre Triumphe genießt. In ihrem Herzen hat Hochmut nicht Platz. Sie rühmt sich nicht ihrer blendenden Reize, ihrer Anmut, ihrer Fröhlichkeit. Sie gibt und nimmt, ein genereuses, heureuses Kind.
Niemand kennt ihr Alter, ihre Herkunft, ihre Vergangenheit. Ist sie edler Abkunft, vielleicht von Zigeunern gestohlen oder vom fahrenden Volk der Schausteller, bei denen der Marquis sie fand? Ist sie eine Geisel schon vom Mutterleib her, unfrei geboren und zum Liebesdienst erzogen von klein auf? So dunkel auch das Gestern: sie entwuchs ihm wie der Lotos dem sumpfigen Grund, wie die Lilie der feuchten Tiefe, wie die Malve der armen Erde: kein anderes Weib besteht neben ihr.

Ich liebe Giselle, ich streichle Giselle mit dem Spiegelbild, das ich ihr zuwerfe, in dem sie badet wie ein Vogel im Regen. Kein Makel ist an diesem Bild, auch wenn das kleine Gesicht einmal müde wirkt, der kleine Mund übersättigt. Mein Spiegel gibt nichts wider, was sie kränken könnte oder auch nur erschrecken. Ich liebe Giselle und dürste nach ihren Fingern, die mich berühren, wenn sie nach Kamm und Bürste greift, nach Rouge und Kohle, nach den kristallenen Flacons mit Rosen- und Veilchenduft. Ein Frühjahr ohne Fältchen und ohne Schatten, bis der Sommer kommt.

Man trägt mich aus dem Schloß in den Wagen des Marquis, bringt mich zurück an die Loire, wo Giselle, gesegneten Leibes, als Venus auf der Bühne steht und den Schwanenritter empfängt, in dessen Kostüm der Marquis sich verbirgt. Sein Genuß ist grenzenlos; nie noch konnte er eine Schwangere lieben, sich in sie wühlen, sie besitzen wie Dionysos oder Pluto, der finstere Herr der Unterwelt.

Unendlich verlockend die Fülle und Weiße ihres Fleisches, das sie der Sonne zu entziehen sucht, der Duft ihres Haares,

in dem die Hitze der Hundstage sich verfängt, ihre trägen Bewegungen, die den Marquis behende erscheinen lassen, um Jahre verjüngt.
Hoch in den Herbst hinein treibt er es mit ihr, Nacht für Nacht, von Begierde zu Erschlaffung taumelnd, läßt er sie auf der Bühne stehen und Ovid sprechen, leise, lasziv, ihrer selbst kaum mehr bewußt. Schlimme Dinge geschehen ringsum: ein Blitz schlägt in den Stall ein, in dem ein Bursche verbrennt, ein Hengst verfängt sich im Zaun einer Koppel und muß erschossen werden, des Marquis lange schon kränkelnde Frau stirbt plötzlich. Mitte Oktober fällt früher Frost in die Rebberge und verdirbt die Ernte, es wird so kalt im Schloß, daß Giselle das Bett hütet, tagelang.

Ich biete Giselle ihr strahlendes Spiegelbild als Medizin an, obwohl ich sie fahl vor mir sehe, leidend, erschöpft. Ist sie das Kind des wonnigen Frühjahrs noch, der unvergeßlichen Spaziergänge im Park von Versailles, der Tänze im Spiegelsaal, der Kutschfahrten nach Paris, um Hüte und Bänder, Spitzen und Schmuck anzusehen, damit die Lieferanten kommen und sie ihre Wahl treffen konnte? Und wo sie dann heimlich zur Kartenschlägerin schlüpft, die auch Pillen feilbietet, Pillen für Kraft und Schönheit, und dazu, die Liebe des Königs zu verlängern . . .

Mit heißen Händen zählt sie nun die Goldstücke im blauseidenen Beutel. Sie wiegt die Ketten in der Hand, die Ringe und Ohrringe, die Broschen. Sie hält die schönste Parure, ein Collier mit passenden Ohrgehängen, über und über mit Saphiren besetzt, an ihre schweren Brüste: das war der Frühling, der frische Frühling von Versailles!

Sie fiebert, phantasiert laut, weiß nicht mehr, wer bei ihr liegt in Tagen und Nächten der fliegenden Hitzen. Sie ißt nicht mehr, verlangt nach Wasser und Wein, schleppt sich zu mir, unruhig, umgetrieben von seltsamer Angst. Eine Magd, vom Marquis ihr zugesellt, prüft die Kindsbewegungen unter ihrem Herzen, sucht den liebestollen Herrn fernzuhalten von ihr, wird von ihm barsch zurückgewiesen. Bis das Furchtbare geschieht: eine Totgeburt bringt auch sie an den Rand des Todes. Lange ins neue Jahr hinein siecht sie dahin. Niemand außer der Magd kümmert sich um sie. Und auch diese nicht mehr, als man Giselle aus dem Gemach im Schloß ins Gesindehaus treibt, in eine zugige Kammer neben der Küche.

Unwillig schafft man auch mich mit hinüber. Stundenlang hockt Giselle bei mir, singend und das Kind in den Armen wiegend, das doch längst hinter dem Stall verscharrt wurde, das es gar nicht gibt. Sie ist glücklich, glücklich in ihrer Verstörtheit. Und läßt sich nicht stören vom Schimpf, den sie ertragen muß. Hört ihn nicht, trällert ihn fort, lacht ihn davon.

»Ich liebe dich, Giselle, und zeige dir ein blütenzartes Gesicht, wenn du in meinen Spiegel blickst, mit einer Haut aus Samt und Seide, mit vollem Blondhaar und Brüsten, verführerisch prall und rund. Ich liebe dich und fühle deine fahrigen Hände, deine zitternden Knie, deine kalten Füße als zarte Berührung. Alles ist klein an dir, Giselle, auch dein Gram. Du löffelst faulende Kartoffeln in dich hinein und trinkst Essigwasser und tröstest das Kind auf deinem Schoß, weil es nach Milch weint - das Kind, das es doch gar nicht gibt. Du herzt es und küßt es, und ich zeige dir die Grübchen in deinen Wangen, die doch längst aufgezehrt sind von Magerkeit, und die vollen Lippen, die rissig wurden, und das himmlische Dekolleté, von dem nichts blieb als faltige Haut über mageren Rippen. Ich liebe dich, Giselle, und zeige dich dir in unvergänglicher Süße.«

Sie ist nicht bitter, als der Marquis sie ins Dorf schaffen läßt, nur darauf besteht sie, daß sie mich mitnehmen darf. Wieder breitet sich ein schwellendes Frühjahr über die winterkarge Erde, verlockt sie zu neuem Wachstum, zu Blütenfülle, Vogelsang und Freude.

Giselle erholt sich, rundet sich ein wenig, geht ihrer Arbeit nach. Als hätte sie nie etwas anderes getan als Gemüse geputzt, Teller und Wäsche gewaschen. Der Wirt, bei dem sie Unterschlupf fand, ist schlau genug, sie erst dann in die Schankstube zu lassen, als sie ihm appetitlich genug für die Gäste scheint, kleidet sie ein wie eine vom Schloß, verbreitet Geheimnisvolles über sie. Eine vornehme Schöne, hierher verschlagen, Geisel vielleicht von Jugend an, edel gewiß von Geburt - nur ein wenig verwirrt, freilich, aber so harmlos. Und Giselle singt durch die Schenke mit ihrer kleinen Stimme wie einst als schöne Schäferin auf der Bühne im Schloß. Alles ist klein an ihr, noch kleiner nun, auch die Erinnerung: weiß sie, woher sie kam, was geschah, wie es geschah? Das Kind, das tote Kind, liegt in ihrer Kammer und schläft, ob sie Liebhaber hat oder nicht, ob sie ihr Schnaps einflößen oder sauren Wein

- immer deckt sie's zu, wenn sie kommt, wenn sie geht, immer ist es ihre heimliche Seligkeit.

Gut hat es Giselle von dem Tag an, an dem ein wohlhabender Weinhändler in ihre Kammer geführt wird, sich ein wenig mit ihr zu belustigen. Er findet Gefallen an der kleinen Irren, wie er sie nennt. Der Wirt verpachtet sie ihm Monat um Monat, Jahr um Jahr. Sie treiben verrückte Spielchen, der alte Mann und das Mädchen, sie tun sich wohl und nicht weh. Er bringt manch guten Tropfen ins Gemach, das er mit Seidenstoff ausschlagen und mit geknüpften Teppichen wärmen läßt.
Für das heimliche Kind hat er Naschwerk, Äpfel und Nüsse dabei und wiegt es wohl auch auf den Knien, das Kind, das es doch gar nicht gibt. Der Wirt wagt nicht mehr, begehrliche Gäste zu ihr hinaufzuschicken oder sie in die Schankstube zu holen, damit die Runde etwas zum Lachen und zum Anfassen habe. Giselle ist geschützt durch den alten Mann, dessen Enkelin sie sein könnte, der sich das lose Spiel mit ihrem Leib leisten kann. Endlich durfte er eine Tochter, eine Enkeltochter besitzen, berühren, spüren, verführen - Traum des Tieres im Mann, Erfüllung animalischer Gier und väterlicher Allmacht.

Sie trinkt mit ihm und singt für ihn, sie streichelt und wärmt ihn, sie erzählt ihm verrücktes Zeug und läßt ihn das Kind küssen, das es doch gar nicht gibt. Eine gute Zeit für Giselle, deren Jugendschönheit ich hüte und ihr schenke, so oft sie vor mir sitzt und in mich hineinschaut. »Giselle, so schön bist du, ja, Giselle, sei sicher dieser Schönheit, Giselle, genieße dein Dasein, Giselle, ich liebe dich!«

Ein vorschneller, vorfrüher Frühling raffte den Alten dahin. Der Wirt wußte es lange, bevor es Giselle erfuhr. Wieder war sie schutzlos ihm ausgeliefert. Wieder konnte er sie zwingen, seinen fetten Wanst zu besteigen, ihn zu befriedigen. Wieder gab er ihr Fusel zu trinken, bis sie ihm hörig wurde, nichts anderes mehr wollte als seine widerwärtige Geilheit, seinen massigen Körper, seine nackte Gewalt.
Giselle, Giselle - wenn sie weinte, kam doch niemand ihr zu Hilfe, wenn sie stöhnte, schwiegen die Wände, wenn sie schrie, verstummte die Nacht.

»Ich liebe dich, Giselle, du bist schön, Giselle, liebe, liebe,

Giselle, lebe der Sonne, den Blumen, den Bäumen, allem Geschöpf unter dem hohen Himmel der Schöpfung!«

Sie trank und trank. Aufgedunsen, glanzlos, blicklos starrte sie mich an. Kaum ein Bissen ging noch in ihren Magen, nur Most und Wein und Schnaps. Dann lallte sie, ihr Kind in den Armen, vom Glück der Liebe. Und bettete das Kind an ihre Seite, bis sie roh herausgerissen wurde aus ihrer trunkenen Zweisamkeit. Sie war tot mit dem toten Wesen, wurde zurückgezogen in eine schreckliche Wirklichkeit.
Einmal gab sie ihm ein Goldstück, damit er ginge. Er stierte auf den Louis d'or wie auf ein Gespenst. Sie schob ihn zur Tür, sinnlose Worte schwatzend, trunken, törichter als je zuvor -
Und er ging. Aber am anderen Morgen trieb er sie aus dem Bett, aus dem Haus, aus dem Hof. Er durchsuchte dieses schäbige Gemach mit den zerschlissenen Tapeten, den muffigen Teppichen, dem schmutzigen Bettzeug, den gilbenden Fetzen, die einst ihre Kleider waren. Er schlitzte die Matratze auf, die Kissen, die Säume der Vorhänge.

Und schließlich riß er die Schublade aus mir heraus, fand das Geheimfach, erstarrte.
Schleppte mich in den Holzschuppen hinter die groben Scheiter, holte eine Petroleumlampe, hielt sich Schmuckstück für Schmuckstück dicht vor die Augen, zählte die Taler im blauseidenen Beutel. Ließ mich stehen und ging auf und davon mit dem Schatz, wurde nie wieder gesehen.

»Giselle, Giselle, wo bist du geblieben? Ich sehne mich nach dir.«
Manchmal höre ich ihre Stimme, singend, trällernd, kreischend, heiser, leiser, verstummend.
Manchmal höre ich ihre Schritte ganz nah. Sie haust mit der Wirtin in der Schankstube und im Schlafgemach. Das Kind, das es doch gar nicht gibt, ist auch dabei. Sie wiegen es in den Schlaf, bevor sie sich aneinander pressen, kichernd vor Vergnügen. Die hagere Wirtin, deren Mann auf und davon ging, und die Verrückte, von der niemand weiß, woher sie kam.

Giselle - alles an ihr war klein. Auch ihr Ende. Ich sah sie nie wieder. Ich bewahrte ihr Bild auf, getreulich sie liebend wie am ersten Tag. Und versank in dem vergessenen Winkel des Schuppens in zeitlose Traurigkeit.

Elise

Elise, Koseformen: »Elisa«, »Else«, »Elschen«, »Elsbeth«, »Lisbeth«, »Ella«, »Elli«, »Ilse«, »Isa« von Elisabeth, hebräisch »Gott hat es geschworen«. Deutscher Mädchenname.

"In die verbotene Nähe ist er eingebrochen, brüchiges Bewußtsein von jeher.
Du wolltest und wolltest auch nicht. Warum hat es dich hingerissen zu ihm, du Zerrissene?
Was bedeutete es euch, miteinander zu sein, aufeinander verwiesen und doch weglos, weisungslos?
Zu schwach der Bund, das Band zwischen euch!
Nun bin ich in dir, ausgeliefert deinem Dasein. Wirst du mich hegen, wirst du mich verderben?
Wie gerne wäre ich Isolde, die Liebende!"

Er sah auf seine Taschenuhr, verglich sie mit der Standuhr in der langgestreckten Bibliothek, steckte sie in die Weste zurück. Er war um Minuten zu früh. Die Tür zur Halle öffnete sich noch einmal, das Dienstmädchen brachte ein Tablett mit einer Karaffe Wasser und einem Glas.
»Der Herr Baron bittet um etwas Geduld«. Er nickte.
Bücher in wandhohen Eichenholzschränken, auf dem schweren Eichenholztisch vor den Fenstern zum Park. Zwischen ihnen das Portrait einer jungen Frau in Balltoilette, über der Tür zum anschließenden Raum eine reichgeschnitzte Supraporta, italienische Renaissance, zu den doppelarmigen Wandleuchtern passend.
Makellos weiß die sparsam mit Stuck dekorierte Decke, der feine Parkettboden sorgfältig gepflegt.
Er sah hinaus in den sattbunten Herbst. Laub auf den Bänken unter den Buchen, auf dem runden Tisch neben dem kleinen See, den eine Gloriette abschloß, griechisch inspiriert.

Ein sonores Räuspern kündigte den Hausherrn an. Johann Friedrich von Freymuth verspätete sich nie. Er begrüßte den Besucher mit wohlwollendem Lächeln.
»Setzen wir uns«. Als hätte sie auf dieses Stichwort gewartet, brach die Nachmittagssonne milde durch die Gartentüren. Freymuth erhob sich noch einmal, öffnete einen Flügel der mittleren Fenstertür, machte eine weitgreifende Handbewegung. »Wunderbar, dieser Oktober - lassen Sie uns die Sonne genießen!«
Der Besucher beugte sich vor, war ganz Ohr.
»Lieber Herr - »
»Unger«, half er ihm weiter.
»Danke, natürlich. Lieber Herr Unger - und der Vorname?«
»Carl Christian«, ergänzte der Besucher.
»Danke, natürlich. Lieber Herr Unger, Sie wurden mir empfohlen, wärmstens empfohlen. Sie werden sich denken können, worum es geht?«
Der Besucher schüttelte den Kopf.
»Natürlich nicht. Wie sollten Sie auch. Man spricht von Ihnen als einem Mann mit Zukunft, lieber Herr Unger - wiederholen Sie den Vornamen, bitte«?
»Carl Christian«, sagte der Besucher.
»Einem Mann mit Zukunft - was sage ich, einem Künstler mit Zukunft! Man hat Sie bei der letzten Ausstellung in Weimar ausgezeichnet. Herzlichen Glückwunsch, mein lieber Herr

Unger! Wo liegt, Ihrer Meinung nach, das Schwergewicht Ihrer Begabung?«
»In der Landschaftsmalerei, Herr Baron - ja, ich meine wohl, in der Darstellung der uns umgebenden Natur. Sie ruft nach den Farben unserer Palette; die Farbe, Herr Baron, ist die Kunst unserer Zeit und wird für uns zugleich mystisch bleiben, wird von uns auf wunderliche Weise nur erahnt werden können.«
Der Hausherr blickte streng, stand auf, suchte die Buchreihen ab und zog einen Band heraus, schlug ihn auf, blätterte.
»Der Mensch ist der höchste, ja, der eigentliche Gegenstand der Kunst«, las er und schloß bedeutungsvoll: »Goethe«.
»Sehr wohl, Herr Baron, wir sehen in den Kunstwerken aller Zeiten am deutlichsten, wie das Menschengeschlecht sich verändert hat, wie niemals dieselbe Zeit wiedergekommen ist, die einmal da war. Die Griechen haben die Schönheit der Formen und Gestalten aufs höchste gebracht in der Zeit, da ihre Götter zugrund gingen; die neueren Römer brachten die historische Darstellung am weitesten, als die katholische Religion zugrund ging, bei uns geht wieder etwas zugrund, wir stehen am Rande aller Religionen, die Abstraktionen gehen zugrund, alles ist luftiger und leichter, als das bisherige, es drängt sich alles zur Landschaft, sucht etwas Bestimmtes in dieser Unbestimmtheit - aber auch in dieser neuen Kunst der Landschaftsmalerei, wenn man so will, ist ein höchster Punkt zu erreichen. Ein Punkt, der vielleicht noch schöner wird als die vorherigen!«
Der Hausherr, das Buch in den Händen, blätterte wieder.
»Gut, das klingt ein bißchen nach Werther, wie er 'im hohen Grase am fallenden Bache' liegt und 'näher an der Erde', wie er alle Gräschen und Hälmchen und das ganze Gewimmel von Käfern und Gewürm und Mückchen betrachtet und darin die 'Gegenwart des Allmächtigen, das Wehen des Alliebenden' verspürt.«
» 'Die ganze Natur ist Sprache, die Blume ist ein Wort, ein Ausdruck, ein Seufzer ihrer vollen Brust' schrieb Bettina von Arnim«, erwiderte der Besucher begeistert - »ich meine, Novalis sprach davon, daß man eine Landschaft fühlen solle wie einen Körper - jede Landschaft sei ein idealischer Körper für eine besondere Art des Geistes.«
Der Hausherr schien irritiert, erhob sich, schob das Buch in den Schrank zurück, ging zur Tür.
»Wir sollten sie an diesem anregenden Gespräch teilnehmen lassen« sagte er. »Meine Tochter, meine ich. Vielleicht wartet

sie schon darauf, hereingebeten zu werden.« Wenige Minuten später kam er mit ihr zurück, führte sie zum Tisch.
»Elisabeth Henriette, meine Tochter«, sagte er.
Der Besucher erhob sich so heftig, daß der Stuhl zu kippen drohte. Er fing ihn eben noch auf, stellte ihn an den Tisch zurück, verbeugte sich tief.
»Meine Verehrung, gnädiges Fräulein.«
Freymuth schob seiner Tochter einen Sessel zu, musterte sie kühl, wandte sich wieder an den Besucher.
»Mir scheint, als ginge die Zeit aus den Fugen«, sagte er. »Ein verweichlichter Zug entstellt viele junge Gesichter. Die Frauen begehren nach Bildung - was könnte sie jedoch besser bilden, als das Wirken im Hause zum Wohle der Ihren? Natürlich gilt es, der Kunst Hochachtung zu erweisen, dem Künstlerischen, will ich sagen, natürlich, und darum - »
Wieder ließ er seinen Blick abwägend über die Tochter wandern.
»Wünschen Herr Baron das gnädige Fräulein portraitieren zu lassen?«
»Natürlich nicht. Es wäre der Mühe nicht wert. Ihre Mutter war eine anerkannte Schönheit, ja - » sein Blick löste sich von der Tochter, richtete sich auf das Bild der Dame in großer Garderobe.
Ungers Augen folgten den seinen.
»Wilhelmine Amalia, meine Frau. Sie verunglückte vor wenigen Jahren.«
Unger suchte nach Worten. »Ihr Portrait ist ein in tiefstem Grunde der Seele empfangenes Kunstwerk. Welch ein geistiges Vermögen, welch technisches Können strahlt es aus!«
» 'Ein von Gefühl erfülltes Herz macht den Dichter', sagt Goethe. Wohl auch den Maler. Dennoch: die Realität entscheidet. Sie war nicht nur schön, sondern von Anmut getragen.«
Der Hausherr wirkte bewegt. Das Wort »ungewöhnlich« kam dem Besucher in den Sinn. Ungewöhnlich bewegt. Denn dieser Mann der Tat und der Tatsachen schien sonst kaum gefühlsmäßig beteiligt.
»Natürlich nicht sie portraitieren«, nahm Freymuth den Gesprächsfaden wieder auf. »Ihr das Portraitieren beibringen! Ihre kleinen Zeichnungen drücken Talent aus. Immer wenn sie mich erfreuen will, erhalte ich solch eine Skizze.« Er stand auf, ging zum Büchertisch, entnahm einer Mappe einige Blätter. Läutete gleichzeitig dem Mädchen.
»Schließen Sie die Tür zum Park. Es wird kühl.«

Unger erhielt die Blätter, schaute sie durch.
»Aber das sind ja Landschaften!« rief er aus. »Das ist ja freie Natur!«
Freymuth neigte den kahlen Kopf zur Seite, schaute ihn aufmerksam an.
»Da wimmelt der Himmel von unzähligen Sternen, der Wind scheint durch den weiten Raum zu sausen, die Woge sich brausend am Ufer zu brechen, schließlich der Äther sich über dem Walde zu röten, die Sonne aufzugehen, das Tal zu dampfen im Morgenlicht und in diesem Akkord die Seele laut aufzujauchzen - das ist der lebendige Odem Gottes, wir hören, sehen und fühlen ihn, hier ist das Höchste, das wir ahnen!«
Der Besucher drückte die Skizzen an seine Brust, als wollte er sie dem Herzen dartun, überwältigt.
Freymuth lächelte leise.
»Warum der Jugend so schöne Sprache verbieten? Es ist bewunderungswürdig, wie dies kleine Talent Sie berührt, Herr - »
» - Unger«, half der Besucher weiter. »Carl Christian Unger.«
»Also zeigen Ihnen die Kompositionen Ansatz zu Besserem?«
»Zweifelsohne, Herr Baron, zweifelsohne ist das Fräulein Tochter zum Malen begabt.«
»Mit Farbstudien, ganz im Goetheschen Sinne wohlgemerkt, erkläre ich mich einverstanden; warum nicht auch mit der Darstellung von Gräsern, Libellen, Faltern, Vögeln?«
» - und von Landschaft! Wenn die Sonne sinkt und wenn der Mond die Wolken vergoldet, wollen wir die fliehenden Geister des Tages festhalten, und wie die Morgenröte den Tag ankündigt, die fliehenden Geister der Nacht. Rätselhafter Mondenschimmer, die sich widerspiegelnde Glut der Sonne in Bach und Strom - was gäbe es Schöneres auf Erden?«
»Natürlich, natürlich«, nickte der Hausherr. »Ich allerdings wäre mit Pflanzen, Schmetterlingen, Früchten zufrieden.«
»Trauben, ja, Kirschen, wenn sie grellrot im grünen Laube hängen - oder die stolze Pracht des Pfaus, die reine Majestät des Schwanes - wenn das Verhältnis von Licht, Farbe und Bewegung aus der bloßen Erscheinung der Natur das ständig wechselnde Abbild des Göttlichen werden läßt, dann wollen wir uns glücklich preisen.«
Freymuth läutete dem Mädchen.
»Cognac, Likör und Gebäck«, wies er sie an und, zu seiner Tochter gewandt, »Wasser für Dich?«
Der Besucher dankte mit einem Kopfnicken, als ihm ein gutgelagerter Cognac kredenzt wurde. Das Fräulein nahm weder

Likör noch Wasser. Freymuth griff nach den Skizzen auf dem Tisch und sah sie noch einmal flüchtig durch.
»Nach dem Sinn des Lebens zu suchen, den Sieg des Unendlichen über das Endliche auch nur angedeutet zu finden, nun ja, lieber Herr Unger, möge es meiner Tochter gelingen!«
Der Besucher erhob sich.
»Wann belieben das gnädige Fräulein mit der Arbeit zu beginnen?«
Der Hausherr deutete mit einer Handbewegung an, daß er darüber mit dem Besucher allein zu sprechen wünschte. Elisabeth Henriette verließ die Bibliothek mit gesenktem Kopf. Carl Christian Unger nahm ihre Gestalt wahr: ein wenig zu groß, sehr schlank, mit verwachsenem Rücken - rund war er, ging ohne Brücke des Halses in den Kopf über - und fühlte sich erschrecken.
»Kommen Sie bald, lieber Herr Unger. Am nächsten Montag nachmittag, wenn es Ihnen recht ist. Lassen Sie mich auch wissen, welche Utensilien zu besorgen sind und wie ich Ihnen den Unterricht zu vergüten habe.«
Der Besucher verneigte sich.
Es war nun ganz dunkel geworden in dem hohen Raum und merkwürdig kühl.

Wenn sie malte, versank Elise im Blatt wie eine Rosenranke im Teich. Auf den schmal gefältelten Kragen ihres Spenzers fielen dünne Schläfenlocken, das zusammengebundene Haar stand am Hinterkopf ab und über der Stirn kräuselte sich das aschige Blond bis zur Nasenwurzel hinab. Diese Nase war schmal, lang und bebte leicht, wenn sie sprach. Der Mund mit der vollen Oberlippe zog sich dem Kinn zu, das spitz auslief und dem Gesicht etwas zugleich Wißbegieriges und Trauriges gab.
Der Maler, anfänglich darauf bedacht, seine Schülerin auch zu konterfeien, unterließ es bald und vernichtete die Skizzen. Dafür fertigte er Impressionen ihrer Kleider an - da gab es weiße Chemisen-Kleider mit pastelligen Volants oder Spitzen, Mieder mit Brustlatz, Oberkleid und Jupe, Schoßjacken, Blusen mit Ballonärmeln, tief ausgeschnitten, und Engageantes, die der hellen Haut durch satte Farben schmeichelten. Einmal begegnete sie ihm in Enveloppe, Muff und Pelzkappe auf der Freitreppe, zu spät von einer Visite zurückgekehrt, mit geröteten Wangen und herausforderndem Blick: wieder spürte er

das erschrockene Staunen in sich und grüßte erwartungsvoll Sie sprachen wenig miteinander. Er gab temperamentvolle Anweisungen. lobte, spornte an; sie zeigte Einverständnis, Freude, ja, Stolz. Die Mappe mit Zeichnungen und Aquarellen füllte sich. Besonders gelungen schien dem Maler eine Winterlandschaft im Abendlicht, die er dem Baron vorlegte, als dieser einmal hereinschaute. Montags verließ er pünktlich um fünf Uhr das Haus und verabschiedete sich, bevor er die Kutsche bestieg und sich in seinen Klub fahren ließ.
So störte es nicht, wenn Meister und Schülerin bis in den Abend hinein arbeiteten. Manchmal wurde der Besucher aufgefordert, zum Essen zu bleiben. Immer aber servierte das Dienstmädchen Tee und Gebäck. Einmal fragte Elisabeth, ob sie ihm ein Gedicht vorlesen dürfe - Unger bejahte erfreut. Das Eis zwischen ihnen schien gebrochen, während der Winter draußen mit hartem Frost und schneidendem Ostwind einzog.
Und als die Adventszeit Kerzenschein und Lebkuchenduft durch das Haus ziehen ließ, bereiteten die beiden Weihnachtsgaben für den Hausherrn vor: er ein Interieur des Salons, in dem sie arbeiteten, und sie einige Skizzen, die ihn, den Maler, an der Staffelei zeigten.

Am ersten Weihnachtsfeiertag dinierte man gemeinsam im Speisezimmer. Im Kamin knisterten gut getrocknete Buchenscheite, die Wachskerzen am Christbaum waren angezündet, der Hausherr ließ edlen Bordeaux servieren, und Elisabeth Henriette brachte eigenhändig den Mocca, bevor die Herren sich ins Rauchzimmer zurückzogen.
Der Besucher wagte zum ersten Mal, sie beim Vornamen anzusprechen, und zum ersten Mal sah sie ihm voll in die Augen, als sie ihn bat, sie doch Elise zu nennen.
»Elschen, Kind, wie charmant von Dir!« meinte der Hausherr in bester Festtagsstimmung - »natürlich, sagen Sie doch Elise zu ihr, so alt ist sie ja auch noch nicht, daß man es nicht mehr könnte!«
Wie alt war sie wohl? Der Besucher fragte nicht weiter. Elise sagen zu dürfen genügte.
Wieder bewegte sie sich ungehemmt vor seinen Augen, trug das Tablett mit den Moccatässchen zum Buffet, reichte ein silbernes Körbchen mit Konfekt herum, stellte eine goldene Platte mit Petits fours auf den Tisch und eine Schale aus venezianischem Glas, gefüllt mit Obst, dazu.
Von vorn sah man ihr den runden Rücken nicht an, nur das

Fehlen des Halses, seltsam, als säße der Kopf unmittelbar auf der Brust, zu nahe den Brüsten - von hinten aber wirkte sie wie ein gespannter Bogen, und von der Seite, ja, der Besucher bebte bei diesem Gedanken, von der Seite schien sie die bucklige Hexe aus dem Märchen von Hänsel und Gretel, nur jünger, viel jünger -
Eine Blocksberghexe vielleicht, jung und schön und doch häßlich gekrümmt? Wie alt mochte sie sein?
Der Hausherr genehmigte sich noch einen Cognac und nahm eine Zigarre aus dem mit Elfenbein intarsierten Ebenholzkistchen, bot beides auch dem Besucher an.
Elise saß nun unter der Stehlampe mit dem sanftroten Seidenschirm, die Hände im Schoß, und schaute zum Tannenbaum hinüber. Ihr leerer Blick rührte den Maler so sehr, daß er Schauer des Mitleids über seine Haut rinnen fühlte.

Der Salon war so belassen worden, wie Wilhelmine Amalia, Baronin von Freymuth, geborene Gräfin Bodensdorf, ihn verlassen hatte. Französische Fauteuils mit Damastbezügen, saphirblau und mimosengelb, Vitrinen mit kostbarem Porzellan, chinesische Teppiche und ein venezianischer Lüster machten ihn zwar nicht stilvoll, aber ungemein feminin. Nippes in den Nischen, auf den Beistelltischchen, neben dem Sofa, auf dem sich Samt- und Seidenkissen türmten.
Die Staffelei des Malers und Elises Arbeitstisch hatte man vor den hohen Fenstern zum Park plaziert, der sich aus der Beletage weit besser überblicken ließ als vom Erdgeschoß. Palette, Stifte und Papier lagen auf dem Cembalo, das eigens für Wilhelmine Amalia aus Italien angeliefert worden war und auf dem sie viele Stunden des Tages geübt hatte.
Elise erinnerte sich. Erinnerte sich auch der Trauer im Hause, nachdem ihr Bruder gestorben war, ein Kind noch, das sie innig geliebt hatte. Erinnerte sich der stillen Stunden an Mutters Seite, wenn sie saß und weinte - und der rauschenden Feste, die ihr Vater gab, um seine Frau aufzuheitern, sie wieder am Leben teilnehmen zu lassen. Elise, über ihre Skizzen gebeugt, erinnerte sich auch der letzten Wochen ihrer Mutter in diesem Raum, als man sie nach dem Unfall hierher gebracht, ihr Bett nahe zum Cembalo gestellt hatte und manchmal der Vater, stockend und stümpernd, ihr vorspielte. Und sie erinnerte sich der heißen Hand, die in ihren Händen lag und die dann so kalt war, weiß und kalt, als man die Tote in der Halle aufbahrte, von Blumen umgeben.
Elise erinnerte sich. Seither war ihr alles fern, was Welt bedeu-

tete, seither verweigerte sie sich dem Dasein. Mochte der Malunterricht sie beschäftigen, der Maler sie anregen, der immer strenger werdende Vater nach Freiern Ausschau halten, die Gesellschaft sich um sie bemühen -
Elises taubes Herz hatte zu reden, zu rufen verlernt.
Bis dieser Carl Christian Unger zum ersten Mal sich zu ihr wagte, die gebotene Distanz überschritt, in die verbotene Nähe eindrang. Bis sie, an einem hellen Januarnachmittag, im gleißenden Licht der Wintersonne, die flach durch die gelben Vorhänge des Salons fiel, in seinen Armen zerbrach, ihr Gehaltensein, Gehalt und Halt ihres Wesens an ihn verströmend. Die verbotene Nähe riß sie mit wie ein Wirbelsturm und warf sie weit fort, irgendwohin ins Leere.

Und was blieb, war nur ich. Fast ein Nichts, eine flirrende Hoffnung, ein Ach, ein Achso.
Sie hatte sich so sehr geöffnet, daß ich zu ihr kam und mich in ihr einnistete.
Wie im Innersten einer Muschel haftete ich da, sie verwirrend. Hatte ich mich verirrt zu ihr oder irrte ich schon so lange umher, auf Herberge wartend? Ich hatte das weichste Fleisch im Meer des Vergessens und Wiedererinnerns gewählt, eine heftig aufgebrochene Schale, in die Begegnung drang mit Urgewalt. Deren Inwendigsein jauchzte, klagte, fragte, versagte.

Denn als Baron Freymuth ihn endlich gefunden hatte, den willigen Freier, der nach wenigen Besuchen um Elisabeth Henriettes Hand anhielt, da verzweifelte sie. Nicht sichtbar, nein.

Nur ich wurde Zeuge der tiefen Spaltung.

Es war Mai geworden. An ihrem 24. Geburtstag, Anfang Juli diesen Jahres, sollte die Verlobung bekanntgegeben werden. Maximilian von Conrad aus St. Georgen ob Judenburg in der Steiermark entstammte einer Familie, die mit den Bodendorfs weitläufig verwandt und wie diese verarmt war. Er näherte sich Elise respektvoll, fast unterwürfig. Etwas im Wesen seiner zukünftigen Frau hieß ihn vorsichtig sein. Sie hielt sich gerade, die Gekrümmte, hatte ein unnachgiebiges Gesicht und Augen, deren Verlorenheit ihn frösteln machte. Vielleicht bildete er sich das nur ein - aber auch ihre Rechte war kalt, wenn er sie zur Begrüßung und zum Abschied flüchtig mit den Lippen berührte. Ganz anders als der Maler, der diese Hände heftig zu küssen schien, dessen Unterricht jedoch Ende Mai beendet wurde und der dann nie wieder das Haus betrat.

Baron Freymuth fühlte sich wohl. Das Ziel seiner Bemühungen lag greifbar vor ihm. Elisabeth Henriette, seine einzige Tochter, sein einziges Kind, der einzige Mensch, der ihm auf Erden geblieben war, würde in guter Obhut sein, wenn er einmal zu gehen hätte. Er konnte des Schwiegersohnes Existenz in Österreich sichern, ihm ein Sägewerk finanzieren, um den unrentablen Waldbesitz der Conrads aufzuwerten. Die Kinder würden das kleine Palais in Berlin erben und hier die Winter verbringen. Vielleicht gäben sie es auch auf und wählten Graz als gesellschaftlichen Mittelpunkt, vielleicht könnte er selbst sich eine Übersiedlung dorthin vorstellen, vielleicht war es noch nicht zu spät, sich anderswo einzuhausen, Freunde zu finden, vielleicht sogar eine Frau - Freymuth sah wohl weit mehr in der Verbindung Elises mit Maximilian als die beiden selbst. Ob die Jugend immer so blind war, so einseitig fixiert oder so begrenzt, was die Sicht der unzähligen Möglichkeiten der menschlichen Existenz betraf?

Baron Freymuth prüfte in Gedanken seine Wünsche: seit dem Tode seines Sohnes und seiner Gattin hatte er sich Erfüllungen versagt. Das behinderte Mädchen war ihm geblieben; ein geistig ungemein reges, gefühlsstarkes Wesen, das seinen körperlichen Makel jedoch mehr und mehr erkannte und nicht bewältigte. Die Mutter dagegen: welch blendende Erscheinung! Der kleine Bruder: welch liebreizendes Kind! Aber Elschen - Johann Friedrich von Freymuth ertappte sich immer öfter dabei, den gekrümmten Rücken kaum zu ertragen. Hätte man diesen Buckel zerschlagen können oder doch geradebiegen, irgendwie, operativ vielleicht -
Seit langem schob er diese Versuchung von sich. Nun würde sie heiraten. Warum sollte das Paar nicht normal wachsende Kinder haben? Maximilian ist kaum älter als Elise, drei Jahre nur, jung genug, eine Familie zu gründen, die zufrieden und zukunftsfroh gedeiht.
Baron Freymuth empfindet sich zum ersten Mal seit Jahren ebenso zufrieden und zukunftsfroh. Er geht viel im Park spazieren, sitzt wohl auch auf einer der Bänke am See, tritt oft

in den Salon seiner verstorbenen Frau, blättert Elises Zeichnungen und Aquarelle durch, betrachtet das Ölgemälde auf der Staffelei, das der Maler zurückgelassen hat. Es zeigt einen Ausschnitt dieses Salons im mattroten Abendlicht mit Blick auf den winterlichen Park, aus dem vom Westen her die Nacht aufsteigt, dunkel und kalt.
Er nimmt dieses Bild herunter, läßt es forttragen, die Staffelei auch, alles, was von den romantischen Monaten der Kunstübungen geblieben ist. Setzt sich ans Cembalo und improvisiert einige heitere Passagen. Es wird neu werden, das Leben, frisch durchblutet, gesund.

Elise ist krank. Ihren Geburtstag verbringt sie hoch fiebernd im Bett. Der Hausarzt sieht täglich nach ihr. Man zieht einen Professor der Charité zu, eine Kapazität für Infektionskrankheiten.

Ich wehre mich gegen die Hitzeschübe, versuche alles, Elises Widerstandskraft zu stärken. Ich will nicht entdeckt werden, will wachsen in diesem Leib.

Mitte Juli geht es endlich besser. Elise reist in die Schweiz, von ihrem Vater begleitet. Maximilian von Conrad wird sie dort besuchen. Man wird sich am Thunersee treffen und verloben, sobald sie wieder wohlauf ist.
Elise sitzt stundenlang im Hotelgarten, der sich zum See hinabzieht, und schreibt. Immer trägt sie das Tagebuch mit sich, auch am letzten Tag noch, bevor ihr Zukünftiger eintrifft. Der Baron hat zugestimmt, daß der junge Mann im gleichen Hotel wohne wie seine Tochter und er; ihrer beider Suite hat einen gemeinsamen Salon, in dem ihnen auch das Frühstück serviert wird. Elise hat wenig Appetit, ist sehr blaß, bleibt immer im Schatten, spricht wenig. Der Sommer liegt brütend heiß über dem Land, lähmt alle Unternehmungslust.

Ich spüre dumpf die Qual der Angst, die auf der Frau lastet, die meine Mutter ist und nicht sein will. Ich spüre, daß sie aufgibt, sich ergibt. Ich schreie um Hilfe. Ich rufe den Mann, der mein Vater ist. Ich bettle meine Mutter um Gnade. Ich will leben. Ich singe ihr Glück ins Ohr, verspreche ihr alle Zärtlichkeit der Welt. Ich gebe ihr Trotz ein, Zorn, blanke Wut. Ich lasse sie schreiben und schreiben und schreiben - unzäh-

lige Verse der Liebe, der Sehnsucht, des Dankes, der Verzweiflung und wieder der Liebe, der grenzenlosen, der allgewaltigen Liebe.
Könnte ich nur irgendeinen Menschen erreichen, ihr beizustehen! Die Heimlichkeit zu durchbrechen, das Geheimnis offenzulegen, alles zu bekennen und zu erkennen, wie weit die Welt ist für Lust und Mut, für Aufgaben und Abenteuer, für Kampf und Sieg! Könnte ich sie begeistern für unsere Zweisamkeit, in die sich einbeziehen läßt, wen immer es zu uns zieht! Könnte die Wonne der Hingabe ihres Innersten sich außen widerspiegeln, könnte sie so selig sein wie ich es sein möchte, ach, wäre das Ach ihres Herzens reine Achtsamkeit für uns beide!

Elise erbricht jeden Morgen, viele Male am Tage, weiß sich nicht mehr zu helfen. Elise wandert um den halben See, kann nicht weiter, wird mit der Kutsche zurückgeholt. Freymuth schiebt alles auf die Ungeduld, den Bräutigam zu sehen, die verständliche Erregung vor dem großen Tag des Verlöbnisses. Zwei Tanten sind angereist, bedauern das arme Kind und jagen es dadurch noch tiefer in Ausweglosigkeit.

Das arme Kind aber bin ich! Unter ihren weiten Sommerkleidern verborgen, trete ich heftig gegen ihren Leib, wälze ich mich unter ihrem Herzen. Laß mich leben, Mutter, laß mich Duft und Wärme der Erde genießen - gut will ich sein zu dir, dich lieben mit all meiner Kraft!

Zu spät. Sie wagt sich nicht weiter. Sie wagt nur noch den Tod. Vor Sonnenaufgang schleicht sie aus dem Hotel, sucht einen freien Platz am Ufer.
Und so liegt denn das Buch mit ihren Gedichten, ein schwerwiegender Abschied, auf dem Frühstückstisch im Salon, als Freymuth aus seinem Zimmer kommt, die Tochter vergeblich erwartend.

Sanfte Konturen im Osten, dann Licht, wie mit der Feder gezogen. Nebelschwaden gegen Westen, Schleier über den Geheimnissen der Nacht.
Ein Morgenhimmel aus Perlmutt, von dem sich Wolken lösen, zart zerfließend wie Schaum.

Ich fürchte mich unsagbar.
Als wir ertrinken, schwemmt die Sonne dieses heißen Julitages ihre frühe Glut blutrot über den See, die Ufer hinauf zu den durstenden Wiesen, Büschen, Bäumen.
Sie krümmen sich, verdorrt fast, vorzeitig welk, und leiden Not.

Aus Elises Tagebuch

Daß es Dich gibt, mein Freund, wie gut -
Du bist Musik in meinem Blut,
Es tanzt, mein Freund, der Freude zu!

Daß ich Dich fand: wie wundersam.
Es ist, als ob die Gnade kam -
Glück ohne Ruh'.

Nicht Dionys und nicht Hermes,
Der kluge, schnelle Götterbote:
Aus Deinen Augen sieht mich Pan,
Der stille Gott der Wälder, an.

Arkadien im Mittagsglast,
Ein Flötenruf, der nach mir faßt,
Ein Scherz und Schwermut, herb und heiß,
Und über mir der Himmel: weiß
Vor Klarheit, Reinheit, Ewigkeit -

Die alten Götter sind nicht tot.
»Was hat man dir, du armes Kind, getan?«

Willkommen, Pan!

Wenn Du fort bist, will ich zu Dir gehen,
Alles sagen, was mich tief bedrückt -
Wenn Du da bist, will ich mit Dir gehen,
Schweigend, weil es so beglückt,
Nur in Dein Gesicht zu sehen,

Nur zu wissen: Du bist wahr,
Warme, gute Wirklichkeit.

Im Abendlicht
Fröstelt die Stunde -
Ich weiß, ich weiß
Was mich trostlos macht!

Ach, blutend die Wunde
Des Leides! Ich wärme die Nacht
Mit meinem Munde,
An meinem Herzen
Will ich sie bergen,
Alle, die leiden -
Halt' mit mir Wacht,
Wehre der Not!

Ach, nur der Tod
Ist mit uns beiden,
Wächst in die Runde,
Nimmt seine Sense,
Wetzt sie und lacht -

Wie schutzlos das Leben!
An seidenem Faden über dem Abgrund
Hängt jeder Tag.

Wie zerbrechlich das Glück!
Klingend und funkelnd gleicht es dem Glase,
Für immer zerstörbar durch einen Schlag.

Wie einsam die Liebe!
Ein Vogel im Käfig, ein Gott ohne Flügel,
Zitternd das Herz -

Wie bitter das Sterben!
Lautlos erwürgen Dunkel und Kälte
Den schreienden Schmerz.

Der Zauber einer weißen Blüte
Und weißer Seide, zart und leicht -

Es schneit ein festliches Gewand,
Das über Wald und Wiesen reicht,

Von mir zu Dir, geliebtes Du:
Der weiße Zauber deckt uns zu.

Der Morgen ist so scheu und still,
Ein blasses Rot färbt seine Wangen -
Als ob er selbst sich fangen will,
Dreht sich der Wind im frischen Schnee.

Ich löse mich von gestern ab,
Behutsam, denn es tut sehr weh -
Doch dankbar denkt mein Herz zurück
An reines Glück.

Herz meines Herzens, inniglich
Schmiegt meine Sehnsucht sich an Dich -
Die müden Augen fallen zu:
Wie weich, wie warm, wie sanft bist Du!

Herz meines Herzens, nur im Traum
Ist Wirklichkeit. Nicht Zeit, nicht Raum
Bestehen seinen dunklen Glanz:
Nur wenn wir träumen, sind wir ganz.

Leben?
Erst Traurigkeit macht es bewußt,
Verzweiflung, Jammer, Schmerz der Lust -

Leben?
Ach, mein Geliebter, Tränen nur
Bezeichnen seine flücht'ge Spur!

Wenn die Sterne scheinen
Und Du bist nicht da,
Möcht ich weinen, weinen -
Wann sind wir uns nah,

Wann schließt eine Stunde
Brüderlich uns ein?
Will an Deinem Munde
Ganz gefangen sein.

Will die Zeit vergessen
Mitten in der Zeit,
Und mit Dir durchmessen
Gold'ne Ewigkeit!

Sonnenbruder meiner Seele,
Sternenbruder meiner Sehnsucht,
Gottesbruder, nimm mich an!

Ist kein Glück und ist kein Kummer,
Ist kein Schmerz und keine Freude,
Die ich Dir verbergen kann.

Alles fließt in Deine Hände,
Aller Anfang, alles Ende
Liegt in Dir, geliebter Mann.

Ich liebe Dich. Wie wohl das tut!
Ich liebe Dich - in meinem Blut
Bist Du die Kraft, das Glück, der Mut.

Ich liebe Dich, und in Dir ruht
Mein Leben wie in weißer Glut:
Du läuterst mich. Du machst mich gut.

Heimweh nach Deinen Händen,
Die meine Heimat sind,
Die mich wiegen und wärmen
Und trösten, als sei ich ihr Kind.

Heimweh nach Deinen Augen,
In denen Gott für mich lebt,
In denen mein Herz sich spiegelt,
Von Deiner Liebe durchbebt.

Heimweh -

Was wir ertragen, trägt uns auch.
Das Leid, das unsere Pulse schlagen,
Wird Münze für die Ewigkeit.

Nicht klagen. Denn nur Heiterkeit,
Ein Lächeln, das auf Tränen schwimmt,
Besteht die Zeit.

In die Stille einer Kirche treten,
Losgelöst von Lichtern, Lärm und Hast.
Beten.

In das Dunkel eines Herzens treten,
Ganz von seinem Schlag erfaßt -
Beten.

Niederknien am Bettchen eines Kindes,
Große Hände sanft um kleine falten -
Beten.

Niederknien in Demut, Schmerz und Furcht,
Gott in armen Armen halten:
Beten.

Barfuß läuft mein Herz zu Dir,
Auszuruhn an Deinem Herzen,
Blind und stumm nur Dein zu sein.

Sag' ihm Gutes! Sei ihm Trost,
Finde Worte für sein Glück,
Denn bei Dir ist es das größte
Und das reichste Herz der Welt.

Begeistert bin ich aufgeblüht
Und lausche Dir wie einem Lied
Und spreche Dich wie ein Gedicht
Und denk' Dir nach und welke nicht,
Bis dann mein Tod mich für Dich bricht.

Geliebter, nimm die Schuld mir ab
Wie eine Last, zu schwer für meine Seele,
Und dulde nicht mehr, daß ich quäle,
Und lasse mich nicht mehr betrügen:
Ich will nicht lügen.

Nur leben, ganz an Dich geschmiegt,
Und reinen Herzens, wie in Kindertagen,
Und nach dem Sinn der letzten Dinge fragen
Und danken, stumm, an Deinem Munde
Für jede uns geschenkte Stunde.

Gelassen, wie die Bäume blühn,
Und Wolken durch die Bläue ziehn,
Wach und bereit auf allen Wegen
Geh' ich an meines Schicksals Hand.

Und weiß: es hat uns längst erkannt.
Und weiß: es quält nicht ohne Not.
Und wird, lebendig oder tot,
Mich bald in Deine Arme legen.

Ergriffen von der Schönheit dieser Welt
Will ich nur wandern, schauen, schreiben:
Und was ich schreibe, soll Liebkosung sein,
Die Wolken streicheln und die Haut der Erde,
Die Bäume, Büsche, Blüten, Tiere,
Und will Dir danken, daß Du bist,
Mir Licht und Glanz und Wärme bist,
Geliebtester von allen Menschen -
Bis auch auf uns der Schatten fällt.

Daß Du mich liebtest, ward ich geboren -
Mein Leben? Ein langes Suchen nach Dir.
Nun gehen wir beide uns nicht mehr verloren,
Denn Deine Mitte ist mitten in mir.

Wenn des Glückes süßer Schauer
Dich berührt, dann sei bereit -
Bange nicht um seine Dauer:
Augenblick ist Ewigkeit.

Wenn sich meine Hände falten
Suchen sie sich Kraft bei Dir -
Nichts erwärmt sie in der kalten
Wirklichkeit der grauen Tage
Ohne Dich.

Ach, versuche mich zu halten,
Denn mein Leben läuft ins Leere
Ohne Dich.

Ach, ich kann nicht einmal beten,
Kann nicht weinen ohne Dich!

Stumm vor Sehnsucht, taub, wie tot.
Keine Kraft, mich zu empören,
Kaum mehr Kraft zu überstehn -

Hilf mir doch aus meiner Not!
Laß mich endlich Dir gehören
Oder still zugrunde gehn.

Wie mir, wenn ich im Grabe liege,
Schlafend, dies alles fehlen wird:
Die graublaue Frühe, der strahlende Tag,
Die sanfte Sonne der Dämmerung,
Das Mondlicht der Nacht.

Wie ich die Rosen entbehren werde!
In Bauerngärten Levkojen und Phlox
Und Zinnien mit den verweinten Farben,
Die immer schon waren,
Als trügen sie Trauer um uns.

O, Sonnenblumen, ihr schönen Schwestern,
Neigt eure ernsten Gesichter herab
Und sagt unser Glück, beklagt uns're Not:
Endlich für immer in Liebe verbunden,
Sind wir für immer getrennt durch den Tod.

Die Zeit ist reif,
Geliebter Bruder Du,
Der weiße Mond weint in den Nächten,
In denen ich nicht Dir gehöre
Und nur Dein Bild heraufbeschwöre,
Um nicht zu schrein -

Ach Gott, begreif,
Daß jede Stunde nach uns schlägt,
Daß wir in Sehnsucht uns verzehren,
Weil wir nur eines noch begehren:
Ganz eins zu sein.

Wahr ist, was war.
Doch die Wahrheit des Augenblicks
Steht vor dem Gewesenen.

Auch sie dient nur
Der Wahrheit des Endes.

Aus den Ängsten schwerer Träume,
Auf den Flügeln der Sehnsucht
Und den Knien des Gebets

Rette ich mich hin zu Dir,
Einz'ger Schutz und einz'ger Friede,
Einziger und ganz Geliebter.

Immer höher wird der Himmel über mir,
Immer weiter dehnen sich die Horizonte -
Meine Seele sehnt sich aufzusteigen:
Wehre ihr, Dich zu verlassen,
Den ich hier und heute liebe!

Tu Deine Hand auf, Herr,
Und nimm mich an
Und berge mich nach Deinem Willen.
Was einst mit einem Schrei begann,
Mit einem Lächeln laß es mich erfüllen.

Greta

Greta, wie »Marga« von Margarethe, griechisch »Perle«. Nordischer Mädchenname.

“Margarethe!” Schrill klingt der Ruf. Fräulein Cuny, den Sonnenschirm wie ein Florett in der Rechten, stöckelt durch die muffigen Kammern des Trödlerladens. Gläser, Porzellan, Bücher, Kleidungsstücke, Gerümpel. Zerbrochenes Mobiliar, Lampenschirme mit fehlenden Fransen und faustgroßen Mottenlöchern, ein Notenständer, den sie aufmerksam mustert.
“Margarethe!” Das Kind im weißen Rüschenkleidchen steht vor einer Kommode, scheint in den Kippspiegel zu schauen, der neben angeschlagenen Waschschüsseln und Kannen steht.
“Margarethe!” Sonnenschirm, Strohhut mit Veilchentuff und Schleier über dem spitzen Frauengesicht zeigen sich im trüben Silber dieses Spiegels, den Fräulein Cuny energisch geraderückt. Eine Vase wird weggeschoben, fällt. Ich erschrecke, reiße die Augen auf wie nach quälendem Traum.
“Da sitzt meine Puppe”, sagt die Kleine. “Bitte kaufen Sie sie mir, Fräulein Cuny, bitte!”
Der Schreck fährt tiefer in meine Glieder, schlafschwer seit Jahren.
“Es ist meine Puppe, meine liebe Puppe”, sagt die Kleine, stellt sich auf die Zehenspitzen und streicht über meine staubigen Lackschuhe, meine schmutzigen Wadenstrümpfe. Schreckstarr blicke ich sie an.
“Wie schön sie ist”, sagt die Kleine.
Der alte Trödler sammelt die Scherben der Vase zusammen, kopfschüttelnd. Mein Preis wird steigen, denke ich. Mißbilligend klopft das Fräulein Staubflocken aus meinen Locken, unwillig zieht es die Börse aus dem Pompadour. Die Kleine hält mich schon im Arm, weltvergessen. Und trägt mich aus dem dunklen Raum hinaus in den Sonnenschein.

Ich wohne in einer herrschaftlichen Villa in Baden bei Wien. Sie gehört Margarethes Mutter, einer Sängerin, die man »Königin der Operette« nennt. Margarethes Vater hat die Königin verlassen; ich kenne ihn nicht.
Fräulein Cuny meint, er sei ihr nicht ebenbürtig gewesen. Margarethe erzählt mir manchmal von ihm, aber ich habe den Eindruck, daß sie ihn mit dem Gärtner verwechselt, zu dem die Königin sehr freundlich ist und der uns immer frische Blumen bringt.
Margarethe wird Greta genannt. Sie war eben zehn Jahre alt, als Fräulein Cuny mich dem Trödler abkaufte, in seinem Laden in Velden am Wörthersee. Dahin reist die Königin gern mit ihrem »Hofstaat«, zu dem auch Gretas Klavierlehrer, die Köchin und das Stubenmädchen gehören. Ohne sie und Fräulein Cuny wäre Greta allein auf der Welt, denn die Königin der Operette, ihre Mutter, ist selten zu Hause. In den Sommermonaten tritt sie in Bad Ischl und Salzburg, in Triest und Venedig, in Florenz und Neapel auf. Es ist derselbe Wirbel wie winters in Wien. Manchmal nimmt sie uns auf Gastspiele mit nach Berlin, Hamburg, Hannover, Königsberg, Breslau, Dresden, Prag oder Budapest.
Greta liebt diese Reisen nicht. Sie ist ein zartes Kind, höflich und still, wenn sie will, aber voller Aufruhr, wenn sie nicht will. Dann werde ich unsanft in eine Ecke geworfen, aus der mich Fräulein Cuny irgendwann wieder befreit. Wenn Greta nur Geschwister hätte, Großeltern oder wenigstens Onkel und Tante, die sich um sie kümmerten! Freilich, die Königin wird oft von eleganten Herren begleitet, wenn wir reisen, aber die wechseln schnell und hinterlassen keinen Eindruck in Gretas Herzen. Manchmal kauft einer mir ein neues Kleid, einen neuen Hut oder ein neues Kettchen - aber was nützt das Greta?

Sie reckt sich, streckt sich, kann schon ohne Kissen auf dem Klavierhocker sitzend die Tasten greifen. Ihr Lehrer ist sehr zufrieden; bald wird sie die berühmte Mutter bei Konzerten am Flügel begleiten können. Welch ein Bild: Margarethe im weißen Stickereikleid mit hellblauer Schärpe, die blonden Locken zu Korkenziehern onduliert, ganz Aufmerksamkeit für die Mutter, die ihre Lieblingsrollen mit jenem Tremolo singt, das einen eigentlich mittelmäßigen Sopran so attraktiv macht. Die hübsche Frau braucht die Konkurrenz des liebreizenden

Kindes nicht zu fürchten. Im Gegenteil: dieser Liebreiz strahlt auf sie zurück.

Nie spielt Greta ohne mich. Ich bin es gewohnt, auf dem Flügel zu sitzen, an den Notenständer gelehnt. Immer trage ich ihr Kleid en miniature - weiß, mit hellblauer Schärpe, viele Jahre lang, rosa mit scharlachroter Schärpe danach, dann buntgeblümt mit schwarzem Samtmieder und schließlich cremefarben und allover bestickt, Ton in Ton mit unserem Haar.

Denn auch meine Frisur gleicht der ihren und, wie das Publikum meint, auch mein Lächeln. »Meine Puppe«, pflegt Margarethe zu sagen, »meine Puppe gleicht mir in allem!«
Fräulein Cuny hat von Jahr zu Jahr mehr Mühe, unsere Auftritte zu planen und abzuwickeln: die Königin überläßt ihr Terminabstimmung und Tournéeorganisation. Zwar ist Gretas Klavierlehrer behilflich, auch die Zofe und Herr Schalnik, der Chauffeur. Fräulein Cunys Nerven aber, nie die besten, leiden unter der Rastlosigkeit, den Aufregungen der Gastspiele da und dort, zu jeder Jahreszeit, bei jedem Wetter.

Glücklicherweise erweist sich Margarethes Gesundheit als ungewöhnlich zäh. Ich tröste sie, als sie drei Wochen lang mit Masern zu Bett liegt und wenig später Mumps bekommt, ängstige mich ein wenig bei ihren Keuchhustenanfällen im Jahr darauf, muß jedoch nie ernsthaft für sie fürchten.

An der Operettendiva gehen die Jahre vorüber wie der Wind an den Bäumen im Park am Wörthersee - ihre Taille bleibt fein, ihr Busen bemerkenswert, ihre Haut zart, ihr Haar seidig glänzend.
Wenn sie singt, jauchzt ihre Stimme, trillert, girrt, streichelt die Ohren des Publikums, weckt Wehmut und Sehnsucht zugleich, und man dankt es ihr mit Beifallsstürmen, mit Bergen von Blumen.
Greta, groß geworden, macht ihr nie ihren Ruhm streitig. Sie spielt einfühlsam, verneigt sich respektvoll, dankt dann freundlich und überreicht der Königin stets das prachtvollste Bouquet. Gemeinsam ziehen sie sich in die Garderobe zurück, kleiden sich um, soupieren im Kreise begeisterter Verehrer.

Fräulein Cunys zänkisches Wesen findet kein Echo bei ihrer Prinzipalin, nie das Einverständnis von Margarethe. Nur ich, könnte ich sprechen, würde ihr gern manchmal widersprechen!

Aber die Zeit arbeitet ohnedies gegen sie. Sie übernimmt das Amt der Hausdame in der Villa am Wörthersee. Für Wien engagiert man einen Sekretär, der auch die Korrespondenz besorgt und mit dessen Art und Arbeit alle zufrieden sind.

Neben ihrem Klavierspiel entwickelt Greta ein unerwartetes Talent: sie sammelt Bilder und Skulpturen junger Künstler. Ihre Mutter läßt sie gewähren, ich staune über die Sicherheit ihres Urteils. Zu ihrem 21. Geburtstag erhält sie eine Wohnung in Wien, die Beletage einer ehemals fürstlichen Residenz in der Weihburggasse, die sie mit feinem Gefühl für die Harmonie von alt und neu einrichtet. Fräulein Cuny, eisgrau geworden, entbehrt unsere regelmäßigen Besuche in Kärnten und wird zunehmend schikanös. Auch die Frau Mama in Baden sieht uns nur noch selten.

Greta ist bald der Schwarm der Wiener Gesellschaft. Wien, Wien, nur du allein - »meine liebste Margarethe, nur Du allein« - der junge Mann namens Markenhof legt ihr Dutzende von Rosen, Liebesbriefen und Einladungen zu Füßen.

Er kleidet mich in Reifrock und Schutenhut, läßt mir ein winziges Brillanthalsband anfertigen, als er ihr das aufwendige Original schenkt und feiert ihr Ja-Wort mit einem Frühlingsfest in Nußdorf, in einem gemütlichen Landhaus, das seiner Familie als Sommersitz dient, wenn diese nicht am Attersee oder an der Adria residiert, unweit von Triest an der istrischen Küste.

Die Königin nimmt die Glückwünsche der Gesellschaft in schwarzer Atlasseide entgegen und legt der einzigen Tochter ein Collier aus wachteleigroßen, rosa schimmernden Perlen um den Hals. Ein Onkel des Bräutigams erkennt nicht nur ihre Reize, sondern auch die einmalige Chance einer Doppelhochzeit: Mutter und Tochter heiraten am selben Tag zwei Mitglieder derselben Familie und damit denselben Namen - nichts ändert sich, alles bleibt wie gewohnt zwischen ihnen. Nur daß die Königin der Operette nie mehr öffentlich auftritt, ihre Tochter sie nie mehr öffentlich begleitet. In den Villen der neuen Verwandten aber, in ihren eigenen Häusern und den Nobelherbergen der internationalen Gesellschaft debutieren sie gemeinsam in jeder neuen Saison: bis Margarethe ihr erstes Kind erwartet. Sie ist 25 Jahre alt und anmutiger denn je. Als hätte sich der sanfte Schmelz der Perlen auf ihre Haut übertragen, ihre Lippen, ihr Haar. Vor allem aber auf ihre Augen - Gretas Augen glänzen vor Glück und Lebensfreude.

Wiegenlieder klingen durch die Räume. Im blütenweiß ausstaffierten Himmelbettchen sitze ich, als Kinderfräulein verkleidet, und warte auf das Neugeborene.

Eine Kaiserschnittgeburt, das kleine Mädchen, arg mitgenommen von starken Eröffnungswehen, nicht heftig genug, die normale Geburt einzuleiten. Bläuliche Händchen, ein blasses Gesicht. Die Nottaufe auf den Namen Marie-Louise noch in der Klinik.

Ich muß lange warten, bis ich es sehen darf, in den Armen ihres Vaters, Robert Markenhof. Und es bleibt mir nicht viel Zeit, im Wiener Haus als Kinderfräulein zu glänzen. Hastig bereitet man die Übersiedlung an den Wörthersee vor. Hier, in guter Luft und ländlicher Ruhe, sollen Mutter und Kind sich erholen. Mehr noch: hier hofft man den Krieg gut zu überstehen.

Denn wegen der europäischen Bündnisverflechtungen und Generalstabsabmachungen kam es nach der Ermordung des österreichisch-ungarischen Thronfolgers Franz Ferdinand durch serbische Nationalisten am 28. Juni 1914 in Sarajewo zur Katastrophe: Österreich-Ungarn erklärte am 28. Juli Serbien, Deutschland nach der russischen Gesamtmobilmachung am 1. August Rußland und am 3. August auch dessen Bundesgenossen Frankreich den Krieg. Nach dem deutschen Einmarsch ins neutrale Belgien mit dem Ziel, Frankreich vom Norden her anzugreifen, trat auch Großbritannien in den Krieg gegen das Deutsche Reich ein. Durch den Londoner Vertrag verpflichteten sich die alliierten Mächte Großbritannien, Frankreich und Rußland, keinen Sonderfrieden abzuschließen. Das machte die Gesamtsituation Europas schier aussichtslos.

Schon im frühen September treffen wir in Velden ein; wir, das heißt Marie-Louise, ihre Eltern, die Köchin und ich.
Gestochen klar die Silhouette des Mittagskogels, die Karawankenkette bis zu den Karnischen und den Julischen Alpen.

Traumblau der See. Nachmittags sitzen wir auf dem Bootssteg, die Füße im Wasser, ich nicht, aber Greta und Fräulein Cuny, die aufblüht in der Betreuung »ihres Kindes« und dessen Kind.
Marie-Louise, von uns allen Minou genannt, erholt sich langsam. Der Doktor kommt täglich, nach ihr zu sehen, berät uns, was ihre Ernährung betrifft, ordnet Spaziergänge an und sorgt dafür, daß die Köchin ihr die fünfte Mahlzeit gibt, damit auch Greta ausreichend Schlaf bekommt. Denn die junge Mutter, die infolge ihrer Operation nicht stillen kann, ist angegriffen. Nur ungern läßt sie ihren Mann nach Wien zurückreisen, bangt sie doch um ihn, und nicht zu Unrecht: Mitte Oktober wird er zu den Fahnen gerufen, ebenso wie sein Onkel, den man allerdings auf einen sicheren Stabsposten nach Preßburg kommandiert.

Der alte Feriensitz im Park am See scheint gefeit gegen Macht und Ohnmacht der Zeit, die stete Kraft der Wandlung. Umgeben von der Lebendigkeit des Wassers, der Würde alter Bäume mit ihrem flirrenden Laub, dem Rufen der Vögel und dem Spiel von Wolken und Wind widersteht er auch der rings um ihn sich ausbreitenden Angst.

Wir ängstigen uns nicht mehr. Stiller Fleiß der Frauen, wohltuendes Behagen unaufdringlicher Kultur füllt unsere Tage.

Schon immer wollte Greta das alte Haus neu gestalten, ihrem Geschmack gemäß einrichten, modernisieren - nun aber nimmt sie seine Atmosphäre bereitwillig auf und genießt die Annehmlichkeiten bequemer Fauteuils, petitpoint bezogen, und schwerer Tische mit viel Platz für Noten, Bücher, Stoff und Stickgarn. Für die Wallfahrtskirche von Maria Gail beginnt sie die Arbeit an einer Altardecke in winzigem Kreuzstich: »Nimm, o Mutter, diese Gabe, die ich Dir versprochen habe!«
Ja, ihr Versprechen will sie halten; mögen diese harten Jahre sie und die Ihren unversehrt lassen!
Minou wächst zu einem gesunden Kind heran, dessen heiterer Ungestüm alle mitreißt und dessen Fröhlichkeit Haus und Garten füllt. Behend wie ein Kätzchen kann sie sein, stürmisch wie ein Fohlen, treuherzig wie Odette, die junge Dalmatinerhündin, die der Vater ihr mitbrachte, als er zu ihrem zweiten Geburtstag auf Heimaturlaub war. Köstlich die Vielfalt ihrer Ideen, ihre Phantasie, ihre nie endenden Fragen, die

stets mit »bitte, warum - » beginnen und mit »danke - ich weiß schon« enden.

Nie sitzt sie still, wie früher Greta, wenn die Königin sang - sie umtanzt den Flügel mit der spielenden Mutter, singt, zupft mich an den Haaren, wenn sie mich in den Armen hält oder wiegt mich im Rhythmus der Musik: immer in Bewegung, immer begeistert.

Das noble Tätigsein der Damen greift auf sie über und läßt sie stundenlang malen oder schreiben, kaum daß sie fünf Jahre alt ist; und der Doktor meint, man solle sie rechtzeitig in die Schule schicken.
Im Oktober des Jahres 1917 aber bricht der Krieg mit furchtbarer Gewalt in den Frieden der Frauen ein: Robert Markenhof fällt am oberen Isonzo; sein Onkel, eben von einem Besuch aus Wien kommend, verunglückt tödlich bei der Fahrt nach Galizien. Nie wird Greta wissen, ob diese Nachricht ihre Mutter so tief traf, daß sie wenige Tage danach leblos in ihrem Schlafzimmer aufgefunden wurde, oder ob sie sich in ihrem Kummer etwas antat.
Die Todesfälle innerhalb weniger Wochen lähmen ihren Mut. Sie ist nun dreißig Jahre alt und fühlt sich doch sterbensmüde. Nach den Trauerfeierlichkeiten, der düsteren Zeit angepaßt, versinkt sie in Schwermut.

Nicht Minou, nicht ich haben Zugang zu ihrem Herzen. Fräulein Cuny versucht alles, sie aufzurichten, aber ihre Seele scheint in eine Nachtfahrt des Grauens entrückt. Der Doktor, vertraut mit uns wie sonst keiner, führt lange Gespräche mit Greta, monoton wie Sommerregen vor den Fenstern: nein, sie hat keine Wünsche mehr. Nein, sie wird nicht ausgehen. Nein, sie bittet nicht um Besuche. Nein, sie vermag sich nicht an den Flügel zu setzen, nein, nein, nein, nein.
Dennoch läßt er sich nicht beirren, der Doktor. Er begrüßt mich freundlich wie immer, legt mich Minou in die Arme, streicht ihr über die braunen Locken, spricht Fräulein Cuny Mut zu - Fräulein Cuny, der Strengen, die ihren Stimmungen nie nachgab, uns keine Gestimmtheit durchgehen ließ.

Erst das Kriegsende weckt Greta wie mit Posaunenstößen auf. 4. November 1918 - Zusammenbruch! Chaos! Durch Kärnten wälzt sich Österreich-Ungarns geschlagene Südarmee. In diesem gemischtsprachigen Gebiet geht Angst um: Kärnten soll

zum neuen Staat der Serben, Kroaten und Slowenen geschlagen, dem geplanten Illyrischen Königreich einverleibt werden. Herr Schalnik, nun auch bei ihnen, berät sich mit anderen heimattreuen Männern und regt Greta zu tatkräftigem Widerstand gegen die Pläne der Alliierten an. Sie zeigt sich wieder im Ort, besucht regelmäßig die Messen in Maria Gail, macht Station beim Moserwirt, einem aufrechten Mann, der seine Freunde als erster zum Abwehrkampf aufrief.
Greta bewundert diesen Stefan Moser, Fels in der Brandung der Unruhe ringsum. Sie besucht Freunde in Pörtschach und Landskron, sie zum Mitwirken im Kampf um die Einheit und Freiheit Kärntens sowie dessen dauerndem Verbleib bei Österreich aufrufend, wandert mit Gleichgesinnten nach Sternberg hinauf, wirbt für die Volkstumswahl vom 10. Oktober 1920, wo immer sie kann. Und ist erleichtert, als das Land vom Druck der Abtrennungsangst befreit ist - eine wieder zuversichtliche, lebenswillige Frau.
Täglich setzt sie sich an den Flügel, spielt hingebungsvoll und läßt Minou dazu singen - mit ihrer piepsigen Kinderstimme und ihrem kullernden Lachen zwischen den Tönen. Minou, längst in der Schule und dazu eine der Klügsten, begabt wie nicht Mutter und Großmutter, ja niemand zuvor, wie Fräulein Cuny behauptet. Sie sammelt Worte, Zahlen, Zusammenhänge. »Warum« und »ich weiß schon« folgen einander vom Aufstehen bis zum Schlafengehen.

Ich bekomme eine Brille, um ihre Fibel besser lesen zu können und sitze stundenlang neben ihr, wenn sie die Tafel vollschreibt mit Sätzen und Rechenaufgaben. Wo die Linien sind, gibt es Wörter - wo die Kästchen sind, Zahlen. Selbst die Köchin und Herr Schalnik haben dazusein, wenn Minou uns examiniert: wieviel sind 7 + 3, 3 x 3 , 3 - 3 - Jahre danach werden Potenzzahlen abgefragt, Logarithmen gepaukt, Vokabeln geübt, grammatische Regeln wiederholt, daß uns der Kopf raucht.

Nur eine Leidenschaft außer Lernen bewegt Minou: ihre Puppensammlung. Mit handgearbeiteten Puppen in den Kärntner Trachten begann sie und wuchs weiter über Geschenke aus Wien und Salzburg, aus Berlin und Dresden. Jeder Gast wurde um eine Puppe gebeten, oft reisten die kleinen Wesen von weither an, und bald füllte sich Gretas Salon mit Glasvitrinen voller Puppen.

Minou wollte alle teilhaben lassen an ihrer Freude und ernannte mich zur Vorsteherin der Sammlung, die sie »Kinder der Welt« nannte und über die sie kraftvoll regierte, schon mit vierzehn Jahren hochgewachsen und um einen Kopf größer als ihre Mutter, von der zierlichen Cuny ganz zu schweigen.

Sie wuchs und wuchs und lernte und lernte. Greta, die fürsorglichste Freundin, lebte nur für sie. Kein Verehrer trat je über die Schwelle des Hauses am Wörthersee. Die Begehrte, Begehrenswerte ließ niemanden an sich heran.
Im Innersten ihres Wesens unantastbar, schuf diese Unberührbarkeit einen magischen Raum um sie: leer und lauter. Wahrheit ist eine Frucht langer Reife; sie genoß die Spätlese der Wahrheit, einsam zu sein, immer schon und für immer. Aber Minou war da, Marie-Louise, das kluge, gelehrsame Mädchen, das sich mit großem Eifer auf ein Universitätsstudium in Wien vorbereitete.
Sie war herangewachsen im Erfahren von Verantwortung, die nun ihr übertragen werden konnte. Nicht Fräulein Cuny, nicht Greta zweifelten an der sittlichen Reife des jungen Mädchens, dessen Abgangszeugnis von der Schule alle Erwartungen übertraf.
Greta legte auf dieses Zeugnis das Perlencollier, das sie zur Hochzeit von ihrer Mutter erhalten hatte - einen alten Familienschmuck, der von deren Urgroßmutter, einer Hofdame Maria Theresias, stammte. Die ungewöhnlich großen, vollkommen runden, rosa schimmernden Perlen trug Minou so achtlos am Hals, als handle es sich um ein Silberkettchen aus einem Devotionalienladen. Greta erschrak ein wenig, aber Fräulein Cuny klatschte resolut Beifall: »Endlich werden sie getragen, Deine Perlen, Margarethe!«
Herr Schalnik chauffierte seine junge Herrin nach Wien und blieb so lange, bis sie ihn mit allen Segenswünschen für die Mutter an den Wörthersee zurückschickte.

Mich hatte sie nicht mitnehmen, nicht ihnen entführen wollen. Ich führte weiter das Leben einer Puppen-Vorsteherin in Gretas Salon, erdbeerfarben ausgeschlagen, mit polierten Kirschbaummöbeln und den Portraits der Ahnen beider Familien an den Wänden.

Greta begann zu lesen. Die Biographien berühmter Musiker, allen voran Mozart, Schubert, Chopin. Sie spann sich ein in diese Lektüre wie eine Seidenraupe in ihrem Kokon, enger

und enger. Der Doktor, einziger Gast des Hauses, führte lange Gespräche mit ihr, empfahl ihr manch' wichtiges Buch, lieh ihr auch das eine oder andere aus der eigenen Bibliothek, wußte immer Rat.
Und anders als früher, feiner noch, erklang ihr Klavierspiel. Die geöffneten Terrassentüren ließen es nach draußen dringen, Vogelstimmen antworteten, die seidige Seeluft nahm es auf, trug es fort, ordnete es ein in die Sphärenmusik des Alls. Greta, in sich ruhend, verinnerlichte das Außen in ihr Spiel und ihr Schweigen, eine Seele voller Sanftmut seit jeher.

Nur wenn Minou wieder im Land an der Drau war, für wenige Tage oder für ausgedehnte Semesterferien, brach der Bann der Stille. Dann wurde gelacht, gesungen, laut diskutiert, auch kommandiert: »Mama, jetzt fährst du mit mir hinauf nach Heiligenblut - auf den Dobratsch - ins Bleiberger Hochtal und an die Gail hinunter - nach Gurk und in die Bischofskirche von Lieding - heute, Mama, heute noch!«
Und sie ruderten über den See, Herr Schalnik als starker Mann in der Mitte des Kahnes, die Köchin mit dem Eßkorb hinten, Fräulein Cuny am Ausguck vorn. Oder sie spazierten durch den schmucken Ort, zum Schloßhotel hinunter und hinauf ins Sonnental.

Auch mich nahmen sie mit, wenn sie im geräumigen Wagen ins Mölltal fuhren, nach Lienz und über den Millstätter See zurück oder ins Lavanttal zum ehrwürdigen Benediktinerstift St. Paul, hoch über dem Tal erbaut und es krönend mit seiner herrlichen Kirche.

Kaum aber war Minou nach Wien zurückgekehrt, fiel der dichte Traum wieder über das Haus im Park, hüllte Greta sich in Schweigen wie in einen undurchdringlichen Mantel. Mehr und mehr zog dieses Schweigen seine Kapuze über ihren Kopf, umfing es gänzlich ihre Gestalt.

Wer ihr begegnete bei den seltenen Gängen zur Post oder zur Kirche, schien zu frösteln beim Anblick der blonden Frau mit dem abweisenden, abwesenden Lächeln. So schmal die Hände, so durchscheinend die Haut, so entsetzlich blau der Blick; blau wie eine Grotte im Fels, wie ein Eisfeld bei Mondlicht.

Minou schrieb: Darf ich mit einer archäologischen Expedition in die Türkei reisen, Mama? Es geht um das Thema mei-

ner Doktorarbeit, um Ausgrabungen im ehemaligen Troja - darf ich?
Und Greta kabelte ihr Einverständnis, nachdem auch Fräulein Cuny sogleich »ja« gesagt hatte. »Die Kleine ist unternehmungslustiger als wir alle zusammen, Margarethe!«
Seither ist Minou vermißt, unfaßbar für Greta, für Fräulein Cuny, für alle, die sie kennen. Unerklärlich für den Doktor, hochbetagt, für die Leute im Dorf. Man wartet auf sie, hofft für sie, betet für sie.

Es ist der Frühling des Jahres 1935. Von nun an zählt Greta die Tage, ja die Stunden. Auf Liliputanermaß zusammengesintert, mit Haaren, wie von Grünspan überzogen und einer Fuchsnase im zerknitterten Gesicht, kläfft Fräulein Cuny von früh bis spät durch das weiträumige Haus. Den Gärtner hält sie für faul und liederlich, weil er gern ein Bierchen mehr trinkt nach der Arbeit, die Köchin für unredlich, weil sie zu viel Olivenöl und Gewürze verbraucht, den Briefträger verfolgt sie mit dem bohrenden Verdacht der Unterschlagung wichtiger Nachrichten und den Bäckerjungen, der morgens Kipfel und Semmeln bringt, mit dem der Spitzelei für die Dorfbewohner, denen ihrer Meinung nach nichts wichtiger ist, als über die Vorgänge in der herrschaftlichen Villa unterrichtet zu sein.

Dabei widmet sie sich ihren Aufgaben, Buchhaltung und Korrespondenz, mit äußerster Sorgfalt, führt die Agenden mit gestochener Handschrift und unterrichtet Greta täglich über die notwendigen Arbeiten und Ausgaben. Sie müssen sparsam sein. Sparsamer mit jedem Jahr.
Greta dankt ihr für die Haushaltsführung mit gleichbleibendem Wohlwollen und erträgt ihre gehässigen Bemerkungen über die Dienstboten so gelassen, als knurre ein unmündiges Hündlein sie an. Sie scheint alterslos. Nur ihre Erinnerungen verwirren sich hin und wieder - wo war ihr Mann gefallen und wann war ihre Mutter gestorben, die Operettenkönigin, der man ein fürstliches Begräbnis bereitet hatte? Dann setzt sie sich an den Flügel und spielt die alten Melodien, bis ihre Gedanken zu Minou gleiten und sie Fräulein Cuny den hundertsten Brief an die türkischen Behörden diktiert. Der österreichische Botschafter in Ankara, das Außenministerium in Wien, die Hilfsorganisationen des Internationalen Roten Kreuzes - sie alle werden wieder und wieder mit den Daten der vermißten Tochter bedacht und um Unterstützung bei den

Nachforschungen gebeten. Kann ein Mensch so spurlos verschwinden? Marie-Louise, diese begabte junge Frau, deren Studium an der Universität in Wien so erfolgversprechend begonnen hatte? Man wußte, daß die Mitglieder der archäologischen Expedition im Ausgrabungsgebiet rund um das alte Troja in einen Hinterhalt von Rebellen aus den Bergen geraten waren. Zwei Professoren und ein weiterer Doktorand wurden Tage darauf, ausgeplündert, aber wohlbehalten, in Istanbul aufgefunden. Marie-Louise aber blieb verschollen. Greta reiste in die Türkei, wagte sich in das gefährliche Grenzgebiet zu Afghanistan, setzte hohe Belohnungen für Hinweise der Bewohner aus, fand tatkräftige Hilfe der amtierenden Diplomaten in Smyrna und mußte doch unverrichteter Dinge heimkehren.
Kurz danach stürzte sie so unglücklich die Freitreppe zum Park hinunter, daß sie sich beide Oberschenkelhalsknochen brach und nach langer Bettruhe nur noch im Rollstuhl sitzen konnte.

Ich auf ihrem Schoß: das war mein neues Leben. Sie gewöhnte sich daran, mich ständig bei sich zu haben und mit mir zu sprechen, als sei ich ihre Tochter - eine Tochter, die nie fortgegangen war von zu Hause und niemals fortgehen würde.
Herr Schalnik schob uns jeden Morgen von Sonnenfleck zu Sonnenfleck, bei den Rosen, beim Flieder und beim Rhododendron, und nachmittags von Schattenplatz zu Schattenplatz - bei den Hortensien, den Buchen und den Kastanien im Park.

Oft saß Greta stundenlang im Halbschatten der rosenüberrankten Pergola. An windstillen Tagen konnte sie das sanfte Sinken der Blütenblätter hören, das Sich-dehnen der Triebe, das Sich-öffnen der Knospen. Fliegen, Bienen und Hummeln machten Lärm in der Stille, die über den Kiefern hinter der Villa lag. Windige Tage waren erfüllt vom Fallen der Tannenzapfen, der ersten Nüsse und welker Äste. Fern riefen Vögel. Die bunten Kugeln in den Rosenstöcken rings um die Gartenlaube vor ihr glänzten geheimnisvoll, leuchteten auf, wenn Sonne sie traf. Dann schloß sie die schmerzenden, schlafarmen Augen und ergab sich den farbigen Formen der Anderwelt in ihrem Innern, einer Welt, deren Fülle mehr und mehr ihr Leben erfüllte.
Gern ließ sie sich auch hinunterfahren zum Seeufer, sah den kleinen Wellen zu, verlor sich an die flimmernde Weite des Wassers, in dem Wolken, Mond und Sterne sich spiegelten.

Manchmal berührten die Weiden sie mit ihrem wehenden Haar, sang der Wind in den Pappeln die geliebten Lieder von einst. Sie dachte an ihre Mutter, ihren Mann, ihre Tochter, die Freunde ihres Lebens, seine Freuden.
Im Herbst dann schob man sie nahe zum Kamin, dessen kleines Feuer Herr Schalnik von morgens bis abends versorgte. Die glosende Glut flüsterte ihr ins Herz, die milden Flammen wärmten sie. Greta, ganz und gar gehunfähig, atmete den süßen Duft letzter Rosen ein und den herben der ersten Weihrauchkörner, die Fräulein Cuny auf vorgewärmte Steine an den Rand des Kamins legte.
Und dann kam der Bienenwachsgeruch der Adventskerzen im würzigen Tannengrün, begann die Köchin mit der Weihnachtsbäckerei, wurden mit alten Modeln Lebkuchen und Anisplätzchen ausgestochen, Vanillekipfel und Marzipan geformt, Salzteigfiguren für den Christbaum bunt bemalt.

Während sie saß, mich eng in ihren Armen haltend und an Minou denkend, leise für jede Handreichung dankend, welkte sie fast unmerklich dahin. So klar, so still, so durchscheinend wie ein sonniger Dezembertag.

Gretas letzter Winter war wildes, wehmütiges Warten. Wild am Morgen, wenn sie Fräulein Cuny wieder Bittbriefe an die offiziellen Stellen in Wien und Konstantinopel diktierte, wenn sie auf Nachrichten wartete wie ein hungriges Kind auf Brot.

Wehmütig am Abend, wenn sie die Hoffnung losließ und mich weinend an sich drückte, mich, ihre Minou. Weihnachten kam und ging, sie kaum mehr beglückend. Am Heiligdreikönigsfest ließ sie sich nach Maria Wörth fahren, die geliebte kleine Wallfahrtskirche über dem See. Still hielt sie vor dem Hochaltar Zwiesprache mit der Gottesmutter, mich ihr liebevoll zuwendend, still fuhr sie wieder heimwärts. Noch ein paar Wochen hielt sie durch, dann schloß sie die Augen für immer, bis zum letzten Atemzug ihre Hände in meinen und in Cunys Händen bergend.

Nun war Cuny allein, zunehmend an Gichtschüben leidend, die sie an den Stock zwangen und ihre ständigen Vorwürfe gegen Gott und die Welt abschwächten, ohne sie jedoch im geringsten milder zu stimmen. Hundsalt und hellwach, übernahm sie nach Gretas stillem Tod die Villa und erfüllte damit getreulich deren Testament. Greta hatte ihr das lebenslängliche Wohnrecht im Haus am See und eine monatliche Rente zugesichert unter der Bedingung, den Besitz mit Hilfe der Köchin und Herrn Schalniks in Ordnung zu halten. Nach ihrem Heimgang sollten Haus und Park zu gleichen Teilen an den Kärntner Kriegsopferverband und den Verband der Abwehrkämpfer fallen. Als wäre Greta von einem geheimgehaltenen Schuldgefühl bedrängt worden - sie hatte Minou damals sogleich erlaubt, in die Türkei zu reisen - klang der letzte Satz dieses Testaments, der sich Fräulein Cuny tief ins Gemüt grub: »Wer immer auch schuldig ist am tiefen Leid der anderen, diese Versehrten und Hinterbliebenen gehören nicht dazu.«

Ich blieb, schwarz gekleidet, auf dem Rollstuhl sitzen, während man sie in die Familiengruft an der Kirchenmauer zu Maria Wörth bettete, dort, wo die Kreuze des Friedhofes weit über den See schauen. Im Frühjahr brachte Herr Schalnik das Schönste, was unter seinen Händen erblüht war, zu ihr, und die Köchin begleitete ihn, um Cuny abzustützen auf dem mühsamen Weg über die steilen Treppen zum Friedhof hinauf.

In eben diesem Jahr, als der Grabhügel noch frisch war, kaufte ein amerikanisches Ehepaar im Bazar von Konstantinopel, in einem der feinen Juweliergeschäfte gleich neben dem Westeingang, eine Perlenkette. Der Preis war trotz langen Feilschens mit dem barschen Besitzer sehr hoch, aber die Käufer ahnten den Wert der makellos runden, ungewöhnlich großen, rosa schimmernden Perlen mit dem unverkennbaren Schmelz der Tiefsee, aus der Taucher sie einst, Muschel um Muschel, heraufgeholt hatten.
Die niedliche junge Frau des begüterten Autohändlers aus Detroit strahlte vor Stolz, als sie die Perlen zum ersten Mal trug, beim Abendessen im Hotelrestaurant mit Rundblick auf den von Lichtern umflimmerten Bosporus.
Jenem Blick, mit dem Minou vor zwei Jahren verblutet war, an eine Mauer gebunden, das Messer noch zwischen den Schultern, der verlockenden Perlen wegen, die sie auch an diesem Tag wieder achtlos um den Hals gelegt hatte.

Gese

Gese, von Gertrud, aus den germanischen Silben »ger«, »Speer« und »trud«, »Zauberin«, »weise Frau«, zusammengefügt. Friesischer Mädchenname.

"Richte ich dich, richtest du mich? Da ist die Waage mit ihren Schalen, leicht wie eine Feder sollte dein Herz sein, eine Feder aus dem Haar der Göttin, der allweisen.
Richtest du mich, richte ich dich? Die Göttin senkt ihre Schwingen, die dunklen - frei wollte sie mich, frei wollte sie dich.
Richte ich mich, richtest du dich? Freiwillig stelle ich mich dem Gericht. Die Göttin kann fliegen, weil sie sich leicht nimmt, weil sie so leicht wie die Wahrheit ist. Wie schwer, wie schwer sind wir geworden von unseren Lügen - Verkünde die Lösung, mein sprechendes Ich. Erlöse uns!"

Wo bist du, Gese?« hallt es durch den dunklen Flur des Erdgeschosses.
Keine Antwort.
»Gese, Gese, bist du hier irgendwo?«
Keine Antwort.
»Gese, so gib doch Laut!«
»Harlekin tanzt mit Columbine«, schreit Gese. »Störe sie nicht!«
Tante Ida öffnet die Tür zum Gartenzimmer, an dem sie achtlos vorbeigegangen war. »Wer tanzt mit wem?« fragt sie.

Gese erschrickt. Ich ziehe mich aus ihrem Bewußtsein zurück. Ihre Augen, eben noch funkelnd vor Vergnügen, verlieren ihr Feuer.

Tante Ida stellt die geschnitzten Stühle, achtlos im Raum verteilt, zum Tisch, sammelt die herumliegenden Blusen, Röcke, Tücher und Hüte aus Esthers Kleiderschrank zusammen. »Immer diese Unordnung«, sagt sie. Und: »Was hast du denn gespielt?«
»Meine Freunde waren da«, murmelt Gese. Sie hat wieder ihr Deichgesicht, wie Tante Ida es nennt, hoch und verschlossen.
»Das Essen ist fertig«, sagt Tante Ida. »Wasch dir die Hände und komm!«

Tante Ida ist Herrin auf Gut Neuhof am Eutiner See. Ihr Gemüsegarten grenzt an den Schloßpark mit seinen hohen Buchen und Kastanien. Der Hahn und seine Hühner haben Auslauf bis zu den Fliederbüschen am Ufer, wo der alte Kahn liegt, mit dem Onkel Heinrich früher zum Fischen fuhr. Nun sitzt er nur noch im Kontor, in den strengen Duft seiner Zigarren und eine karierte Wolldecke gehüllt, und sinniert vor sich hin. Tante Ida muß ihn füttern wie ein Kind, und dann bringt Püttje ihn zu Bett. Püttje, der alte Knecht, dem die Arbeit auf den Feldern zu schwer wurde.
Onkel Heinrich kann nicht mehr sprechen und nur noch die linke Hand ein bißchen bewegen und das linke Bein. Wenn Gese bei ihm sitzt, rückt sie ihren Schemel an seine linke Seite und läßt sich kraulen. Sie weiß nicht, ob er zuhört, doch sie erzählt ihm viele Geschichten, weil er niemals lästige Fragen stellt. Tante Ida zum Beispiel will wissen, was Commedia dell'arte ist und Belcanto und woher sie den Bajazzo kennt, dessen Späße sie nur so heraussprudelt. Onkel Hein-

rich zieht einfach weiter an seiner Zigarre, und Gese muß husten, und dann lachen sie beide. Onkel Heinrich hat noch nie so viel gelacht in seinem Leben. Er hat nach dem Rechten gesehen auf dem Hof und gerechnet und war wohlgelitten im Stadtrat und im Bauernbund und bei einer Partei, deren Namen Gese sich nicht merken kann.
Kinder haben sie nicht, Tante Ida und Onkel Heinrich. Gese ist die Tochter von Idas Schwester Esther, auf einer kleinen Insel im Wattenmeer geboren. Von dort haben sie sie geholt nach Esthers frühem Tod, dort steht noch ihr Elternhaus, gut verschlossen und regelmäßig gelüftet und gereinigt in den Sommermonaten. Gese kann zurück, wenn sie groß ist. Tante Ida freilich sähe es lieber, wenn sie den Hof übernähme, einen tüchtigen Ehemann zur Seite. Sie tut alles, das Kind an Haus und Hühner, Küche und Keller, Stall und Vieh, Scheune und Wirtschaft zu gewöhnen. Ein Verwalter ist da und die gute Mechthild, seine Frau. Die steht ihr geduldig zur Seite, wenn Püttje allein mit Onkel Heinrich nicht zu Rande kommt oder ihre Kräfte versagen, zum Beispiel beim Brotbacken, Beeren ernten, Gemüse einkochen und Obst verwerten. Gese hat großes Vertrauen zu Mechthild. Und der Herr Verwalter ist die einzige Respektsperson für sie.
Onkel Heinrich, wenn er nur lachen kann! Dann scheinen die Wände des kleinen Kontors an der Hofseite des Hauses zu wackeln und die Gläser in der Vitrine hinter Onkel Heinrichs Lehnstuhl zu klirren und die Fransen am Wandbehang aus Marokko zu beben vor Vergnügen - ein Wandbehang, auf den Tante Ida sehr stolz ist. Stammt er doch von ihrem Großvater, einem Kapitän, der die ganze Welt bereiste! Auch aus Shanghai und Hongkong, aus Rio de Janeiro und Kapstadt brachte er Andenken mit nach Hause; die beiden Schwestern durften sie sich nach dem Tod der Großeltern teilen, und Gese kennt sie alle. Schon als Dreijährige wollte sie wissen, woher die Figuren, Krüge und Gewebe kämen, und als Vierjährige erklärte sie den anderen Tanten und Onkeln, die manchmal zu Besuch da waren, jedes dieser fremdländischen Stücke.
Nun ist Gese sieben Jahre alt und darf endlich zur Schule gehen. Onkel Heinrich wird auf ihre Heimkehr warten, Tante Ida die Essenszeiten nach ihrem Stundenplan einrichten. Esther, Geses Mutter, war zwölf Jahre jünger als sie und doch auch schon Ende dreißig, als sie dieses erste und einzige Kind erwartete. Und unter der Geburt starb, aufgewühlt vom Verlust ihres Mannes, der bei einem Schiffsunglück kurz zuvor

ums Leben gekommen war. Tante Ida hätte viel eher zur Oma getaugt und Onkel Heinrich zum Opa - pflichtschuldigst verjüngt durch das Schwesternkind aber bemühen sie sich, seiner Neugier und Heftigkeit gerecht zu werden. Die Jahre verfliegen nur so, und es wird immer anstrengender für sie, diesem jungen Leben standzuhalten. Onkel Heinrich, halbseitig gelähmt und der Sprache nicht mehr mächtig, durch gewaltiges Gelächter, Tante Ida durch nimmermüde Betriebsamkeit, die bis zur Erschöpfung geht. Bis zu Stunden, in denen sie nur noch sitzt und gähnt, die Augen mühsam offen haltend, den Stickrahmen auf dem Schoß. Ihre geliebten Kreuzstiche, Faden für Faden abgezählt, gelingen nur noch bei Tageslicht, und auch dann kommen Kopf- und Rückenschmerzen auf. Was hat sie nicht alles gestickt, die fleißige Tante! Gese lernt zählen, wenn sie die Decken und Servietten und Schürzen und Kragen mit den Blumen- und Tiermustern anschaut. Und sie wünscht für sich die seltsamsten Motive: Paradiesvögel und Orchideen, Palmblätter und Gardenienblüten.
»Woher kennst du denn dieses Zeug?« hat Tante Ida einmal gefragt, ungehalten, fast mürrisch. Gese wußte nichts zu erwidern.

Ich hatte sie losgelassen, voller Angst, entdeckt zu werden.
Ich bin Geses anderes Ich, mit ihr geboren, unsichtbar in ihr wohnend, begierig nach Leben. Ich habe Uwe, ihren Vater, und Esther, ihre Mutter, zur Seite geräumt. Ich brauche Ida und Heinrich, die Pflegeeltern, solange Gese noch klein ist. Sie werden mich nicht ertappen. Ich will, daß Gese den Neuhof erbt, daß alles unser ist und wir frei werden, zu tun, was wir wollen. Ich lasse mich nicht Gese nennen. Ich bin Gertrud, die Zauberin, und habe immer nur dienen müssen. Nun will ich befehlen, will ich reich und mächtig sein!

Gese ist eine artige Schülerin. Das Flachshaar fest geflochten, die breite Stirn hell und glatt, die Hände vor sich auf dem Pultdeckel gefaltet, folgt sie dem Unterricht. Selten hebt sie die Rechte mit gestrecktem Zeigefinger, weiß aber immer die richtige Antwort, wenn man sie aufruft.
Zu Hause, nicht in ihrer Kammer, nicht im Wohn- oder im Eßzimmer, sondern im eher dunklen, kühlen Gartengeschoß, nach Norden ausgerichtet und immer ein bißchen feucht, sitzt sie und macht ihre Aufgaben, ohne zu murren.
Erst wenn Tante Ida mit der Kakaokanne eintritt und die Hän-

gelampe herunterzieht, kommt Bewegung in Gese; sie springt auf, wirbelt die Tante durch den Raum, reißt die Schranktüren auf, steckt die Nase in Mutters Kleider - ich brauche meine Spielstunde und zaubere die buntesten Phantasien in ihren Kopf, lasse sie reden, als hätte man einen Springbrunnen in ihr geöffnet und singen, als sei sie ein Vögelchen im Walde.

Dann zieht Gese ihren Schemel an Onkel Heinrichs linke Seite, läßt sich den Kopf kraulen, bis er den Zopf zerzaust hat und sie beide lachen, lachen, lachen! Tante Ida treibt es Tränen in die Augen, und Mechthild kommt aus der Küche gerannt, warmen Butterkuchen auf einer Platte, um sie zu stärken nach der anstrengenden Heiterkeit.
»Gese, Gese«, prustet dann Tante Ida, den Mund voller Butterkuchen, »da muß ich mir noch ein Täßchen Kaffee gönnen auf die Tortur!« und Onkel Heinrich lacht allein weiter, während seine Frau die goldverzierte Sammeltasse füllt und Mechthild die leeren Teller in die Küche trägt, alle Krümel fein säuberlich der Katze ins Schüsselchen schiebend.

Fräulein Fischer, Geses Lehrerin, wird nicht müde, deren klares Gesicht anzuschauen. Wenn sie gelegentlich zum Herrn Direktor gerufen wird, darf Gese ihren Platz einnehmen und vorlesen. Aber sie liest nicht vor, sie erzählt. Von ihrer Kindheit in den Marschen, dem reetgedeckten Elternhaus mit den blauen Fensterläden und den weißen Muscheln zu beiden Seiten der Gartenwege. Sie erzählt von Ebbe und Flut und vom Mond über den Wellen, die so süß singen können, süßer als der Kirchenchor. Sie erzählt von den Nachbarn, die noch ihre Eltern kannten und sich auf ihr Kommen freuen, und sie erzählt von den Stürmen, die über die Inseln brausen, so wie das Meer an die Deiche weit hinten vor dem festen Land. Die Kinder sitzen still und sehen aus, als pflückten sie Gese die Worte von den Lippen, um sie genüßlich in den Ohren zergehen zu lassen. Wenn Fräulein Fischer dann wiederkommt, verteilt sie kleine rote Lobzettelchen. Manche sind schon sehr abgegriffen. Für zehn von ihnen gibt es ein gelbes Lob, etwas größer und ohne Eselsohren. Die gelben Lobe, mit einer schwarzen Zehn geschmückt, darf man bei Fräulein Fischer gegen Stammversblumen und Hauchbildchen eintauschen. Man muß dann zu ihr nach Hause gehen, in eine kleine Wohnung am Marktplatz, wo sie die ersehnten Preise in einem großen Album mit eingelegten Löschblättern aufbewahrt. Für ein Zehnerlob darf man drei Bildchen aussuchen. Einmal hatte Gese vier Zehnerzettel und konnte zwölfmal wählen, ja, sogar einen Scherenschnitt mitnehmen, der sie vom ersten Augenblick an entzückte. Er zeigte eine verschleierte Dame in langem Gewande, eine Taube in den Himmel hebend, in dem der halbe Mond lag wie eine kostbare Schale. Von den Bäumen um sie her schienen Tränen zu tropfen, und Gese stellte sich das Gesicht hinter dem Schleier so vor wie das ihrer Mutter, die sie doch nie gesehen hatte. Diesen Scherenschnitt verwahrte sie in Mutters Kleiderschrank im Gartenzimmer, den noch Onkel Heinrich mit dem Pferdefuhrwerk in den Neuhof holte, damit Gese wenigstens Mutters Hinterlassenschaft um sich haben konnte.

Mutters Kleider: ich haßte sie. Billiges Zeug aus Kattun und Kunstseide, grob geflochtene Strohhüte und Zellwolltücher in kitschigen Farben, wie sie nicht einmal die Zigeuner tragen würden. Die Zigeuner! Ich wütete gegen Geses Trägheit an, indem ich ihr Zigeunerrhythmen ins Blut rinnen ließ, um sie zum Tanzen anzuregen. Geigenschmelz und das leise Klirren des Tamburins wurden wach in mir, und ich weckte Gese mit dem Deichgesicht, um zu singen und den Takt mit den Händen dazu zu schlagen wie die Zigeuner am Lagerfeuer.
Ich langweilte mich in ihr die langen Schulstunden hindurch, wenn sie ihre Hausaufgaben machte und Tante Ida dabei half, Hühner und Gänse zu füttern.
Ich langweilte mich mit den Rechenübungen auf der Tafel und den Geschichten aus der Fibel.
Ich langweilte mich beim Kindergottesdienst, wo die I-Männchen fromme Lieder mit endlosen Versen sangen.
Ich langweilte mich auf den Sonntagsspaziergängen durch die Stadt, bei denen Gese an Tante Idas Hand gehen oder Mechthild folgen mußte, ohne auch nur in die Schaufenster zu gucken oder auf blank geputzte Klingelknöpfe zu drücken. Dafür mußte sie den Bekannten der Pflegeeltern die Hand geben und einen Knicks machen und schweigen, wenn die Erwachsenen sprachen, auch wenn diese Gespräche kein Ende nahmen.
Ich langweilte mich so furchtbar, daß ich versucht war, Gese dazu zu verleiten, den Hühnerstall anzuzünden - mit einem Zigarrenstummel, der noch glomm, als Onkel Heinrich ihn mit der linken Hand ungeschickt im Aschenbecher ausdrückte. Püttje vereitelte den Streich und klopfte Gese entsetzt auf die Finger, als er sie beim Kokeln erwischte. Er sagte Tante Ida und Onkel Heinrich nichts davon, wohl aber dem Herrn

Verwalter, und der hatte nun Grund zu strenger Kontrolle der dreisten Deern.

So blieb ich still das zweite und dritte Schuljahr lang. Fräulein Fischer ging in Pension und wurde durch Fräulein Rogge ersetzt, die in einem häßlichen Haus der Vorstadt wohnte und dort Nachhilfeunterricht gab, auch Malstunden, denn sie war die Tochter eines bekannten Landschaftsmalers und galt selbst als fähige Portraitistin. Gese, während sie Topfblumen und Tiere zeichnete, wurde von ihr portraitiert, und Tante Ida schenkte das Bild Onkel Heinrich zum nächsten Weihnachtsfest. Gese mit dem Deichgesicht - ich war wütend darüber, daß Fräulein Rogge mich gänzlich übersehen hatte in diesem blassen, braven Gesicht und nahm mir vor, nicht mehr lange nur still zu warten, bis meine Stunde kam.
Meine Stunde? Alle Tage will ich wichtiger werden. Alle Tage will ich mitgestalten, was du dein Leben nennst! Gese, spute dich, entwachse der öden Schule und den engen Alten, wage unseren Weg!
Die Versetzung in die höhere Mädchenschule gelingt, Gese wird in die Sexta des städtischen Lyzeums aufgenommen. Über Nacht aber schlägt das Schicksal zu. Schlägt sich nieder da, wo ich es lange erwartet hatte. Der große Krieg beginnt.

Die drei Frauen vom Neuhof scheinen nimmermüde in der Betreuung der Soldaten, die auf dem Bahnhof in Richtung Osten verladen werden. Sie verteilen belegte Brote, Kuchen, Milchkaffee, Blumen. Sie nehmen Post an, die Gese aufgibt, und winken jedem der Züge lange nach. Wenn Pferde dabei sind, haben sie Hafersäcke und Zucker bereit; Geschütze bekränzen sie mit Buchenlaub. Die Männer in Feldgrau singen, wenn sie weiterrollen, es ist wie bei der Kirchweih, so fröhlich und festlich zugleich.
Tante Ida und Mechthild berichten Onkel Heinrich, wie es in der Stadt zugeht - »ein Ameisenhaufen, Heinrich, kaum zu glauben«, sagt Tante Ida immer wieder, und Mechthild macht sich in der Küche an die nächsten Bleche mit Bienenstich und Butterkuchen. Gese kann nur noch schwer einschlafen. Was wird geschehen? Wann werden die Soldaten siegreich heimkehren? Und wie wird dann die Welt aussehen, die neue Welt des glorreichen Reiches?
Früh zieht der Winter ins Land, und Schlag um Schlag trifft den Hof: der Verwalter wird eingezogen und Püttje muß seine Arbeit übernehmen. Das Auto wird requiriert, und man

behält nur ein Pferdefuhrwerk, die Remonten sind alle gemustert und weggeholt worden. Mechthild übernimmt das Haus, denn Tante Ida hat für Onkel Heinrich zu sorgen rund um die Uhr. Die Studienräte und der Direktor von Geses Höherer Mädchenschule werden eingezogen, zurück bleiben ein paar längst pensionierte Lehrer und eine ehemalige Direktorin, die nun einspringen muß. Einige Unterrichtsfächer fallen schließlich ganz aus; dafür wird genäht und musiziert. Die Lieder lernen die Mädchen schon für den künftigen Sieg; die Handarbeiten sind für die Armee im Osten bestimmt, die nach den Blitzsiegen in Polen und Frankreich nun tief nach Rußland hineinstößt. Gab es anfänglich noch Päckchen aus Warschau, Brüssel oder Paris, so mehren sich nun die bitteren Nachrichten über Gefallene und Verwundete. Kaum eine Woche, daß nicht ein Bürger der kleinen Stadt getroffen ist. Tränen - nein, Tränen sind untersagt. Der Gefallene wird als Held gefeiert, und das Vaterland ehrt ihn mit Fahnen, Orden und stolzer Trauer.

Was ist das eigentlich, stolze Trauer? Ich knirsche mit Geses Zähnen, wenn ich darüber nachdenke. Ich weiß, daß es noch schlimmer kommen wird, Jahr um Jahr. Ich muß helfen mit diesem Wissen. Wie wenig vermögen die Menschen, die doch Augen und Ohren haben, einzusehen und zu erkennen! Wie selten sind Weitblick und Hellhörigheit! Immer, wenn ich Gese den Gedanken an die Gerechtigkeit auf Erden eingebe, soll sie mir zuhören und das Verstandene weitersagen.
Auf dem Neuhof werden Gefangene zur Ernte eingesetzt. Ich muß Püttje gewinnen, der den Gefangenen vorarbeitet, ihnen das Essen zuteilt und ihren Wärter bevorzugt, damit er manchmal ein, manchmal beide Augen zudrückt, wenn er ihnen einen Schlag mehr in den Napf füllt. Püttje muß ich helfen, dann haben wir Zugang zu den Männern, dann kann Gese ihnen die Zukunft voraussagen, sie zum Durchhalten aufrufen.
Vor dem Einschlafen sage ich Gese ein, was ich kommen sehe: Bombenregen, Feuerstürme, Giftbrand über Hamburg. Die freie Hansestadt gefangen von Tod und Teufel, die Alster ein Tränenmeer. Immer wieder stelle ich Gese diese Bilder vor das innere Auge: schwere Bomben fallen aus Flugzeugbäuchen, heulen herunter, schlagen krachend ein. Hoch auf fahren die Flammen, tief gräbt sich Phosphor in Mauern, Möbel und Menschen - sie springen ins Wasser, klammern sich fest an den Booten, die sie suchen, können nicht zurück

an die Luft, leben noch ein wenig, versinken. Sirenen, Schreie, Flüstern, Stille.
Dächer, die auf Straßen stürzen, Keller, deren bröckelnde Decken Bangende begraben, Straßen, durch die sich Feuer wälzt, vom Wind weitergetrieben, Brücken, die in sich zusammensinken, Flüchtende mit sich reißend.
»Sag es Püttje«, hämmere ich ihr ein, »warne ihn, Gese!«
Püttjes Tochter lebt mit ihren Kindern in Hamburg, längst allein, denn ihr Mann wurde schon zu Beginn des Krieges eingezogen.

»Er soll sie hierher holen, mit den Kindern, er kann sie retten« - meine Litanei, die Gese endlich lernt, endlich ausspricht, an einem Sonntagmorgen, als Püttje mit am Tisch sitzt. Onkel Heinrich, der wieder einmal dröhnend gelacht hat, beginnt unvermittelt zu weinen. Tante Ida schiebt die Tasse von sich, starrt Gese an und sagt: »Wie sprichst du bloß, Kind?« und Mechthild hält sich vor Entsetzen beide Hände vors Gesicht.

»Bombenregen, Feuerstürme, Giftbrand über Hamburg«, wiederholt Gese. »Püttje soll seine Tochter hierher holen, mit den Kindern, er kann sie retten!« Dann erschrickt sie so sehr, daß sie aus dem Zimmer läuft. Tante Ida ihr nach, während Mechthild Onkel Heinrich zu beruhigen sucht und Püttje dasitzt, wie vom Donner gerührt.
Als Tante Ida mit Gese zurückkommt, meint auch Püttje: »Bombenregen, Feuerstürme, Giftbrand über Hamburg, meiner Heimatstadt!« Gese, zitternd vor Erregung, schreit ihn an: »Hol deine Tochter mit ihren Kindern, du kannst sie retten!« Püttje fährt mit der Eisenbahn in die Stadt und bringt es fertig, sie zu überreden. Man gibt ihnen zwei Zimmer im Verwalterhaus, sorgt dafür, daß die Kinder umgeschult werden und macht es ihnen so angenehm wie möglich. Die Bombenangriffe der Alliierten kommen näher, treffen Stuttgart, Köln, Berlin, Leipzig. Und treffen Hamburg. Bombenregen, Feuerstürme, Giftbrand, wie Gese es vorausgesagt hatte. Obdachlose werden aufs Land geschickt, man evakuiert ganze Stadtteile.

Ich bohre weitere Öffnungen in Geses Bewußtsein, mache mich breit mit meinen Mahnungen: Unzählige Flüchtlinge aus dem Osten werden kommen, über Land und Meer, trefft Vorsorge! Gese, das Deichgesicht erhoben, spricht meine Botschaft aus.

Onkel Heinrich, der nun immer weint, wenn sie bei ihm sitzt, sinkt mehr und mehr in sich zusammen. Tante Ida nimmt Wäsche aus den Schränken, zählt sie, bündelt sie, stapelt Kissen und Decken auf dem Dachboden. Und Mechthild sorgt dafür, daß die Speisekammer gefüllt ist mit Dörrobst und Kraut, Mehl, Grieß, Eingemachtem, mit geräucherten Würsten und Speckseiten.
Noch einmal kommt der Verwalter auf Urlaub nach Hause, schweigsam, wie geistesabwesend - dann erreicht sie die Nachricht, daß er gefallen ist. Ein fürs Vaterland gefallener Held mehr, ein Anlaß mehr zu stolzer Trauer, ein tränenlos ertragener Schmerz mehr.
Gese springt ein, wenn Mechthilds Kräfte versagen, sie nur dasitzt und ins Leere blickt. Gese lernt kochen, waschen, bügeln, nimmt Tante Ida die Versorgung der Hühner ab und bringt den Männern das Essen aufs Feld.
Sie ist keine so gute Schülerin mehr. Alle Jahre hat sie nun Mühe, versetzt zu werden. Nur ihre Englischlehrerin, Fräulein Sachs, kann sich nicht über sie beschweren. Auch in Handarbeit, Musik und Kunsterziehung holt sie sich die guten Noten, mit denen sie die Versetzung schafft. Und mit Geographie, denn der Globus des seligen Kapitäns, in Onkel Heinrichs Kontor aufbewahrt, begeistert sie stets aufs neue.
»Wenn sie könnte, würde sie auch zur See fahren«, meint Tante Ida einmal wohlwollend, und Mechthild lächelt ein bißchen, obwohl sie das Lachen verlernt zu haben scheint.
Ihre Heimat, die Halligen, sucht Gese nur dann auf dem Globus, wenn niemand sie beobachtet; lange war man nicht mehr dort gewesen.

Püttjes Enkel machen ihm allerlei Kummer, und er wünscht den Tag herbei, an dem sie wieder nach Hamburg ziehen können. Gese, die sich früher viel mit diesen Kindern beschäftigte, hat nun anderes im Kopf: im Voss-Haus wächst ein Sohn heran, der ihr gefällt. Zwei Klassen weiter als sie, die nun in die Untersekunda versetzt ist, sieht sie ihn täglich in der benachbarten Realschule.

Im Voss-Haus ein- und auszugehen, das würde auch mir gefallen! Das herrliche Fachwerkhaus in seinem großen Garten hat Geschichte und gilt etwas in der Stadt. Thorsten Güldemeister will ich haben und lasse Gese sich an ihn heranmachen. Sie ist nun fast 16 Jahre alt, groß und füllig im Fleisch, mit wippenden Brüsten und griffigen Hüften, Hän-

den, die zupacken können und einem Mund, ja, einem Mund, in den Thorsten sich verliebt.
Thorsten, den ich haben will - es ist an der Zeit, Gese aufzuklären über mich und meine Wünsche.
»Ich bin dein zweites Ich, Gese, höre mir zu. Ich sehe Dinge, die niemand sonst sieht, weiß Ort und Stunde, wo Schicksal sich ereignet. Viele Leben gab ich hin, für andere zu sorgen, übel belohnt, von Undank umgeben. Männer hatte ich, die mich ausbeuteten und hintergingen, Kinder, für die ich schuftete und die mich doch verließen, vergaßen. Nun will ich leben, will guten Lohn für gute Arbeit. Denke 'Gerechtigkeit', Gese, und du wirst Weisungen in dir finden: Sage, was du weißt, aber verlange etwas dafür!«
Gese hört. Gese hört mir zu. Und wenn sie mir zuhört, werden ihre wasserhellen Augen dunkel, als zögen Wolken über sie hin, als käme Wind auf am Horizont, als nähere sich ein Gewitter. Und was sie dann sagt, schlägt ein wie Blitze.
»Sage Thorstens Mutter, daß ihr Mann lebt. Ich sehe ihn am Ufer eines riesigen Sees, es ist so flach dort wie hier, nur kalt, furchtbar kalt. Er lebt und wird wiederkommen, sage ihr das!«

Thorstens Mutter hat vor einem Jahr die Nachricht bekommen, daß ihr Mann in Stalingrad vermißt sei. Es wird gemunkelt, daß die gesamte Armee, die dort eingeschlossen war, vernichtet wurde; wenige Schwerstverwundete ausgenommen, die verwegene Piloten aus dem Kessel ausflogen. Dieses Gemunkel ist gefährlich, wird als Zersetzung der Wehrkraft auch an der Heimatfront gewertet und schwer bestraft. Darum schweigen Frauen und Kinder, die betroffen sind, redet man auch im Familienkreis nicht darüber und schon gar nicht mit Unbekannten.
Frau Güldemeister geht ihrer Arbeit so aufrecht nach wie immer und hält Thorsten zur Hilfe an, auch wenn der sich lieber davonmacht, die Schule und deren Forderungen vorschützend. Thorsten, zu schnell gewachsen und ungeschickt wie ein junger Bär, drückt sich gern um seine Pflichten, redet lieber mit Gese, meidet die strenge Mutter mit dem herben Blick.

Gese aber versteht es, sich einzuschmeicheln, berichtet ihr, was ich von ihrem Mann weiß, macht ihr Mut, an seine Rückkehr zu glauben. Und als er, einer der ersten Heimkehrer nach Kriegsende, leibhaftig vor ihr steht, ist Geses Triumph vollständig. Nun hätte sie Thorsten haben können, hätte sie sich nicht einem der Lehrer zugewandt, die zurückgekehrt waren - einem redegewandten Mittfünfziger, der Deutsch unterrichtet und bekannt dafür ist, gute Noten zu verteilen, ja, jede Versetzung zu ermöglichen, wenn es in seinen Kräften stand. Und Gese will durchkommen, will beweisen, wer wir sind: wir, sie und ich, Gertrud, die Zauberin.

In einem Hinterzimmer des Voss-Hauses, von den Güldemeisters geduldet, halten wir nun unsere Sprechstunden ab. Gegen Bargeld oder Schmuck geben wir Auskunft über Vermißte, Verschollene, Erkrankte. Betrogene Männer und Frauen suchen uns ebenso auf wie solche, die betrügen, Alleingelassene ebenso wie solche, die zu verlassen wünschen; Kranke und Angehörige von Kranken ebenso wie Hoffende und Hoffnungslose. Gese kassiert zuerst Geld oder Wertgegenstände und sagt dann, was ich ihr eingebe - langsam, zögernd oft, wenn sie mich nicht sogleich versteht. Manchmal buchstabiert sie Namen von Menschen, Orten, Ländern, damit die Fragenden mitschreiben können, manchmal schweigt sie lange, bevor sie eine Botschaft wiederholt, um keine Fehler zu machen.
Viele Kunden kommen wieder oder bringen andere mit. Als Gese das Abitur bestanden hat, besitzen wir genug, um nach Hamburg zu reisen. Tante Ida, die gern mitgefahren wäre, kann Onkel Heinrich nicht allein lassen, Mechthild, zunehmend menschenscheu, will nicht aus dem Neuhof fort. Püttjes Tochter ist mit ihren Kindern nach Husum gezogen, wo wir auch sie besuchen sollen, sobald wie möglich.
Das zerstörte Hamburg, noch nach Brand riechend, voll von Flüchtlingen aus Ostpreußen, Schlesien, Mecklenburg und Pommern, grau, arm, elend - eine heruntergekommene Majestät, vor der uns schaudert. Gese ist nicht bereit, sich in St. Pauli oder am Hauptbahnhof einzunisten, dort ihre Hellseherkunst anzubieten, so entsetzt ist sie über den Zustand der Stadt. Wir brauchen viel Geld, ungeschoren wieder nach Eutin zu kommen, atmen auf, als wir den See sehen, laufen zum Neuhof zurück und nehmen Tante Ida und Mechthild so wild in die Arme wie noch nie.
Ich dränge Gese, Ratsuchende nun hier zu empfangen. Ein Vorwand findet sich bald: der Hof ist so heruntergekommen, daß man Geld dringend braucht. Im dämmerigen Gartenzimmer wird Esthers Schrank ausgeräumt und zum Tresor gemacht für alles, was die Menschen bringen, die kein Geld haben: Tafelsilber, Tisch- und Bettwäsche, Schmuckstücke,

Pelze. Teppiche gibt es bald so viel, daß wir auch die Flure auslegen können, und Gese hängt sich voll mit Ketten, Armreifen, Ringen.

Tante Ida, trotz der dicken Brillengläser halb blind, tastet sich nur noch bis zur Haustür vor, Mechthild sorgt für die letzten Hühner und das bißchen Gemüsegarten, das ihnen geblieben ist. Wie lange würde Püttje, an zwei Stöcken humpelnd, Kühe und Schafe noch halten können? Wie lange würde es Püttje überhaupt noch geben? Und was dann?

Wir horteten Geld, bündelten es, leckten uns die Lippen, wenn wieder ein Tausender voll war. Aber ich vergaß, über unsere Arbeit hinauszuschauen. Vertat die Monate bis zur Währungsreform, verlor viel Geld für Gese, mich, den Hof. War wütend und ließ Gese mit Tante Ida und Onkel Heinrich herumschreien, halb irrsinnig vor Ärger -

»Irrsinnig - ist sie etwa irrsinig geworden, unsere Gese?« fragt Mechthild, als Gese wieder einmal tobend durchs Haus gelaufen war und die schwere Eichentür so heftig ins Schloß geworfen hatte, daß die Scheibe über der Messingklinke zerbrach.
»Sie redet schon lange irre«, sagt Tante Ida. »wie von einem bösen Geist besessen, findest du nicht auch, Heinrich?«
Onkel Heinrich, unfähig, auch nur zu nicken, sinkt noch mehr in sich zusammen. Er lacht nicht mehr, er weint nicht mehr, er stiert vor sich hin und schweigt.
»Sie sollte einen Mann haben«, sagt Mechthild. »Auch dem Hof fehlt der Herr. Püttje wird's nicht mehr lange machen« - und klappt den Mund zu, denn so viel hat sie schon lange nicht mehr geredet.
Tante Ida nickt heftig. Ja, einen Mann sollte sie haben, alt genug ist sie ja, und das Abitur hat sie auch bestanden. Und die Wahrsagerei, nein, das ist nichts für anständige Leute. Auf die Familie kann man bauen. Sie sollte eine Familie gründen!
»Ich werde zu meiner Schwester fahren«, kündigt sie an. »Nach Kiel. Morgen schon, Mechthild. Und dann werden wir weitersehen.« Tante Idas Schwester hat einen Kieler Fabrikanten geheiratet und kennt sich aus im Land.

Ich wittere Gefahr für unsere Freiheit, beruhige Gese mit sanften Worten. Warum nicht auch verreisen, nach Husum, zu Püttjes Tochter und mit ihr auf die Halligen? Ich zaubere ihr

die Kate vor den inneren Blick, in der sie geboren wurde, die blaßblaue Haustür und die Heckenrosen am weißgestrichenen Zaun. Sie soll das Meer riechen, den Sand, das Dünengras. Und den Wind von weither in den Haaren spüren, an der Haut, auf den Lippen. Schmeckt er nicht nach Salz, Tang, Fischen, Ferne?
Muscheln würde sie wieder finden und die Nachbarn begrüßen und in der Nacht würden die Wellen so laut singen wie hier nur die Glocken am Sonntag. »Gese, Gese, laß uns reisen.« Ich will sie der Gefahr entziehen, die in Tante Idas Eheplänen liegt. Auf dem Neuhof veröden, einen braven Bauern zur Seite, arbeiten und sterben - soll das alles sein?
»Gese, Gese, gib dich dem Zauber der Inseln hin, lauf endlich wieder durch den Schlick des Wattenmeeres, sitze vor den Netzen der Fischer, höre der Brandung zu und versetze dich in Gedanken an das andere Ufer des Meeres, wo immer es sei - Gese, Gese, wach auf und rüste zur Reise!«
Aber Gese wendet sich ab. Tante Ida fährt nach Kiel und kehrt mit einem jungen Mann zurück, dem Sohn von Freunden ihrer Schwester. Er studiert Landwirtschaft und scheint Gefallen zu finden an Gese, am Neuhof, an der kleinen Stadt am See. Ich gaukle Gese Träume vor, lasse sie Thorsten wieder begegnen. »Gese, nimm Thorsten! Du wirst das Voss-Haus haben, laß dich nicht einem Habenichts versprechen, Gese!«

Der junge Mann aus Kiel reist ab, aber bald bringt Tante Ida den nächsten ins Haus, einen Beamtensohn aus Travemünde. Aus der Nachbarschaft kommt der Sohn eines Bauern mit großen Obstplantagen, und Püttje stellt ihr den Sekretär der Landwirtschaftskammer vor, einen gebildeten Menschen mit goldumrandeter Brille und Seidenkrawatte.

Gese beginnt zu zögern, wenn ich sie zu Reichtum überrede, zu Weltreisen über alle Meere, zur grenzenlosen Freiheit, nach der ich mich so sehne. »Gese, laß uns nach Husum reisen! Gese, deine Insel wartet auf dich« - zu ihrem 21. Geburtstag ist es soweit. Um das Haus sauberzumachen und zu lüften, läßt man sie gehen. Als wir in Husum ankommen, hat sie wieder ihr Deichgesicht, hoch und verschlossen. Nimmermüde gebe ich ihr Fröhlichkeit ein. Aber als wir auf der Insel sind, packt mich seltsame Unruhe. Als riefe man von weither meinen Namen, so hallt es in mir. Gertrud, hüte dich! Gertrud, spute dich! Gertrude, Gertrude - ich habe zum ersten Mal das Bedürfnis, von Gese beschützt zu werden. Von die-

sem anderen Ich, das kaum weiß, wen es mit sich trägt, wer sich in ihm regt und um Erleben ringt, wer ich wirklich bin. Trude, Trude, Trude! Es klingt wie das Tuten von Nebelhörnern nahe bei der Küste und doch unwirklich weit. Wie ein Stöhnen aus Undines Kehle, des Meermädchens herzzerreißende Klage. Wie der Urschrei des Meeres, wenn es Land wittert, feste Erde, die es fressen kann - huh, macht es in mir, huh, und ich rede irre vor Angst, rede auf Gese ein: »Schütze mich, Gese!«
Sie putzt die gewölbten Butzenscheiben ihrer Kate, hingebungsvoll. Will mich nicht hören. Sie fegt, scheuert, wäscht, rückt Möbel gerade, will mich nicht hören . . .
Erst am Abend, müde und nachdenklich, hört sie mich an.
»Gese, geh hinaus an den Strand. Prüfe den Wind. Lausche den Wellen. Ich habe Angst, Gese. Hüte dich!«

Aber die Nachbarn kommen, laden sie zum Abendbrot. Sind glücklich, sie wiederzusehen. Fragen nach den Gefallenen, den Verwundeten, den Heimgekehrten, nach Tante Ida und Onkel Heinrich, nach Mechthild, Püttje, seinen Enkeln in Husum. Gese berichtet, zürnt ob der Währungsreform, zuckt die Achseln, als man sie nach ihren »Herzenssachen« fragt, schnippt mit den Fingerspitzen, als man ihr einen guten Mann wünscht.

Lange halte ich sie wach an diesem Abend.
»'Gerechtigkeit', Gese! Schlafe nicht. Geh an den Strand. Prüfe Wind und Wellen. Höre mich an!«

Aber Gese fallen die Augen zu, als sie noch im Stuhl sitzt, vor einer dampfenden Tasse voll Pharisäer. Die Nachbarsleute schieben sie fast ins Häuschen hinüber und betten sie wie ein Kind. Schlaf gut, Gese - und Gese schläft.
Das Meer hat Hunger auf Erde. Es will Küsten zermalmen, Wiesen, Wege, Häuser, Menschen.

Nimmersatt ist das Meer und nimmermüde. »Hörst du nicht, Gese, wie es vor den Inseln brüllt? Fürchte dich, Gese, wach auf!«

Der nächste Morgen lächelt wie ein Säugling im Schlaf. Gese schlägt die Augen auf zu einem unwirklich heiteren Himmel vor den spiegelblanken Fensterscheiben. Als sie vor ihrer Tasse rauchig schmeckenden Tees sitzt, klopft es an der Türe.

Knut kommt herein, ein Riesenbengel, den sie kaum wiedererkennt. So groß ist Nachbars Sohn geworden! Sie gießt ihm Tee ein, schaut ihn aufmerksam an. Er hat einen kühnen, kantigen Kopf; seine breiten Hände wirken wie die Planken eines Schiffes.
Er schaut ein bißchen unentschlossen, aber unnachgiebig, schonungslos. Genauso könnte er aussehen, wenn er mich schlüge, empfindet Gese, und es reizt sie, ihn rasend zu machen.
Aber sie gibt dieser Regung nicht nach, will sich nicht erregen, nun nicht. Will nur so sitzen und die Sonne auf Stirn, Wangen, Hals und Armen spüren.
»Ich bin gestern herübergekommen«, sagt Knut und hält die Tasse so unbeholfen, daß Gese den Tisch näher zu ihm schiebt. »Die See tobte.«
»Und nun?« fragt Gese.
Knut fährt sich über die steile Stirn. »Nun haben wir die Ruhe vor dem Sturm«, sagt er.

Ich lasse nicht locker in ihr, mache sie unruhig. Sie muß mich doch hören!
»Wir sollten ans Festland, Knut, richte es deinen Eltern aus«, sagt sie plötzlich, mich annehmend und weitergebend.
Ich dränge sie, ihn zu bedrängen. Dieser starke junge Mensch würde uns von Nutzen sein. Auch die Eltern sollte er mitnehmen, heute noch.

»Die Ruhe vor dem Sturm wird nicht lange dauern«, bläst Gese ihm ins Ohr, »geh, bring es deinen Eltern bei, daß wir aufbrechen müssen!«
Knut steht auf, muß sich bücken, als er die Kate verläßt. Gese geht ins Schlafzimmer hinauf, bringt das Bett in Ordnung, schließt die Läden. Als sie auch die Stube noch einmal lüftet, sieht sie die Sonne bleich werden und das Blau des Himmels so fahl wie verwelkte Lavendelblüten. Schnell verschraubt sie die Läden, packt ihre Sachen zusammen, zieht die Tür ins Schloß, befestigt das Törchen im Zaun mit einem alten Fischernetz.
Wind kommt auf, treibt sie zu den Nachbarsleuten. Die wollen nicht weichen. Nur Knut darf mit. »Hörst du wohl, Junge, bringe sie gut hinüber!«

Ich frohlocke und treibe Gese zur Eile an. Ich habe Angst, Angst. Der Wind wird heftiger, reißt uns zum Landungssteg im Osten, preßt uns in ein Boot, in dem schon sehr viele Leute sitzen.

»Steifer Wind«, meint Knut zum Schiffer.
Der antwortet nicht, macht sich ans Ruder.

Kaum haben wir abgelegt, fängt das Meer an, mit uns zu spielen wie die Katze mit der Maus. Ich kralle mich fest in Geses Bewußtsein, lasse sie nicht mehr los. Sie duckt sich vor den Wellen, klammert sich an die Sitzbank, an Knut, als der Seegang zunimmt. Wir sind nicht mehr weit vom Land entfernt, setzen hart auf, kriechen an den Strand, können nicht mehr aufstehen, so tobt der Sturm.

Knut schleift Gese die Böschung hinauf, trägt sie bis zum Weg. Er hat einen messerschmalen Mund, schützt sie mit seinem Körper vor den Sturmböen, die über das Land fegen.

»Weiter, Gese«, dränge ich. »Weiter.« Und dann, auf einmal, nach endlos scheinenden Minuten, wagen wir den Blick zurück.

»Land unter«, schreit Knut, »Land unter!«
Die Inseln sind schon überspült von der Brandung, die tobend näher kommt. »Hinter den Deich«, schreit Knut und nimmt Gese auf seine baumstarken Arme. Gese mit dem Deichgesicht, hoch und verschlossen, einem Gesicht, das dem Entsetzen trotzt.

Hinter den Deich, hinter den Deich und weiter, hämmere ich ihrem Herzen ein, das wie ein Hammer schlägt vor Anstrengung. Und weiter, Gese, denn der Deich wird brechen!
Sturm geifert uns an, heult wütend auf bei jedem Schritt ihm entgegen, peitscht uns Regen und Gischt ins Gesicht, wirft uns Sand nach.
Dunkle Wolken jagen über uns hinweg, verdecken das Tageslicht. An Knut hat sich ein Kind angeklammert, nun schleppt er Gese und den Balg, ich kann ihn nicht vertreiben, der Deich ist hinter uns, Männer sind dort, schleppen Sandsäcke herbei, »weiter, weiter«, gelle ich Gese ins Ohr, »weiter, der Deich bricht!«
Knut hat Blut im Gesicht, ich weiß nicht, warum. Gese wischt es ihm aus den Augen, birgt ihren Kopf wieder an seiner Brust. »Lauf allein, Gese«, dränge ich sie, »Knut wird müde;

wenn der Deich bricht, sind wir verloren! Lauf. Gese, lauf hinter ihm, halte dich fest an ihm!«
Knut schleppt das Kind und Gese schleppt sich hinter ihm her. Ich treibe sie an, das Brausen des Sturmes im Ohr und das mahlende Maul des Meeres, das uns fressen will.
»Gese, ich gebe dich Knut, ich lasse dich leben, wie du willst, Gese, ich verführe dich nicht mehr, Gese, ich gebe dich frei für dich! Gese, ich werde still in dir sein, einverstanden mit allem, was du tust, nicht Reichtum, nicht Macht haben wollen. Gese, 'Gerechtigkeit', laß' mich leben in dir - lauf, Gese, lauf!«

Eine breite Straße. Menschen. Wagen voll mit Flüchtenden. Knut stellt sich vor einen Kühler, hält den Fahrer an, drückt Gese auf einen Sitz, legt ihr das Kind auf den Schoß, stemmt sich gegen die Tür, daß sie zuschnappt, läßt den Wagen anfahren.

Der Deich bricht, aber der Wagen rast davon. »Rette mich, Gese, ich bin toll vor Angst, aber ich zwinge dich nicht mehr, mir zuzuhören, ich lasse dich los, Gese, lasse dich dir!«

Gese hält die Hände des Kindes in den ihren, sieht starr auf die Straße, sieht starr zur Stadt hin, die aus der Ferne auftaucht, kann sich nicht rühren im überfüllten Wagen. Alle schweigen. Sie rasen den rettenden Häusern zu, dem höher gelegenen Marktplatz, der Kirche, hell erleuchtet, umhüllt von Orgelklang.
Gese wankt, das Kind neben sich, durch das weit geöffnete Portal. »Knut - wo ist Knut?« fragt sie noch, bevor sie umsinkt, in die Arme einer Frau, die gerade da steht.

Irene

Irene, griechisch »Friede«, Koseformen »Reni«, »Ira«. Altdeutscher Mädchenname.

"Ex-sistieren heißt aus sich selbst heraus- und sich selbst gegenübertreten: Tust du das, Irene? Läßt du dich nicht nur von anderen treten und trittst du dir nicht bedrohlich nahe, wenn du immer wieder Schläge abfängst, auffängst, geduckt und gedemütigt?
Ex-sistenz geschieht im Geist: Wage es, als geistiges Sein deinem psycho-physischen Körper gegenüberzutreten, ihn zu integrieren in den Freiraum deines Daseins. Gleiche dem Bild, das sich die Schöpfung von dir machte, als sie dich rief. Ich erwarte dich, Irene. Es wird Zeit für dich, Frieden zu machen mit dir selbst. Es wird Zeit für Rückblick, Ausblick, Überblick. Es wird Zeit, sich an den Augenblick zu halten, der je neuen Sinngehalt schafft."

Stickig, schwül. Die schäbigen kardinalroten Samtvorhänge dürfen nicht geöffnet werden, frische Luft hereinzulassen. Indirektes Licht aus einer orangefarbenen Glühbirne, hinter dem wandfüllenden Ölgemälde »Zeus in Gestalt eines Schwanes begattet Leda« versteckt, wabert über grellbunte Kissen auf der abgewetzten Fuchsfelldecke, über die in ihrem enggeschnürten Korsett schwer atmende Frau und den massigen Mann, den sie reiten muß. Er feuert sie an, fingert an ihren hochgebundenen Brüsten, verlangt, daß sie lustvoll stöhne, keucht selbst vor Anstrengung. Jetzt, denkt die Frau, jetzt endlich muß er doch so weit sein, sie ist heiser, atemlos, das lästige Miederzeug tut ihr weh, sie will sich waschen, ihn herauswaschen aus ihrem Leib, will schlafen dürfen, endlich -

Er riecht nach Bier und Zwiebeln, windet sich unter ihr, wendet den kahlen Kopf hin und her, kneift in ihre Hüften, zaust das dünne Braunhaar, das strähnig auf ihre Schultern fällt.
»Sing doch«, keucht er, »juble, daß ich dich beschenkt habe!«
Sie gleitet von seinem nassen Bauch und hastet ins Bad. Im Kinderzimmer knarren die Dielen. Sie wirft den Morgenrock über, wäscht das Gesicht, kämmt sich. Angelika steht in der Tür, sieht erschrocken aus.
»Ist was?« fragt die Mutter.
Angelika schüttelt den Kopf, küßt sie flüchtig und verschwindet wieder.
Seit ihr älterer Bruder auf einer Bergtour tödlich verunglückte, schläft sie schlecht. Irene hat nächtelang an ihrem Bett gesessen, sie beruhigt, wenn sie im Halbschlaf weinte oder schrie. Nun sind acht Monate vergangen seit dem Begräbnis, Angelika scheint in Ordnung. Dafür mußten sie Johannes in ein Heim geben. Immer schon lernbehindert und unberechenbar in seinen Stimmungen, hatte er das Unglück des Bruders nicht verkraftet.

Als um 6 Uhr der Wecker klingelt, schaltet sie ihn sofort aus, steht auf, weckt Angelika, bereitet Frühstück für alle, bringt die Tochter mit dem Auto zur Schule, bittet ihren Mann an den Kaffeetisch. Jeden Morgen muß sie ihn bitten, die Zeit nicht zu verschlafen, pünktlich in der Praxis zu sein. Längst nicht mehr im Städtischen Krankenhaus tätig, wird er in der Ausübung seiner Privatpraxis von Jahr zu Jahr träger. Es scheint ihm gleichgültig, daß die Patienten seltener kommen, Neuzugänge ausbleiben. Wenn sie ihn endlich aus dem Haus

hat, knurrend wie immer, bringt sie die Schlafzimmer, Bad und Küche in Ordnung, erkundigt sich im Heim nach Johannes und macht sich auf den Weg in die Ordination.
Karteikarten sind einzuordnen, Überweisungen zu schreiben, Krankenscheine anzufordern, Bankauszüge zu kontrollieren. Manchmal braucht ihr Mann über eine halbe Stunde für einen Patienten, oft keine fünf Minuten. Sein überheblicher Ton, vor allem Männern gegenüber, reizt sie maßlos. Sie muß an sich halten, nicht einzugreifen. Mit Frauen ist er umso verbindlicher; am liebsten würde er mit jeder schlafen, denkt sie und ekelt sich in Erinnerung an die letzte Nacht, ekelt sich wie schon seit Jahren über die abartigen Wünsche ihres Mannes. Der Magen dreht sich ihr um, wenn sie ihn nur riecht, niemals ist er gründlich gewaschen, vom Zähneputzen hält er nichts. Als Arzt!
In aufwallender Rebellion kaut sie an den Fingernägeln der linken Hand, greift dann energisch zum Taschenrechner, addiert die Einnahmen des vergangenen Quartals, rafft ihre Unterlagen zusammen, radelt nach Hause, kocht.
»Dieser Fraß«, schimpft ihr Mann - Angelika steht auf und rennt in ihr Zimmer: sie weiß, welche Auseinandersetzung nun fällig ist.
Es läutet. Johannes wird gebracht, man muß ihn die Treppe hinaufführen, ihm seine Wünsche erfüllen, er braucht Entspannung. Zuerst weint er laut über den Tod des Bruders wie seit Monaten, dann ißt er, was man ihm vorsetzt, dann will er spielen. Der Neunzehnjährige spielt noch wie ein Kind, wütend, wenn er nicht gewinnt, kichernd vor Vergnügen, wenn er die anderen besiegt. Angelika hat Mühe, das auszuhalten; aber sie will die Mutter entlasten, indem sie sich ihm widmet. Der Vater schläft.

Und dann ist da noch dieser Sohn von einer Sprechstundenhilfe, die plötzlich kündigte und Igor ihnen überließ; 12 Jahre alt, verwahrlost, durchtrieben. Er kommt und geht wie er will, peinigt Angelika mit Anschuldigungen, verlangt Geld von Irene, verunsichert den Arzt, der angeblich sein Vater ist. »Euch werde ich es zeigen!« aus dem Munde eines Minderjährigen - Irene spürt seinen Haß auf der Haut, kann ihn nicht abwischen.
Dieser Haß dringt tief in sie ein und vergiftet sie, macht sie krank. Längst hat sie allen Lebensmut verloren, kann sie sich auf nichts mehr freuen und über nichts, allenfalls darüber, daß wieder ein Tag verging.

»Dumme Gans«, schreit ihr Mann sie an, weil sie ihn an eine Einladung der Ärztekammer zu erinnern vergaß. »Wird alt, aber nicht gescheit!«
Sie räumt Geschirr weg, hat die Augen immer wieder bei Johannes, der in Prospekten blättert und grinsend Blätter herausreißt, muß Igors Rechenaufgaben überprüfen, die er ihr alle fünf Minuten auf den Spültisch wirft, schier unleserlich, voll von Fehlern.
Angelika wird gleich aus dem Violinunterricht kommen und essen wollen. Irene überlegt, wann sie den Musiklehrer zu bezahlen hat und woher sie das Geld nehmen soll.
Das Telefon klingelt. Ihre Schwiegermutter meldet sich an. Dem Schwiegervater ginge es gut genug; man könne ihn einmal allein lassen.
Die alte Dame hat es schwer, seit er einen zweiten Schlaganfall überstand und nun halbseitig gelähmt ist. Sie war immer schon eine strenge Person; nun scheint jedes Wort aus ihrem Munde bitter wie Galle. Irene rührt in aller Eile einen Biskuitteig, füllt ihn in die Form, schneidet Äpfel, schiebt den Kuchen ins Backrohr. Angelika kommt, wird von Igor angepöbelt, holt sich einen Joghurt aus dem Kühlschrank und verschwindet in ihr Zimmer.
Irene wartet darauf, daß sie ihre Geigenübungen macht, merkt aber, daß sie nur darauf wartet, ungestört telefonieren zu können. Die Schwiegermutter, glücklicherweise noch gut zu Fuß, hat zwei Taschen voll Schmutzwäsche mitgebracht; Irene füllt die Waschmaschine, trägt den noch warmen Kuchen auf, filtert Kaffee, beruhigt Johannes, der die Ankunft der Großmutter mit einem Wutanfall quittierte, kann nicht verhindern, daß Igor seine Schulsachen in eine Ecke der Küchenbank wirft und wegläuft, hört Angelika am Telefon flüstern -
Schon wieder dieser Schulfreund, von dem sie nicht viel hält, ein Faulpelz, der immer Zeit hat, der die Tochter ablenkt von ihren Hausaufgaben, vom Geigenspiel, von der Hilfe im Haus, die Irene erhofft.
Früher hat Angelika ihre Blusen selbst gebügelt, hat genäht und geflickt. Das ist vorbei. Die Sechzehnjährige spricht auch nicht mehr vom Studium, hat keine beruflichen Ziele, fühlt sich immer seltener verpflichtet, zuzupacken. Wenn Johannes nicht wäre, kümmerte sie sich wohl um niemanden und nichts mehr.
Das Haus: Irene wünscht sich seit Jahren eine neue Küche, seit Jahren neue Vorhänge, seit Jahren einen Sessel mit Fuß-

teil, um am Abend die Beine hochlegen zu können. Je länger, desto höhnischer klingt der abschlägige Bescheid des Doktors: »Das fehlte gerade noch« - »Da ist mir ein Schiurlaub lieber« - »Für das Geld kaufe ich ein neues Auto« - »Was geht mich dein Haus an?«
Dein Haus. Ihr Elternhaus. Mit Hypotheken weit über Wert belastet, außen und innen erneuerungsbedürftig, Schandfleck der hübschen Straße mit den anderen Einfamilienhäusern, zumeist von Beamten bewohnt. »Kleinhäusler«, verspottet sie der Doktor, »Staatsdiener, früher Gesinde, jetzt nur noch Gesindel«!
Dafür aber fährt man in die Stadt, um ihr in dem höchst anrüchigen Miedersalon ein neues Korsett und neue Heben, diesmal in Schwarz mit Rosa, anpassen zu lassen. Sie ist schlank wie eine Siebzehnjährige, aber faltig, mit schärfer werdenden Zügen - er schämt sich seines Bauches nicht, bekommt wulstige Finger und einen schwerfälligen Gang.
Vom Vermögen der Schwiegereltern blieb nichts. Nicht einmal ein Haus. Da der einzige Sohn Medizin studierte, konnte das Geschäft nicht rechtzeitig übergeben werden, und als es schließlich verkauft werden mußte, blieb gerade genug, um die Schulden zu zahlen.

Irene sieht der Schwiegermutter zu, die den Apfelkuchen in sich hineinstopft wie eine Verhungernde. Wie froh mag sie sein, einmal an einem gedeckten Tisch sitzen, reden zu können! Geduldig hört sie ihr zu, weist ihre Klagen nicht zurück, schaut nicht auf die Uhr. Angelika ist aus dem Haus gerannt, als ihr Freund draußen hupte, dreimal, wie gewöhnlich. Igor wird irgendwann wiederkommen. Johannes schläft auf dem Sofa in Vaters Arbeitszimmer, und der hat heute seinen Stammtisch.
Irene nimmt sich Zeit für die verbitterte Frau, die doch immer noch hoffen möchte: worauf? Und die doch immer noch weiter schimpft: worauf, das weiß sie wohl, und Irene nimmt es ihr voller Mitgefühl ab. Als sie geht, umarmen sie sich - die Wäsche wird Angelika ihr dann bringen, keine Sorge.
An diesem Abend putzt Irene die Praxis wie freitags immer. Niemand macht es so gründlich. Und Geld hätte man auch nicht für eine redliche Zugehfrau. Viel lieber besuchte sie einen Vortrag, ein Konzert, wenigstens einen Gymnastikkurs. Zuvor hat sie Johannes ins Heim zurückgebracht, mit einem der Pfleger gesprochen, ihm gedankt.

Als sie nach Hause kommt, wartet ihr Mann, angetrunken, auf den Wochenend-Sex. Angelikas Zimmer ist leer, bei Igor alles dunkel. Vielleicht schläft er schon. Sie preßt sich in das alte weiße Korsett und läßt sich mit dem süßlichen Parfum besprühen, das man ihr im Miedersalon aufschwatzte. Sie gießt eine halbe Flasche Wein in sich hinein, um sich zu betäuben - »aufzugeilen«, wie der Doktor sagt.
Ihre abgearbeiteten Hände werden in kalbslederne, ellbogenlange Handschuhe gesteckt, ihre müden Füße in rote Stöckelschuhe. Sie denkt an die Schwiegermutter und deren Ängste, hat plötzlich Tränen in den Augen, möchte ihren toten Sohn umarmen, sehnt sich danach zu sterben.

Zum Frühstück gibt es keinen Kaffee, weil sie vergessen hat, ein frisches Paket zu besorgen. Fluchend fährt der Mann in seine Hosen, wirft die Haustür ins Schloß, daß es kracht. Igor war die Nacht über nicht da, kommt, nach Kneipe riechend, herein, verlangt »zu fressen«. Angelika ist so blaß, daß sie ihr drei Orangen auspreßt und Tee dazu macht. Danach ruft sie im Heim an und fragt nach Johannes. Dann hat sie Beeren zu ernten und einzukochen, ihr Mann wird nach Saft verlangen, wenn im Herbst die Grippezeit beginnt.
»Dem Schmerz entgehen wir nicht, wir können ihm nur begegnen« steht auf dem Blatt des Tages ihres Spruchkalenders neben dem Herd.
So wie der Liebe, denkt sie, und wie dem Tod.

Wenn sie auf den Friedhof geht, zu Stefans Grab, kann sie weinen. Wie sehr hat sie diesen Sohn geliebt! Wie sehr war er ein Kind der Liebe! Wie sehr entbehrt sie ihn! Wie hat sie ihm Glück gewünscht und Wohlergehen ein Leben lang!
Sie hat ihrem Mann verziehen, der in dieselbe Gletscherspalte gefallen war, der gerettet wurde und danach erst seinen Sohn heraufholen ließ; zu spät. Sie hat verziehen. Aber sie kann nicht vergessen. Wie kann sie vergessen, was ihr Mann ihr schwor, als dieses Kind erwartet wurde: Verständnis und Beistand für das, was ihnen gemeinsam beschieden sein würde, eine hilfreiche Haltung in guten und bösen Tagen -
Hier, bei Stefan, kann sie weinen. Kann sie das Kind sein, das er ihr war - vertrauensvoll, gläubig. Wenn Gott sich uns in den Menschen ringsum offenbart: ja, in Stefan war Er ihr nahe gewesen. Hatte Er sie mit ihm verlassen?
Irene weint auch auf dem Heimweg. Und sieht sich immer noch in denselben Kleidern wie damals, schwarz, grau, dun-

kelblau. Möchte so gern wieder fröhlich sein, hell, hoffnungsvoll. Möchte so gern auch für Stefan dieses Leben leben; das einzige, das ihr beschieden ist. Möchte mit Angelika über ihren fernen Bruder sprechen, da sie es mit Johannes nicht kann. Sie schaudert, wenn sie an Igor denkt und dessen Mutter, deren mißgünstigen Hohn sie jahrelang zu spüren bekam. Möchte einen brüderlichen Mann zu Hause wissen, einmal nur zartfühlend mit ihr, getreu sie erwartend, behutsam sie umarmend, tröstend sie streichelnd. Möchte einmal wieder diese Entlastung erleben, die Liebe genannt wird: gibt es sie überhaupt? Oder ist sie nur Belastung, Überforderung, zerstörerischer Wahnsinn, dem rechtzeitig Einhalt geboten werden muß? Immer wieder ruft Irene lautlos nach Stefan, bittet ihn um Hilfe. Wie soll sie sich befreien von den Lasten des Tages, der Nächte?
Wie soll sie sich verhalten den Anforderungen gegenüber, ja, den Zumutungen, die man an sie stellt? Wo ist der Sinn für die Entfremdung gegen ihr eigenes Sein, das dieses Dasein ihr abfordert? Wo gibt es Förderung für ihr wirkliches Wesen, ihr inständiges Wollen?
Sie denkt an die vielen Bücher, die sie nicht gelesen hat, den Schatz von Kunst, von Schönheit, der ihr verschlossen bleibt. Warum? Hat sie nicht Anspruch auf des Menschen Werk zum Lobe Gottes? Tönt dieses Hohelied ungehört an ihr vorüber? Ist sie zu lebenslanger Fron verdammt, zur Unbewußtheit inmitten der Fülle von Wissen und Weisheit? Sie weint und weint, sie wartet und wartet, sie fügt sich und läßt über sich verfügen.

Als die Kirschen reif sind, die Zwetschgen und die Klaräpfel, als Irene alles eingekocht und eingefroren hat, wird es Angelika übel, wenn sie morgens vor der Kaffeetasse sitzt, ißt sie mittags kaum noch etwas, erbricht sie danach und muß sich hinlegen, bis sie wieder zu Kräften kommt.
Irene fragt sie, ob sie schwanger sei, bekommt ein empörtes Kopfschütteln und nimmt sich vor, mit ihrem Mann über Angelika zu sprechen.
Der aber ist schon seit Beginn des Sommers mehr bei seiner Stiefschwester als zu Hause; Irene weiß, daß diese als Kind angenommene Schwester schon mit 14 Jahren das schwiegerelterliche Haus verließ, weil ihre leibliche Mutter sie zurückforderte. Niemand aber hat ihr gesagt, daß der ältere Bruder sie benutzte, täglich fast, und daß sich zwischen beiden eine brutale sexuelle Abhängigkeit entwickelte. Und nie-

mand sagte ihr auch, daß sie gar nicht zu ihrer Mutter zurückging, sondern in ein Erziehungsheim gebracht wurde.
Sie ist's zufrieden, wenn sie hört, daß er sich um die Schwester kümmern müsse, die lange im Ausland lebte, die partner- und kinderlos blieb.
Mißtrauen ist ihr fremd, Trug kennt sie nicht.
Bis er sie mitbringt in das Schlafzimmer mit den Samtvorhängen und dem Bild, auf dem Zeus in Schwanengestalt die Leda begattet.
»Machen wir's doch zu dritt«, sagt er, und schiebt die vollbusige, mühsam sich aufrecht Haltende, die zu viel getrunken zu haben scheint, auf das Bett mit der Fuchsdecke.
»Ihr seid doch beide betrunken!« Irene hält sich erschrocken den Mund zu; so laut wollte sie das nicht sagen. Johannes schläft bei Igor im Zimmer und Angelika ist es wieder einmal schlecht geworden nach dem Abendessen.
»Zieh dich aus«, zischt ihr Mann »und hol' die Klamotten!«
Die Andere liegt schon in Slips und Büstenhalter auf dem Fuchsfell, wälzt sich ihm zu.

Irene gerät außer sich. Nie noch erfuhr sie dieses Gefühl: neben sich zu stehen, darauf wartend, was sie tun würde.
Sie hört sich »nein« sagen. Ein kurzes, kaltes »Nein«. Sie sieht sich nach ihrer Handtasche greifen, die Treppe hinuntergehen, den Autoschlüssel vom Garderobentisch nehmen, den Hausschlüssel aus dem Schloß ziehen, die Tür öffnen, schließen, durch den Vorgarten laufen, den Wagen öffnen, ihn starten und das Licht einschalten, ihn zur nächsten Ecke und weiter zur Kreuzung steuern.
Sie fühlt alle Sinne mit magischer Klarheit. Im Auto hängt fremdes Parfum. Irene schmeckt ihren eigenen Lippenstift, in Erwartung ihres Mannes aufgelegt, sieht das Rot der Ampel auf Gelb und Grün umwechseln, hört den Motor aufrauschen, als sie das Tempo beschleunigt, spürt das glatte Lenkrad in ihren Händen. Vor allem aber: da ist sie selbst, die fährt, die sich freut, die sich der Befreiung freut, die sich des Friedens freut - da ist sie selbst, sie selbst, sie selbst!
Wohin fährt sie? Der Tank ist halb voll, die Nacht warm, durch das Schiebedach glitzert ein Stern. Sie fährt und ist froh.
Wohin fährt sie? In ihrer Handtasche muß auch die Creditkarte sein, die sie nie braucht, die man haben muß, wenn man sie einmal brauchen sollte.
Irgendwann, irgendwo stoppt der Wagen. Vor einem Gasthaus, in dem Licht ist. Die Wirtin begrüßt sie, ohne viel zu

fragen, geht mit dem Zimmerschlüssel voran die Treppe hinauf, öffnet einen Raum an der Hausecke. Seine Fenster gehen auf den Gastgarten mit hohen, weitausladenden Kastanienbäumen. An den Tischen sitzen noch Menschen, auch ein Zitherspieler ist da, der gerade die letzten Weisen des Abends anstimmt.
Gläser klingen aneinander, Gesprächsfetzen dringen herauf. Irene schaut über den Garten zum Wald hinüber und auf einen Brunnen; dahinter muß das Dorf sein, die Kirche, der Friedhof.
Sie schließt die Fenster, setzt sich auf die Bettkante, knipst die Nachttischlampe an.
Warm steigt ein ungekanntes Glücksgefühl in ihr hoch, daß sie Stirn, Wangen und Leib feucht werden fühlt.

So sieht sie mich an - errötend wie ein junges Mädchen, mit glänzenden Augen.
Ich bin das Bild an der Wand dem Bett gegenüber. Ein Portrait. Die Wirtin, hätte man sie nach mir gefragt, hätte wohl geantwortet: die Urgroßmutter ist's, als sie noch jung war.
Irene weiß es besser. Sie tritt auf Zehenspitzen zu mir heran, streichelt mich zart, umfängt mich mit ausgebreiteten Armen.
»Frieden«, sagt sie. »Gib mir deinen Frieden!«
Ich nicke ihr zu, zufrieden.
»Da bist du ja endlich«, sage ich leise.
»Ruhe dich aus bei mir. Alles wird gut werden, wenn du dich nicht mehr verleugnest, wenn du wagst, dein Schicksal selbst in die Hand zu nehmen. Hörst du den Brunnen rauschen, wenn es still wird im Garten - atmest du den Duft der Kastanien ein, träumst du von den Wundern dieser Welt?

Irene, Liebling, fühle dich geborgen bei mir und frei von Schuld. Wage dein Leben, Irene - aber du schläfst ja schon!«

Sidi

Sidi, von Sidonie, phönizisch »Frau aus der Stadt Saida«, vormals Sidon, weitere Koseformen »Sidda«, »Sita«. Orientalischer Mädchenname.

“Sidonie, mein Du, mich nennt man Sidda - wie Sidi eine Koseform unseres gemeinsamen Namens.
Jeder Mensch auf deiner Erde hat ein Dual hier, befindet sich im Zentrum des Parabolspiegels des anderen, empfängt durch ihn Mehrung, Zuschuß, Gunst oder Minderung, Abnahme, Unheil.
Die kosmische Stunde unserer Begegnung naht. Nur wenn die Konstellation unseres Schicksals stimmt, geschieht Bestimmung.
Laß uns bestehen nebeneinander, wirken füreinander, uns vollenden miteinander! Leben ist unauflösbare Einheit. Begreifst du?”

Ich passe«, sagte sie.
Jennifer, ihre Partnerin, hob leicht die Augenbrauen.
Die Spielerin zu ihrer Linken, Präsidentin eines Internationalen Clubs berufstätiger Frauen, forderte ihr Gegenüber zur Ansage auf, einen Gast aus Skandinavien, dort Generalsekretärin des Unternehmerinnenverbandes.
Ringsum Bridgetische. Man spielte in der Botschaft der Unabhängigen Russischen Republik. Die Botschafterinnen Tadschikistans, Sibiriens und der Baltischen Staaten hatten sich entschuldigen lassen. Von der kürzlich annektierten Ukraine und der unter starkem politischen Druck stehenden Kaukasischen Zentralregierung war niemand erschienen.
Man spielte zugunsten einer Hilfsaktion für die notleidenden polnischen Nachbarn, die das ehemalige Ermland an die Bundesrepublik Deutschland verkauft hatten und dennoch vor dem wirtschaftlichen Ruin standen. Tschechien, die Slowakei und Ungarn, das sich mit Rumänien und Bulgarien zu einem Staatenbund zusammengetan hatte, rechneten sich als Gegenleistung für massiven caritativen Einsatz Chancen aus, Danzig und damit den Zugang zur Ostsee integrieren zu können - war es nicht auch Deutschland gelungen, an der Adria Fuß zu fassen, nachdem ihm das Ufergebiet von Split bis Dubrovnik zugesprochen worden war?

Sidi suchte mit den Augen die geräumige Halle nach der Frau des italienischen Industriellen B. ab, einer attraktiven koptischen Christin, die sich zu zwei eleganten Damen aus Teheran gesellt hatte. Während sie scheinbar aufmerksam weiterspielte, überdachte sie noch einmal die Chancen für Triest; entweder würde die Lega-Zentrale in Venedig sich ostwärts orientieren oder aber Wien seine Fühler nach dem einst so wichtigen Marinestützpunkt ausstrecken. Seit Griechenland nach Norden und die Türkei nach Westen übergegriffen hatten, fehlte Österreich dieser Stützpunkt noch spürbarer.
Sie ließ sich Tee nachschenken. Die elektronisch gesteuerte Uhr an ihrem rechten Ärmelaufschlag summte. Sie drückte auf den dritten Knopf der Manschette und war mit ihrem Sekretariat verbunden. Mit der Linken programmierte sie Anweisungen für den Abend: Chauffeur in 40 Minuten, Abendessen mit den Herren der liberalen Legislative, Simultandolmetscher ab 22 Uhr in den Klubräumen der ADF-Loge.
Als man pausierte, schlenderte sie zu ihrer italienischen Kon-

taktschwester, ließ sich deren Visitenkarte geben, kommentierte lächelnd den gut organisierten und hoffentlich ertragreichen Nachmittag. Die veranstaltenden Damen aus Prag übernahmen Spendenzusagen, eine ältere Teilnehmerin aus Warschau dankte im Namen der polnischen Sozialhilfe.
Sidi steckte die Karte der Koptin in ihren Handtaschen-Computer und wartete auf den Output des Datenspeichers. Man würde mit drei hochrangigen Politikern aus Rom sprechen können. Auf der eigenen Visitenkarte hatte sie Ort und Zeit bereits angegeben.
Noch einige Abschiedsfloskeln. Draußen erwartete sie ein unauffälliger Electrocar. Sie nahm eine Konditionierungskapsel, schloß die Augen und atmete tief durch. Weiter so.

Als ein feinmaschiges Netz spannte sich der Frauenklub, dessen Mitglied sie war, über Europa, Amerika, aufgeteilt in die Sektionen Nord und Süd, über Afrika, West-, Zentral- und Ostasien. Nur wenige Insider unter den Männern waren sich der Effizienz dieses Networks bewußt. Frauen aller Gesellschaftsschichten und Berufe hatten sich unter dem Leitgedanken weiblicher Solidarität ohne Ansehen von Hautfarbe oder Konfession zusammengeschlosssen, um Frauen zu unterstützen.
Im Zweifelsfalle fiel die Entscheidung auf eine Frau, sei es in Bürokratie, Wirtschaft oder Politik. Dabei konnte es um die Wahl eines Bürgermeisters, eines Elternsprechers, eines Konzernmanagers, eines Grundschullehrers oder eines Parlamentsabgeordneten gehen; die geeignete Frau machte das Rennen.
Global handelte es sich um die Besserstellung der Frau. Lokal sorgten die Gruppen zusätzlich dafür, daß Köche, männliches Bedienungspersonal, Sekretäre, Handwerker und Facharbeiter angestellt wurden, daß im Gastgewerbe und im Handel Männer die Überzahl der Mitarbeiter, ja, daß sie mehr und mehr das untere Management aller Berufsgruppen bildeten.
Sidi gehörte der Präsidiale an, den Länder-Unionen übergeordnet und aus turnusgemäß gewählten Referentinnen aller Kontinente zusammengesetzt.
Sie würde in den fünf Jahren der augenblicklichen Legislaturperiode mitbestimmen, wie sich die Frauen der Erde an deren Heilungsprozeß beteiligten. Innenwelt- und Umweltregeneration, Schutz von Pflanzen und Tieren, gründliche Ausbildung der Jugendlichen und sinnvoller Einsatz der Älteren, vor allem die Einbindung beider Geschlechter in für die wei-

tere Erkundung des Sonnensystems wichtige Unternehmungen schienen vordringlich.

Sidi hatte sich während ihrer Studienjahre eingehend mit den sozialen, ökologischen und ökonomischen Problemlösungen des ausgehenden 20. Jahrhunderts befaßt. Sie hatte sich über Lösungsansätze in Politik, Wirtschaft, Wissenschaft, Kunst, Gesundheits- und Verkehrswesen, in Philosophie und Psychologie informiert. Lächerlich gering schienen die Ergebnisse, gemessen an den gemachten Anstrengungen. Das Konsum- und Informationszeitalter hatte sich mit Methoden herumgeschlagen, die entweder undurchführbar oder irreführend falsch waren; vieles war an Korruption und Machtmißbrauch einer Generation gescheitert, die zwar Neues zu wollen vorgegeben, tatsächlich aber wenig realisiert hatte. Das Streben nach schnellem Geld und risikofreiem Genuß der Jugend verhinderte jeden wirklichen Fortschritt. Wörter wie unverzichtbar, ankündigungswürdig und ergebnislos signalisierten ihr zur Genüge, wie unzulänglich das Kräftespiel gewesen war. Arthur Schnitzlers Aussage: »Wir spielen alle. Wer es weiß, ist klug« hatte ihr lange Zeit zu denken gegeben. Bis sie begriff, daß die Maxime des späten 19. Jahrhunderts, eines engstirnigen Gartenlaubendenkens und einer doppelbodigen Biedermannsmoral zur geistigen Blockade der Nachfahren geworden war.
Gleichzeitig hatten Immunschwäche-Epidemien, Resistenzmangel gegenüber den zunehmend toxischen Nahrungsmitteln und Umweltbedingungen sowie die tiefgreifende Unlust, sich auf ein existentielles Abenteuer einzulassen, die Population aller Kontinente, vor allem aber Europas und Amerikas, reduziert. Dennoch war im 20. Jahrhundert eine spürbare Abnahme der Wachstumsrate der Erdbevölkerung nicht registrierbar.
Die ersten beiden Jahrzehnte des 21. Jahrhunderts jedoch ließen auf Geburtenrückgang hoffen. Die Mehrzahl der gebärfähigen Frauen in vielen europäischen und asiatischen Ländern hatte sich nach dem ersten, allenfalls nach dem zweiten Kind für die Sterilisation entschieden; zunehmend bekannten sich Menschen beiderlei Geschlechts zu einem biologisch unfruchtbaren Single-Dasein, vor allem aber schienen die grausamen Erfahrungen des flächendeckenden Balkankrieges Frauen davon abzuhalten, überhaupt gebären zu wollen. Der Stellenwert der Ehe hatte entscheidend verloren und war allenfalls an dritter oder vierter Position der staatlichen Stati-

stiken zu finden, hinter dem Bedürfnis nach persönlicher Entfaltung, Sicherheit durch Bildung und Ausbildung, Zugehörigkeit zu einer Gruppe und der faktischen Orientierung auf dem Globus und in seinem Planetensystem.
Eine krank gewordene Kultur, deren Lebensanspruch in Umwelt, Mitwelt, Erlebniswelt und Arbeitswelt auseinandergedriftet war, die von Krise zu Krise taumelte, um immun gegen Krisen zu werden, die kein Credo mehr anerkannte und daher kein Erbarmen mehr kannte, schien in ihrer Dynamik erschöpft.
Überlappend zuerst, dann aber selbstregulierend, setzte sich Seelenhygiene in Famile, Gruppe, Gemeinde, Land und Staat durch. Brüchig gewordene Männerbünde zerfielen, die Liga arbeitsfähiger, verantwortungsbewußter Frauen konstituierte sich zu einer bisher unbekannten, lebensfördernden Kraft. Die Macht der Macher in allen Bereichen der Gesellschaft verlor an Wirkung und dadurch an Attraktivität. Es ging nicht mehr darum, der Größte zu sein, der Schnellste, der Schlaueste oder Schönste. Die Identifikation mit Superlativen hatte sich nicht bewährt und machte einer neuen Einsatzfreude Platz, die den bescheidenen, belastbaren Menschen und das generell Überschaubare begünstigte.
Man fragte nicht mehr nach Ertrag, sondern nach menschen- und umweltschonendem Betragen und begnügte sich mit Zufriedenheit, wo noch vor wenigen Jahrzehnten Sensation angesagt war. Die tiefstgreifende Wandlung aber erfuhr der rücksichtslose Konsum sogenannter Liebe, der sich vom schieren Sex über den sublimierten erotischen Genuß bis zur angeblich durchgeistigten Hingabe an die unterschiedlichsten Glaubensgemeinschaften ausgedehnt hatte. Die schlecht kaschierte Leere hinter diesen hemmungslos materialistischen Lehren erwies sich als Fallgrube in Sucht, Flucht, Depression oder Psychosen, in Freitod oder lebenslange Verzweiflung. Auch Sehnsucht wurde als Sucht identifiziert; das romantische Paket von ewiger Liebe und Treue enthielt eine furchtbare Zeitbombe: Nichterfüllbarkeit.
Das Tempo der Untergangsprognosen beschleunigte sich im letzten Jahrzehnt des 20. Jahrhunderts so sehr, daß rettende Aktionen nicht mehr zu greifen schienen. Politikverdrossenheit, Vernichtungswettbewerb innerhalb von Industrie und Handel, Zynismus der Medien und zunehmende Amoral etablierter Institutionen zur Wahrung von Treu und Glauben wie Kirchen, Krankenanstalten, Banken, Versicherungen, Genossenschaften führten schließlich zum Chaos. Wo man Massen-

kill und Supergau von außen erwartet hatte, verrottete die Gesellschaft von innen heraus. Kaum merklich aber regenerierte sich der Organismus Menschheit aus dem Intuitionspotential der Frauen, als alle Logik längst versagte. Sie verweigerten sich der Gewohnheit männlicher Dominanz und ergriffen die Initiative für die Neubewertung aller Werte.
In den Dreißiger Jahren des 21. Jahrhunderts war die Weltbevölkerung auf vier Milliarden zurückgegangen, gab es nur noch ein Drittel der im Jahrhundert zuvor eingetragenen Eheschließungen, schrumpften Familienverbände zu kleinen Einheiten und fanden sich Gleichgesinnte zu kreativitätssteigernden Gruppen zusammen.
Noch nie zuvor war es jedem einzelnen so sehr darum zu tun gewesen, es der Gesamtheit auf die je eigene Weise rechtzumachen. Als hätten sich Macht- und Gewinnstreben verlagert auf den Wunsch nach Ausgleich zwischen den Menschen, auf Anerkennung der Rechte des anderen. Frauen umarmten sich und die Welt, sorgten für Geborgenheit und Frieden. Aggressionsventile fanden sich in Leibesübungen, die den Leistungssport ablösten, in Tanz und Spiel, in musischen Wettbewerben und meditativen Wanderungen ins All, als Weltinnenraum oder äußerer Kosmos verstanden.

Sidi war in den neunziger Jahren des vorigen Jahrhunderts in Sarajewo geboren, einer Stadt, die man gut gekannt haben mußte, um sie nach dem Bürgerkrieg zwischen Kroaten, Serben und Moslems wiederzuerkennen. Ihre Mutter, eine von den unzähligen vergewaltigten Frauen, hatte ihr Kind der UNO-Flüchtlingshilfe überlassen und war nach Izmir zurückgekehrt, der Heimat ihrer Vorfahren. Sidi wurde von freiwilligen Helferinnen aufgezogen und in einer Heimschule in der Steiermark untergebracht, deren Landesregierung die Patenschaft für einige dieser Kriegswaisen übernommen hatte.
Jennifer, Frucht einer Vergewaltigung wie sie, hatte eine minderjährige Afrikanerin aus Mogadischu zur Mutter gehabt und einen amerikanischen Vater.
Die beiden fast gleichaltrigen Mädchen wurden durch Austauschaktionen der UNO miteinander bekannt; Jennifer hatte Russisch und ugrische Sprachen studiert und assistierte Sidi, wenn sie in den GUS-Staaten oder in Ungarn arbeitete; beide verständigten sich auf Englisch.
Sie reisten oft wochenlang miteinander und waren gewöhnt, schnell aufeinander einzugehen, Entscheidungen zu treffen, in die Tat umzusetzen. Jennifer schien der einzige Mensch,

der Sidis Anforderungen an sich und andere nicht nur akzeptierte, sondern auch durchhielt.
Vielleicht war es erlaubt, zu sagen, daß Jennifer Sidi liebte. Nicht mit jener begehrlichen Leidenschaft und lüsternen Brutalität, die der Homosexualität beider Geschlechter nachgesagt wird, vor allem nicht mit der dort so häufigen Eifer-, Klatsch- und Besitzsucht.
Jennifers Liebe vereinte weit eher mütterliche Fürsorge mit einem schwesterlichen Sinn für Zusammengehörigkeit und war vollkommen offen für Sidis Eigenart. Hier wollte nicht maskiert oder kaschiert werden, sondern freigelegt und bejaht.
Sidi wußte um diesen Rückhalt und dankte Jennifer durch unbeirrbare Zuneigung.

Der Sprecher der römischen Delegation versucht es auf die altmodische Macho-Tour, macht Sidi aufdringliche Komplimente. Sie lächelt ihr feines Lächeln und drängt darauf, zum Thema des Treffens zu kommen.
Zunehmend unsicher, fragt er sie nach ihrem Entscheidungsmandat.
»Ich bin zuständig«, sagt sie. »Wir entscheiden nach Maßgabe unserer Kompetenz.«
»Und Sie verfügen auch über die entsprechenden Mittel?«
»Wir stellen die Mittel bereit, wenn sie uns angemessen erscheinen.«
»Ich habe Ihnen eine Summe genannt.«
»Zwischen einer Forderung und deren Erfüllung liegen Stufen. Wir werden uns entgegenkommen.«
»Bitte bedenken Sie unsere militärischen Möglichkeiten!«
»Wir negieren sie, obwohl wir sie in Betracht ziehen. Es geht nicht um Blut, sondern um Geld. Mit einer adäquaten Zahlung läßt sich Blutvergießen vermeiden.«
»Rüstung bringt Kapital, Kapital wird in Rüstung investiert. Die effektivste Wertschöpfung, die wir kennen.«
»Kapital bringt Boden, Boden Ertrag je nach Bebauung. Der wirtschaftliche Nutzen ist langfristig größer. Vor allem aber erspart diese Investition uns Leid, Trauer, Elend.
Die beiden Begleiter intervenieren. Der Sprecher zieht sich mit ihnen in ein separates Zimmer zurück. Sidi gibt per Taschensender das bisherige Verhandlungsergebnis durch.
Ein Kellner serviert Getränke. Jennifer kommt und überbringt

ein verschlüsseltes Fax. Sie steckt Sidi auch eine Packung »Strings« zu, Mistelzigaretten mit Immunschutzfaktor. Neu. Sidi beschnuppert sie belustigt. Und kalkuliert die in Frage stehende Ablösungssumme für Triest noch einmal durch. Die drei italienischen Regionen bieten für die Modernisierung ihrer jeweiligen Häfen immense Beträge auf; Venedig würde durch das Fehlen von Triest für Norditalien gewinnen, wohl auch durch den Wettbewerb mit Triest unter anderen Bedingungen. Längst ist die Türkei nach Kreta vorgedrungen, um Istanbul abzusichern. Griechenland als Mittelpunkt des südöstlichen Mittelmeeres unterhält beste Beziehungen zu Äthiopien und Ägypten, das wiederum Nordafrika zu einer Staatengemeinschaft vereint hat, die Zentralafrika unterstützt. Sidi ist sich des Einverständnisses der Italiener gewiß.

Nach Tokio gerufen, verhandelt sie zwei Tage danach mit der japanischen Präsidentin ihrer Liga über die endgültige Auflösung der Geishahäuser. Eltern, die ihre Töchter zur Ausübung dieses Berufes verkaufen wollen, sollen abgefunden und die Mädchen in Internate eingeschult werden. Es geht um eine Erst-Investition von dreißig Milliarden Yen, die von der New Yorker Zentrale ihres Klubs genehmigt werden muß. Viele ältere Geishas haben sich freiwillig als Heimmütter für Waisenkinder zur Verfügung gestellt oder übernehmen die Beratung für Frauen, die nicht heiraten oder sich aus ihren Ehen lösen wollen. Die Freiwilligkeit der Prostitution wird mehr und mehr anerkannt und Promiskuität offiziell gestattet, sodaß auch Ehefrauen zum Beilager nicht mehr gezwungen werden können.
Es scheint, als hätten die ersten Generationen des neuen Jahrtausends sexuelle Lust entbehren gelernt oder sich doch zumindest weitgehend freimachen können von animalischer Triebhaftigkeit. Sidi erinnert sich an eines der psychologischen Fachbücher der Universitätsbibliothek, von Elisabeth Lukas geschrieben, aus dem sie einige psychohygienische Merksätze exzerptiert hatte und eine Prognose, die Psychologie der Zukunft betreffend:

»Wenden wir uns zunächst der Liebesfähigkeit zu. Viktor E. Frankl hat ganz bewußt das Wort 'Genußfähigkeit' im Sinne Sigmund Freuds in 'Liebesfähigkeit' umgewandelt, weil er unter Liebe kein Genußmittel zum Zwecke der eigenen Bedürfnisbefriedigung - auch nicht im Gewand einer 'Sublimation der Sexualität' - versteht, sondern ein Ausdrucksmittel von etwas, das die eigene Bedürfnisbefriedigung bei weitem übersteigt, nämlich eines 'koexistentiellen Aktes'. Der Mensch als dreidimensionales Wesen in seiner körperlich-seelisch-geistigen Totalität kann als ein Liebender einen anderen Menschen in derselben körperlich-seelisch-geistigen Totalität sozusagen von Existenz zu Existenz begreifen. Er kann aber auch in einem zwei- oder gar eindimensionalen Bezug zu ihm verharren; dann kommt es zwar zu körperlichen und seelischen Berührungen, aber ein 'koexistentieller Akt' findet nicht statt.

Der eindimensionale Bezug wird hergestellt durch ein rein sexuelles Interesse am Geschlechtspartner, dessen körperliche Attraktivität dieses Interesse weckt. Der zweidimensionale Bezug stellt demgegenüber bereits eine Beziehung zum seelischen Gefüge des Partners dar, dessen Eigenschaften, Verhaltensweisen und Ausstrahlung die Irrationalität des Betrachters in Richtung 'Verliebtheit' anregt. Aber noch ist der Partner austauschbar durch jemanden mit ähnlichen Eigenschaften oder Verhaltensweisen, durch einen 'Typus' vergleichbarer Ausstrahlung. 'Erst die echte Liebe dringt bis zur personalen Struktur eines anderen Menschen vor und wird seines unvergleichlichen Wesenskerns gewahr: Geistiges begreift Geistiges.' »

Und: »Eine Psychologie, die sich nur um die Eigenstabilisierung von neurotischen Patienten bemüht, ist dem Aufforderungscharakter unserer Zeit nicht gewachsen. Heute brauchen wir eine Psychologie, die auch kollektive Phänomene in die Betrachtung einbezieht und Richtlinien zu notwendigen Korrekturen entwickelt, vor allem zu Korrekturen im Geistigen, in den Haltungen und Einstellungen des Menschen. Denn sie werden über das Schicksal der Erde und ihrer Bewohner bestimmen. Oder anders ausgedrückt: Wenn das nächste Jahrhundert kein durchgeistigtes sein wird, wird es gar keines mehr sein.«

Als wäre diese geistige Komponente absolut vorrangig geworden, agieren vor allem die Frauen ihrer Zeit, die Generationen lang mehrheitlich nur reagieren konnten. Als hätte das Erkennen von Sinn den Willen zum Sinn so motiviert, daß er zur treibenden Kraft des persönlichen Handelns und der persönlichen Haltung wurde.

Der »koexistentielle Akt« hatte den nur sexuellen Akt abgelöst und die Liebesfähigkeit des Individuums aus egoistischem Streben nach Lust in ein kommunikatives Wohlgefühl gewandelt. Die Freude an Geborgenheit unter Gleichgesinnten, an

Verläßlichkeit unter Freunden und fragloser Hilfsbereitschaft von Mensch zu Mensch befreite aus der Isolation jener Eigensucht, die schließlich in eine kollektive Angstneurose geführt hatte.
Sidi nahm sich vor, das Lebenswerk der Elisabeth Lukas und ihres Lehrmeisters Viktor E. Frankl der Vergessenheit zu entreißen und dafür zu sorgen, daß es ebenso wie das Gesamtwerk von Marie-Louise von Franz und ihres Lehrers C. G. Jung sowie das von Sallie Nichols und Elisabeth Kübler-Roß bald als Disketten, Mini-CD's und Taschenbücher wieder greifbar sein würde.

»Ist uns die Liebe abhanden gekommen?«
Sidi gibt ihrem Schaukelstuhl neuen Schwung und öffnet die Packung der »Strings« - Zigaretten, die Jennifer ihr vor Tagen gebracht hatte.
»Sie bleibt Geheimnis«, antwortet die Freundin.
»Dein Sein erfüllt mich mit Freude«, sagt Sidi. »Darum brauche ich dich nicht zu besitzen!«
Jennifer legt einen Arm um sie, den Rhythmus ihrer Bewegung sanft auffangend.
»Alles, was Freiheit ausmacht und dadurch Frieden, ist in uns enthalten. Ich danke dir!«
Sidi schließt zögernd die Packung, schiebt sie in das Kabinenköfferchen mit den Kommunikationsgeräten und dem Kosmetikset.
»Wir sollten fahren«, sagt sie. »Hast du dein Gepäck?«
Jennifer nickt. Ihre Reiseroute: Wien, Moskau, Taschkent, Samarkand.

»Samarkand, Hauptstadt der unabhängigen Republik Usbekistan, in einer vom Serawschan bewässerten Oase gelegene, wohl früheste menschliche Siedlung Mittelasiens. Schon im 4. Jahrhundert v. Chr. gab es hier die Stadt Marakanda in der Landschaft Sogdiana, die Alexander der Große von 329 - 327 durchzog und in der er 'Alexandreia eschate', das 'äußerste Alexandrien' gründete. Später gehörte das Land am Fuße des Himalaya zum seleukidischen und gräko-baktrischen Reich, war zeitweise von den Choresmiern abhängig, bildete im 1. - 4. Jahrhundert n. Chr. das Kernstück des Jüedschi-Reiches, dann das der Hephthaliten, geriet im 7. und 8. Jahrhundert unter muslimische Herrschaft, 999 unter die der Karachaniden und Kara Kitai, 1220 unter die der Mongolen unter Dschingis Khan. Timurleng machte Samarkand 1369 zu seiner Haupt-

stadt; er und seine Nachfolger ließen prachtvolle Bauten errichten, zum Beispiel die Moschee Bibi-Chanum (1399 - 1404) und das Mausoleum Gur-Emir (1404). Um 1500 wurde Samarkand von den Usbeken erobert, die ihre Residenz in der Mitte des 16. Jahrhunderts nach Buchara verlegten; 1868 wurde Samarkand dem Russischen Reich eingegliedert.
Timür, osttürkisch »Temür«, Eisen, von den Persern Timur-i-Läng, Timur der Lahme, davon abgeleitet »Timurleng« oder »Tamerlan« genannt, stammte aus einem türkisierten mongolischen Häuptlingsgeschlecht, wurde am 8. 4. 1336 bei Käsch in Transoxanien geboren und starb am 19. 1. 1405 in Otrar. Seine grausamen Kriegszüge durch den Iran und Kaukasien, nach Indien und bis nach Ankara zählen zu den größten Katastrophen, die der Vordere Orient je erlebte. Unter seinen Nachfolgern, den Timuriden, verfiel das Reich; obwohl sein Sohn Schah Roch (1407 - 1447) und seine Enkel Bai Sonkor und Ulugh Beg Förderer der heimischen Kunst und Wissenschaft, vor allem der Architektur, der Dichtung und Astronomie, waren.

Die uralte Seidenstraße von Syrien und Griechenland zum 'Steinernen Turm' oder zum 'Jade-Tor' und damit vor der Chinesischen Mauer endend, führte über die Oasen Samarkand und Buchara, die auch zu Umschlagplätzen von Waren aus dem Norden wie Fellen und Bernstein und Waren aus dem Westen wie Korallen, Gemmen, Glas, Teppichen und Textilien wurden. Kaufleute und Gaukler hinterließen nicht nur Kostbarkeiten, Neuigkeiten, Sprachfetzen und fremde Bräuche, sondern auch Kinder, deren genetisches Kapital für Evolution sorgte.«

Sidi speicherte diese Informationen sorgfältig. Ihr Gesprächspartner wurde mit Timur Husain angegeben, Vorsteher der ehemals Sogdianischen Provinz, Moslem aus einer usbekisch-iranischen Familie.
Wieder leuchteten die Initialen ihrer Reisetasche auf.
»Wo ist Jennifer?«, wurde angefragt.
»In Taschkent geblieben, hoch fiebernd.«
»Wir wünschen dich in Begleitung«, hieß es weiter. »Geh nicht allein nach Samarkand!«
Sidi konnte ein Lachen nicht unterdrücken.
»Bin schon dort«, funkte sie zurück. »Erwarte meine Abholer auf dem Flughafen.«
Der Kontakt brach plötzlich ab. Auch gut. Denn eben kamen

zwei Herren auf sie zu. »Der Wagen wartet«, hieß es in korrektem Englisch.

Ich muß eingreifen, ich muß sie erreichen. »Rauch doch«, bewege ich sie. »Rauch doch endlich eine 'Strings'!«
In den Fond der Luxuslimousine geschmiegt, greift Sidi nach der unscheinbaren Packung.
Aber die vor ihr sitzenden Begleiter ziehen sie ins Gespräch.
Ich muß sie erreichen, tunnele mich durch ihren spirituellen Körper zum mentalen und, mit großer Anstrengung, zum astralen vor.
Wenn ich jetzt eine Zigarette rauchen würde - mitten im Gespräch - stellt Sidi sich vor.
Ich verstärke die Vorstellung.
Wie angenehm wäre es, rauchen zu können! Sidi lehnt sich neuerlich zurück, läßt die letzte Frage eines der beiden Herren vor sich unbeantwortet.
Ich versuche, in ihren Ätherkörper einzudringen, sie zum Handeln zu bewegen. Es gelingt mir nicht. Ich ziehe mich zurück, bevor sie das Bewußtsein verliert.
Sidi greift zur Stirn, als wolle sie einen Schwächeanfall zurückdrängen, steckt die Zigarettenpackung in die Tasche.
Nur ein Impuls bleibt: Jennifer anrufen. Jennifer, die sie krank in Taschkent zurücklassen mußte.

Timur Husain, Vorsitzender der Landesregierung, wird sie am nächsten Tag empfangen. Sie ist froh, ausruhen zu können. Das moderne Stadtzentrum von Samarkand umlärmt das imposante Hotel, erst vor wenigen Jahren eröffnet und von einer iranischen Gesellschaft betrieben. Man führt sie in eine Penthouse-Suite mit kleinem Dachgarten.
Sie greift zum Telefon, kann Taschkent jedoch nicht direkt anwählen, bittet die Vermittlung darum, bekommt keine Verbindung. Einer ihrer Begleiter, in der Halle sie erwartend, setzt sich ein. Aber auch während des Abendessens gelingt die Kommunikation nicht.
Ich muß sie warnen. Wieder versuche ich, den Wunsch nach einer »Strings« anzuregen. »Rauch doch, Sidi, rauch eine von Jennifers Zigaretten, wenn du sie schon nicht sprechen kannst!«
Sie verzichtet auf das Dessert, zieht sich zurück. Während einer der beiden Herren sich mit dem Vorsitzenden verbinden läßt, um ihre Beschreibung durchzugeben, hört der andere das mit geheimen Aufnahmegeräten ausgestattete Pent-

house-Apartment ab. Sidi macht es sich auf der Terrasse bequem. Ihr Taschenfunkgerät ist immer noch gestört.
So lautet ihr Steckbrief: Frau mittleren Alters, schmales Gesicht mit intensiv olivgrünen Augen. Augenbrauen wie Möwenschwingen im Flug, nervöse Nasenflügel, fein gezeichnete Lippen, kleine Ohren, silbergrauer Lockenkopf. Profil wie das einer in zartrosa Koralle geschnittenen Gemme. Gefährlich klug, schwer durchschaubar.

Ich mühe mich um sie, bedränge sie, endlich zu rauchen. Sie zündet sich, wie geistesabwesend, eine »Strings« an, die Zigarette dient als Antenne - endlich kann ich zu ihr vordringen!

»Ich spreche zu dir aus dem Reich des Möglichen, das für mich das des Wirklichen ist. Deine multidimensionalen Möglichkeiten sind für mich also ebenso wirklich wie für dich meine Wirklichkeiten möglich. Begreifst du?«
Sidi meint zu träumen, nickt, zieht den wohltuenden Duft in sich hinein, lauscht.
»Unsere Werte wiegen gleich schwer oder leicht. Es geht uns um Ausgleich, dort wie hier. Wir wirken ebenso gemeinsam wie getrennt. Begreifst du?«
Sidi nickt wieder, sehr schläfrig.
»Es ist sinnlos, sich in Gefahr zu begeben. Du bist in Gefahr. Kehre nach Taschkent zurück!«
Sidi nickt ein drittes Mal, legt die Zigarettenkippe in einen Aschenbecher, nimmt sich vor, sie in einem der Blumenkästen auf der Balustrade zu vergraben, sinkt in ihren Sessel zurück, schläft ein.

Sie kann nicht wissen, daß der herbe Tischwein mit einem Schlafmittel durchsetzt war.
Sie schläft traumlos und sehr lange. Nach dem Erwachen versucht sie, Jennifer in Taschkent zu erreichen, schafft es wieder nicht, läßt sich Früchte zum Frühstück servieren, wird unruhig, als sie die »Strings«-Kippe vom vergangenen Abend sieht, erinnert sich, daß sie sie vergraben wollte, tut es und greift nach der nächsten Zigarette.
Ich habe geduldig gewartet.
»Dein verwirklichtes Schicksal dort ist mein mögliches hier und umgekehrt. Aus dem Reich der Werte haben wir unsere Berufung zur Gemeinsamkeit. Wir dürfen uns nicht gefährden; unsere Aufgaben müssen erfüllt werden. Begreifst du?«
Nun ist Sidi hellwach.

»Bist du mein Übersinn?« fragt sie.
»Ich bin deine Dualseele. Nenne mich dein Du.«
»Was willst du von mir, mein Du?«
»Befolge meine Anweisungen. Ziehe dich aus Samarkand zurück, bevor dich der Vorsitzende empfängt. Jetzt gleich.«
»Und dann?«
»Du wirst Weisung erhalten von der Instanz, die du als Übersinn bezeichnest. Sie entscheidet darüber, was für uns verwirklichungswürdig ist. Sie setzt ihre Pläne durch, unabhängig von unserem Tun und Lassen, entweder mit oder ohne unsere Zustimmung. Das Geschehen, in dem sich der Übersinn äußert, gestaltet sich durch unsere Entscheidungen oder über unsere Unentschiedenheit hinweg. Begreifst du?«
Die Zigarette verlöscht, bevor sie Sidis Fingerspitzen versengt. Sie geht ins Zimmer zurück, packt ihren Koffer, fährt zum Empfang hinunter, zahlt, verlangt nach einem Taxi zum Flughafen.
»Da heute das Ramadan-Fest beginnt, gibt es leider weder Taxis noch Flugzeuge für unsere Gäste. Wir bedauern, Madame!«
Sidi kehrt in ihre Suite zurück, prüft den Sender, versucht zu telefonieren: ergebnislos. Eben als sie die dritte »Strings« aus der Packung nimmt, klopft es; ein Boy bittet sie in die Halle, sie werde erwartet. Sie steckt die Zigarette vorsichtig zurück, schiebt die Packung in eine Innentasche ihrer Bluse, prüft die Besprechungsunterlagen in ihrem Aktenkoffer, die Ersatzpapiere, Ernährungstabletten und Medikamente im Geheimfach, legt Lippenstift und Parfum dazu, trägt Make-up auf und trifft zehn Minuten später ihre Begleiter vom Vortag. Gute Wünsche zum Ramadan-Fest scheinen ihr angebracht, erfreuen die Herren.
»Die Amtsräume des Vorsitzenden sind heute geschlossen. Er bittet sie in sein Privathaus.«
Schon wird sie in die Mitte genommen und zum Wagen geführt. Vor dem Einsteigen zündet sie sich eine »Strings« an. Ich habe zwei Zigarettenlängen Zeit, sie über ihren Verhandlungspartner zu informieren.

»Im Januar des Jahres 2000 geboren, Aszendent Löwe. Aufstieg aus ärmsten Verhältnissen und über harte Lehrjahre, dafür umso größere Meisterschaft im Spiel um die Macht. Herr eines Harems mit über 50 Frauen aller Hautfarben und Temperamente. Lieblingssohn Ulugh, fünf Jahre alt, von einer schwedischen Mutter geboren, die danach auf undurchsichti-

ge Art und Weise ums Leben kam. Ein auch für die hier herrschenden Verhältnisse ungewöhnlich rücksichtsloser Politiker mit schier größenwahnsinnigen Ambitionen: Afghanistan, den Iran und den Osten der Türkei zu erobern, zu besetzen und in die Republik Usbekistan zu integrieren. Keine Freunde. Bundesgenossen austauschbar. Sehr reich. Es wird gemunkelt, daß er das über 1700 Jahre lang gesuchte Grab des Dschingis Khan ausfindig machen und plündern lassen konnte; er soll es in einer Höhle der Gebirgskette Burkan Kaldum zwischen Onon und Kerulen, Zuflüssen des Amur, nördlich der Wüste Gobi, gefunden haben. Kultgegenstände, Waffen, Schmuck und Münzen von unschätzbarem Wert fielen ihm in die Hände. Die Mittäter wurden erschossen, auch seine damalige Gattin Eugenie, altem französischen Adel angehörend.
Seine Argumente: Die Welt gehört dem Mann, der stark genug ist, sie zu beherrschen. Die Frau gehört dem Mann, um damit der Welt zu dienen. Da es unzählige Frauen gibt, kann jeder Mann so viele davon haben, wie er will. Ihr Schicksal liegt in seinen Händen, hängt allerdings von ihrem Verhalten ab. Wenn sie seinen Willen tun und ihm gehorsam bleiben, haben sie nichts zu befürchten.
Deine Argumente: Männern wird weibliches Feingefühl schon lange zugestanden, Frauen dagegen sollen ihren Mann in Sachen Intellekt und Tatkraft nicht stellen dürfen. Weibliche Fürsorglichkeit und Verständnisbereitschaft haben nichts mit ihrem Intelligenzgrad zu tun. Frauen streben ebenso danach, ganze Menschen zu werden, wie Männer. Sie weiterhin gnadenlos auszubeuten, ist eine Schande für die Menschheit.
Er wird auch Mütter schmähen; die seine hat er vergiften lassen. Halte dagegen, daß nur die Mutterschaft das Leben des Menschen auf diesem Planeten garantiert. Betone gleichzeitig, daß nicht jede Frau Mutter zu sein braucht und schon gar nicht von fünf oder gar zehn Kindern. Die fraktale Gesellschaft erlaubt es, einige Frauen jeder Generation Mutter werden zu lassen, andere nicht, ohne damit ihre Bedeutung für die Gemeinschaft zu schmälern.
Vergiß nicht, daß wir im Reich der Werte untrennbar verbunden sind. Wenn wir den Zeitfluß dieses Lebens verlassen, kehren wir zurück in das ewige Sein. Aus ihm heraus bewegt der Übersinn alle Welten mit Hilfe der kleinsten uns faßbaren Teilchen: der Strings.«

Sie sind angekommen. Ein sternförmig angelegter Palast, flach, weitläufig, mit leuchtenden Mosaiken an den Außenwänden und Marmorböden, durch die ein kühlend klarer Bach rinnt, von Ebenholzbrücken überwölbt. Überall Vögel in Volièren mit tropischen Pflanzen. Die Empfangshalle ganz und gar griechisch: dorische Säulen geben den Blick auf die Stadt und das Gebirge dahinter frei. Man nimmt auf weißen Marmorklinen Platz, läßt sich von schlanken Knaben Kissen unterlegen; Getränke werden gereicht.
Unhörbar ist er eingetreten: Timur Husain. Sie vergleicht Größe, Gang, Gestalt mit Gesichtsschnitt und Augenausdruck und mit den Bewegungen seiner Hände. Hart, kalt, grausam, aber bestechlich und unstet.
»Enchanté, Madame« wird sie begrüßt und auf die gewünschte Verhandlungssprache festgelegt, »On vous a bien acceuilli chez nous?«
Nous, folgert Sidi schnell - pluralis majestatis. Und wird Zeugin einer grandiosen Schau schier fürstlicher Erhabenheit: Ramadan beim Maharadscha, wie sie sich selbst belustigt zuflüstert. Eine rechtlose Dienerschaft agiert ebenso reibungslos wie Musikanten, Komödianten, Tänzerinnen. Ein wechselndes Szenario für die immer gleiche Szene, deren gefeierter Mittelpunkt der unbeweglich in seinem Sessel beobachtende Vorsitzende, den man ebenso gut Sultan nennen könnte, darstellt.
Bei Einbruch der Dämmerung nimmt das Fest andere Formen an - ein antikes Gastmahl beginnt.
Der Haus- und Landesherr schlüpft in die Rolle Alexander des Großen, winkt den eintretenden Freunden gönnerhaft zu, begrüßt die leichtbekleideten Damen, erweist Sidonie die Ehre, an seiner Seite zu sitzen und wie er das Wort an die Gäste zu richten, die nur antworten, niemals fragen dürfen. Bevor nach stundenlangem Verkosten erlesener Gerichte Obst und Süßigkeiten gereicht werden, bieten die Knaben Perlen und Edelsteine als Gastgeschenke an. Sidi wählt nach kurzem Zögern einen Smaragd mit geheimnisvollem Garten unter dem feinen Schliff und blendendweiße Perlen zu einem passenden Collier.
Ihr Tischherr erfaßt ihre Absicht, winkt einem Diener, gibt Befehle. Knapp eine Stunde später legt er ihr die Perlen mit dem Smaragd als Schließe um den Hals. Sidi dankt. Welche Folgen ergeben sich aus dieser Gabe? Unbemerkt tauscht sie eine ihrer »Strings« gegen die auf goldenen Tabletts angebotenen Zigarren und Zigaretten.

Darauf habe ich gewartet.
»Er wird die Tafel aufheben, die Gäste verabschieden, sich mit dir in den türkischen Salon zurückziehen. Nimm keines der dir gereichten Getränke. Laß alle Leckereien stehen, setze dich nicht, sondern betrachte die Seidenteppiche an den Wänden. Gib vor, Kennerin zu sein, da deine Mutter aus Izmir stammte. Es sind Arbeiten aus Täbris, Schiras und Ghom, sehr alt, feinste Knüpfung, mit echten Pflanzenfarben. Biete ihm eine deiner Zigaretten an, ohne ihm die Packung zu zeigen - ich werde alles tun, ihn zu ermüden. Bleibe nah bei ihm stehen, damit ich ihn erreiche. Sei nicht überrascht, wenn er dich zum Bleiben auffordert - gehe gelassen in das dir zugewiesene Gemach. Sei vorsichtig: du wirst überall bewacht!
Du hast dann noch dreizehn Zigaretten. Entzünde nur eine täglich als Zeitmesser für dich und Antenne zu mir. Fürchte dich nicht, bewahre Haltung.«

Sidi fühlt meine Worte warm in sich aufsteigen und ihren Willen stärken. Sie folgt meinen Anweisungen, erträgt die Nähe des Mannes, registriert das Nachlassen seiner Spannkraft. Der messerschmale Mund, eine blasse Klinge zwischen dem ausgeprägten Kinn und der langen, leichtgebogenen Nase, öffnet sich und läßt breite Schneidezähne sehen, schadhaft. Er zwingt sich zu einem Lächeln, als er sie von einem überlangen, weißgekleideten Diener in einen der fünf Sternflügel des Gebäudes begleiten läßt.
Sidi ist so erschöpft, daß sie einschläft, ohne ihren Koffer zu überprüfen.

Am nächsten Morgen macht sie Fingerabdrücke auf den Akten sichtbar; das Geheimfach scheint unberührt. Der weißgewandete Diener läßt sich bei ihr melden, nachdem sie gefrühstückt hat, und setzt sie in fließendem Englisch davon in Kenntnis, daß in der Stadt Ausschreitungen gegen Andersgläubige stattgefunden haben. Bedauerlicherweise seien mehrere Touristen verletzt worden. Der Vorsitzende wolle Madame Sidonie nicht der Gefahr einer Rückkehr in ihr Hotel aussetzen und bäte sie darum, sein Gast zu bleiben.
»Ich bin zu Verhandlungen hier«, sagt Sidi. »Es geht um die noch immer geübte Verschleppung von Frauen in haremsähnliche Häuser in diesem Land. Wann wird Ihr Herr Zeit haben? Ich muß Termine einhalten!«
Der überlange Mensch verneigt sich. Er werde den Vorsitzenden fragen. Und ihr seine Entscheidungen überbringen.

»Ich wünsche zu telefonieren. Und ich brauche Bewegung.«
Wieder verneigt sich der Diener.
»Wenn sich Madame etwas gedulden wollen«, sagt er und geht.
Kurz danach tauchen zwei füllige Frauen bei ihr auf, zeigen ihr den Weg in den Garten und an den Swimmingpool, lassen Bade- und Hauskleidung zurück und geben durch Zeichen zu verstehen, daß sie auf Anweisungen warten.
Sidi möchte allein sein. Sie bleibt es bis zum Abend. Der weißgewandete Diener kommt mit vielen Entschuldigungen. Sein Herr müsse in der Stadt für Ruhe sorgen. Truppen hätten eingegriffen. Morgen vielleicht seien die Verhandlungen möglich. Ob sie Gesellschaft wünsche? Oder andere Wünsche habe? Guterzogene Knaben ständen bereit, auch Mädchen, minderjährig, sehr schön.
Sidi dankt und bittet um Bücher. Man bringt Swift und Stevenson, Balzac und Zola, verstaubte Bände, die aus einer vergessenen Truhe zu stammen scheinen.

Als der Mond aus silberner Schale Licht über den Garten gießt, entzündet sie die achte »Strings«. Nun bleiben ihr nur noch zwölf.
»Man hat dich nicht in Schutz-, sondern in Einzelhaft genommen, mein Du. Fürchte dich nicht - lies, schreibe, gehe schwimmen. In der Stadt ist alles in Ordnung, du sollst nur mürbe gemacht werden. Jennifer ist gesundet und sucht dich. Ich kann sie nicht erreichen. Sie ist von Unruhe und Sorgen umwölkt. Gewiß benachrichtigte sie die Präsidiale. Dein Gastgeber aber ist sehr schlau. Verstecke die 'Strings', die dir bleiben, so gut du kannst!«
Sidi trägt sie auch nachts auf der Haut. Am Vorabend der Verhandlungen, vom weißen Schatten seines Herrn ihr angekündigt, entzündet sie die zwölfte, ist sogleich mit mir vereint.
»Diese fünf Tage sollten dich weichmachen, mein Du. Zwei Tage nimmt er sich nun, dich auszuschalten. Gehe auf nichts ein, bleibe deinen Argumenten treu. Verlange Beweise für jede seiner Behauptungen. Verlange, daß Sachbearbeiter zugezogen werden, verlange schließlich Bedenkpausen. Trinke nichts, rauche keine der angebotenen Zigaretten, nimm nur Obst, das du zuvor in Fingerschalen waschen kannst.
Schau in den Spiegel: die Erholung hat dir gut getan. Du siehst wundervoll aus. Und hast endlich wieder die 'Schatzinsel' gelesen: das Leben, ein Abenteuer, dort wie hier. Viel Spaß!«

Sidi lacht hell auf, vergräbt die Stringsstummel im Garten, nimmt ein nahezu Vollmondbad mit Blütenduft und Brunnenlied. Sie hat keine Angst. Sie spürt ihr kosmisches Du im Reiche einer Wirklichkeit, die für sie nur eine Fülle von Möglichkeiten darstellt. Sinn finden, das ist es. Nicht suchen, sehnsüchtig, sondern ergreifen, bewußt. Immer dieselbe Frage, wenn eine »Strings« in ihrer Rechten verglüht.: Begreifst du? Ja, sie begreift, ergreift die Herausforderung.

Sie ringt um die Erfüllung ihres Auftrags, zwei Tage lang. Der Hausherr wechselt die Räume, in denen verhandelt wird, die Statisten, die teilnehmen, die Speisen, die im Überfluß gereicht werden, die Ablenkungsmanöver und Einschüchterungsversuche. Kein Trick zieht. Madame Sidonie ist in bester Kondition und umfassend orientiert.
»Es geht nicht um mich, nicht um meine Macht oder mehr Gewinn für meine Vereinigung. Es geht um jede Frau, die entwürdigt, benützt und weggeworfen wird. Es geht um die Gleichberechtigung aller Menschen und damit um die einzig vertretbare Gerechtigkeit auf Erden.«
»Begreifst du?« hört sie mich fragen.
»Begreifen Sie, mein Herr?«

Die vierzehnte »Strings« raucht sie unter der federleichten Seidendecke ihres raumfüllenden Bettes, froh des Überstandenen, ungewiß des Kommenden.
»Fürchte dich nicht, mein Du. Er wird dich in seine Sommerresidenz nach Isfahan bringen lassen. Noch einmal versucht er, dich zu entnerven. Mehr kann ich heute nicht sagen - etwas ist unklar - ich muß mich konzentrieren. Sechsmal noch kannst du mich erreichen, vergeude keine unserer Antennen, trage sie auf der Haut, traue niemandem, am wenigsten den Frauen hier. Sie sind voller Angst, Mißgunst, Haß. Vertraue auch dem Mädchen nicht, das er dir als Gefährtin zuteilt; du wirst meinen, eine zweite Jennifer zu sehen, aber traue ihr nicht einen Augenblick! Vergiß nicht, daß Jennifer einen amerikanischen Vater hat, diese einen Ägypter. Traue niemandem. Halte dich an meine Informationen, rauche nur, wenn du allein bist. Du mußt durchhalten, für uns beide durchhalten. Begreifst du?«

Der silberne Jet überfliegt ein Bergmassiv mit schroffen Felsformationen, die wüstenhafte Hochebene darunter und die zu beiden Seiten des Sende Rud sich ausbreitende Stadt, die diesem Fluß ihre fruchtbaren Felder und Gärten verdankt.

»Das antike Aspadana, von Tamerlan zerstört und von Schah Abbas dem Großen wieder aufgebaut! Dem Vorbild seines Gartenpalastes Tschehel Sotun folgend, ließ Timur Husain seine Sommerresidenz gestalten. Nicht vierzig, sondern achtzig Säulen schmücken das Haus und den Garten mit seinen tempelartigen Nischen und der kleinen Moschee, die dem Meisterwerk der von Abbas' Schwiegervater gestifteten Moschee Scheich Lotfollah mit ihren einzigartigen Keramiken nachempfunden ist.«

Mut-em-enets Bemerkungen sind trocken wie Sand. Sie wird Enti genannt, ist groß und schmalhüftig und weiß um die Verführungskraft ihrer rauchschwarzen Haut. Die mandelförmigen Augen, wachsam wie die eines Steppentieres, haben keine Tiefe; ihr seichter Blick irritiert. Sidi fühlt sich nicht an Jennifer erinnert, wohl aber an eine frühere Erzieherin in einem slowenischen Kinderheim des UNO-Hilfswerkes, eine an Ängsten und Hoffnungen der Jugendlichen völlig unbeteiligte Frau, der alle Männer nachstellten und die von einem Tag auf den anderen ihren Dienst aufgab, um mit einem der ehrenamtlich tätigen Ärzte nach Australien auszuwandern. Sidi hatte dieser wortlos bewunderten Schönen wochenlang nachgetrauert, nie wieder von ihr gehört, sie dennoch nicht vergessen. Und nun saß sie neben ihr; nein, neben Enti, in der Maschine und fröstelte: dies war der Feind.

Der große Platz von Isfahan, auf dem einst Reiterspiele und Pferderennen stattfanden - sie besichtigen eines der stattlichen, ihn begrenzenden Häuser, kehren ein in die Teestube gegenüber, werden weitergeleitet zur Sommerresidenz. Sklaven bedienen und bewachen sie. Sie scheinen die einzigen Frauen. Enti bewohnt dieselben Gemächer wie sie, ist Tag und Nacht gegenwärtig. Sidi hat keine Möglichkeit mehr, den Sender in ihrer Tasche zu erproben, ihren Computer einzusetzen, die Ortungsgeräte und Informationsspeicher. Noch sechs »Strings« bleiben ihr, mit Klebstreifen unterhalb des Nabels befestigt. Sechs Verbindungen zu mir.
Ich darf ihr meine Angst nicht zeigen. Meine Existenz würde mit der ihren verlöschen, unvollendet.

Mut-em-enet scheint man ein Programm von Fragen eingegeben zu haben, das sie ungerührt abspult. Sidi formuliert ihre Antworten vorsichtig und wiederholt geduldig, was ihre Gefährtin nicht verstanden hat. Während eines Spaziergangs in den terrassenförmig angelegten Gärten - Sidi muß an die hängenden Gärten der Königin von Saba denken, die sie so lange verehrte, bis sie erfuhr, daß diese König Salomon nicht nur nicht abgewehrt, sondern sogar ein Kind von ihm empfangen hatte - berührt Enti auch ihre Kindheit. Sidi weicht vor der Antwort zurück; verweigert sich, nutzt die erste Gelegenheit, über eine Hecke zu springen, eine Zigarette aus dem Versteck zu ziehen, sie zu entzünden. Als Enti sie eingeholt hat, bläst sie ihr den Rauch lachend ins Gesicht: »Du bist zu jung für Zigaretten!« und wendet sich ab.
»Ich bin bei dir, mein Du, flüstere ich, als ich sicher bin, daß sie mich hört. Deine samthäutige Wärterin zeichnet alle deine Antworten auf. Schweige, die Kraft des Wortes entspringt der Kraft des Schweigens. Und du wirst deine Worte noch brauchen. Wende dich nach innen, erreiche die spirituelle Dimension, gib dich der Stille hin. Dann wirst du das Gras wachsen, die Rosenknospen sich öffnen, die Schmetterlinge ihre Flügel falten hören. Genieße die Ruhe der Schöpfung, die niemals lautlos ist, es sei denn, du übertönst sie mit tönender Rede oder vorlautem Geschwätz. Lerne vom Leisen, mein Du. Fürchte dich nicht: wir sind bei dir. Wir, alle deine Möglichkeiten, deren Wirklichkeit ich bezeuge. Achte auf das Wirkende dort, das mir so viel Mögliches bietet.«
Sidi gräbt mit den Zehen eine Kuhle in den hellen Kies des Weges, läßt den Rest der »Strings« darin verschwinden, ebnet sie wieder ein. Sie schweigt bis zum Abend und in die Mondnacht hinein, in der sie keinen Schlaf finden kann. Wo wohnt ihr Du? Auf diesem honigglänzenden Trabanten, der am Himmel hängt wie eine Melone, in dessen Licht sich der Garten zum Labyrinth wandelt, die Hecken zu Wänden, die Blüten zu Rätseln, die Wege zu Flüssen, aus verborgenen Quellen entspringend und zum Meer strömend, zum Meer des unergründlichen Schweigens?
Sie ist müde, als die Sonne aufgeht, will nicht mit Enti baden oder Ball spielen, will die metallene Stimme des Mädchens nicht hören.
Schon vor dem Genuß der duftenden Früchte, die man ihnen serviert, entzündet Sidi die sorgsam in der Hand verborgene Zigarette.
»Laß dir eine Liege bringen, mein Du. Die uralte Flucht der

Frauen hinaus aus der Höhle, dem Zelt, dem Langhaus, der Blockhütte, dem Palast - vollziehe sie nach. Laß dir diese Liege zwischen den Palmen, die den Säulengang am Flußufer überragen, aufstellen. Wähle den Platz bei den Jasminbüschen und den weißen Lilien. Weiß schützt dich. In Weiß waltet das Licht ungebrochen. Deine Wärterin wird sich gelb kleiden, dich zum Sprechen zu verführen. Halte Abstand, fliehe nach draußen und drinnen; diese Bereiche entsprechen einander. Finde Kraft im Alleinsein. Schweigen und Einsamkeit werden dich davor bewahren, daß die Wartezeit dich aufreibt. Iß heute alles, was man dir anbietet. Der Kampf wird härter werden und du brauchst Energie. Fürchte dich nicht, mein Du. Begreife!«

Sidi wundert sich nicht darüber, daß Enti einen gelben Boubou trägt, als sie nahe der Liege Tisch und Stühle stellen läßt und Bücher bringt, um Sidi daraus vorzulesen. »An Nachtfeuern der Karawan-Serail«, Märchen und Geschichten Alttürkischer Nomaden, erzählt von Elsa Sophia von Kamphoevener - Sidi, müde, ist es zufrieden. »Lies vor, Enti«, sagt sie, »irgendeine Geschichte!«

Der Rosenbey

Dort, wo im südlichen Teil von Kleinasien alles gedeiht und blüht in verschwenderischer Fülle, wo es unter Obstbäumen von Blumen und Sträuchern würzig duftet, dort befinden sich auch die weiten Rosenfelder. Aus den Blättern der üppigen Zentifolie, deren Duft der stärkste und süßeste aller Rosendüfte ist, wird das Rosenöl gewonnen, davon ein einziger Tropfen jahrzehntelang die Frische des Duftes behält und hohe Kostbarkeit besitzt.

In dieser lieblichen Landschaft, fern den Schroffen des Karst, befand sich der Landsitz eines großen Handelsherrn, dessen ausgedehnte Ländereien einem kleinen von Rosenbüschen durchdufteten Walde glichen. Der Handelsherr selbst genoß die Schönheiten seines Besitzes allerdings nur ganz selten, befand er sich doch meist auf weiten und langen Karawanenreisen, die ihn monatelang von daheim fernhielten und denen er seinen stets wachsenden Reichtum verdankte. Im Dämmern der Rosenbüsche im Walde hielt sich nur sein zartes, immer kränkelndes Weib auf, und es mag auch ihrem steten Kranksein zugeschrieben werden, daß der Handelsherr sehr selten heimkehrte. Denn was tut ein gesunder, weltläu-

figer Mann mit einer kranken Frau? Obwohl er nun als Moslim der Erlaubnis des Propheten gemäß leicht noch ein zweites Eheweib neben dem ersten hätte zu sich nehmen können, war er doch ein zu guter Rechner, um das zu tun. Denn hatte nicht der Prophet, in weiser Voraussicht des Für und Wider solcher Erlaubnis, verfügt, daß jedes Eheweib, das ein Mann zu sich nähme, die gleichen Wohnräume, die gleiche Anzahl von Dienerschaft, die gleiche Menge von Kleidungs- und Schmuckstücken haben müsse und zudem sich in gleicher Weise der liebenden Aufmerksamkeit ihres Ehegemahls zu erfreuen habe? Wer aber vermag all diesen Bestimmungen gerecht zu werden, ohne die Ausgaben für die Lebenshaltung ins Ungemessene zu vermehren und ohne in steten Gewissensschwierigkeiten eingefangen zu sein, ob er auch wirklich nicht der einen oder der anderen seiner Frauen mehr »liebende Aufmerksamkeit« erweise? So läßt es ein kluger Mann besser bei der einen Frau bewenden und unternimmt immer längere und ausgedehntere Reisen, um nicht durch Krankheit im Hause gelangweilt zu werden.
Die kranke Frau des Handelsherrn aber war nicht etwa unglücklich über die häufige Abwesenheit ihres reisenden Eheherrn, hatte sie doch ein Töchterchen, das sie zärtlich liebte und das in der rosendurchwachsenen Wildnis ihres Besitzes so fröhlich um sie herum sang wie die vielen Vögel, ebenso heiter sprang wie die kleinen Quellen, die überall den Boden befeuchteten und so auch bei größter Hitze Kühle und Lieblichkeit schufen. Gülilah, Rosengleiche, hatte die Mutter ihr Kind genannt, und da sich das Mädchen auch meist in der Nähe von blühenden Rosen aufhielt, duftete sie selbst wie eine Rose.
Doch kam der Tag, da die kranke Frau spürte, es werde bald mit ihr zu Ende gehen; sie sprach mit den treuen Sklavinnen, die gelobten, Gülilah wie ihren Augapfel zu hüten, und dann sagte sie zu ihrer jungen Tochter, sanft und heiter redend: »Komm her zu mir, Gülilah, und höre, was ich dir zu sagen habe. Es wird ein Tag sein, da ich nicht mehr bei dir bin. Ich werde dann für dich nicht mehr zu sehen sein, aber dort, wo ich dann lebe, werde ich wieder jung und kraftvoll sein und nie mehr krank.
Du mußt hier bleiben, denn so ist es dir bestimmt, aber ganz allein wirst du niemals sein, denn ich bleibe dir nahe. Hier, bei diesem schönsten und größten Rosenstrauch, wo ich immer so gerne weilte, hier werde ich dir nahebleiben. Wann immer du Trauer oder Verlassenheit fühlst, so komme hier-

her, lege deine Hand an den Strauch und rufe mich. So werde ich bei dir sein, Kind meines Herzens, und dich niemals verlassen.«
Gülilah hörte zu, ohne zu weinen, schmiegte sich nur fest an die zarte Mutter. Als der Tag kam, der ihr die Mutter nahm, weinte sie auch dann nicht, gedachte vielmehr der Worte, die der zärtliche Mund zu ihr gesprochen hatte, kauerte bei dem Rosenbusch und wartete, bis sie sich getrauen würde, ihre Hand an sein Holz zu legen und die geliebte Mutter zu rufen. Sie war reichen Herzens, diese junge Gülilah, und darum gedachte sie der Mutter, die nun jung und stark sein würde, einige Zeit für den Übergang in das andere Leben zu lassen, ehe sie die Teure zurückrief, den Kummer ihres Kindes zu stillen, hierher, wo es Tränen und Einsamkeit gab. Indessen ward sie von den Sklavinnen umsorgt und verwöhnt, entbehrte so nichts, dessen sie bedurfte, einzig nur der weichen zärtlichen Stimme, die ihr Herz erfreut hatte.
Einige Zeit verging, und der Bote, der dem Handelsherrn nachgeschickt worden war, um ihm vom Hinscheiden seiner Gemahlin zu berichten, kehrte in das heimatliche Haus zurück. Er brachte die Nachricht, daß der Herr und Gebieter sich sogleich ein neues, junges und gesundes Weib genommen habe, nachdem er die Botschaft vernahm . . . »und hat sie sich ausgesucht, wie man eine gesunde Kamelstute aussucht«, verkündete er lachend den lauschenden Sklavinnen. Diese fanden es angebracht, Gülilah vorerst von der neuen Entwicklung nichts mitzuteilen, denn sie fanden, daß man Ungünstiges stets zu früh erfährt, daß, wie immer auch das Vorhandensein einer neuen Herrin sich auswirken könne, es niemals eine Freude für die Tochter der toten, von ihnen allen geliebten Herrin sein würde.
So geschah es denn, daß eines Abends mit viel Lärm und Aufwand die Karawane des Handelsherrn zurückkehrte, mit sich ein weißes Kamel führend, auf dessen Rücken eine kostbar ausgestattete Haudah schwankte, deren golddurchwirkte Seiden in der Abendsonne blitzten, als sich das edle Tier niederließ. Gülilah aber vernahm nur, daß ihr Vater heimgekehrt sei, und da eine Tochter abzuwarten hat, ob sie vor den Vater befohlen wird, und nicht ihm entgegeneilen darf, verhielt sie sich ruhig. Zudem hatte sie von je ihren Vater so selten zu Gesicht bekommen, daß es ihr wenig ausmachte, ob er im Hause war, ob nicht, hatte doch auch er diese Tochter seiner kranken Frau kaum beachtet, da ein Mädchen ja überhaupt ohne Bedeutung ist.

So kam es, daß Gülilah sich der Anwesenheit einer Gemahlin ihres Vaters erst bewußt wurde, als der Schmuck der Mutter, mit dem sie oft spielte - schien ihr doch an den blitzenden Dingen noch immer etwas von der Lieblichkeit der Verstorbenen zu haften - fortgeholt wurde, damit er der neuen Frau überlassen werde. Behutsam begann da Rukiya, ihre alte Amme, Gülilah mitzuteilen, was geschehen war, und jetzt überwältigte ein Gefühl des Verlassenseins zum ersten Male das Mädchen.
Sie eilte fliegenden Fußes davon, und ihre grauen Schleier, in die sie sich zu hüllen liebte, flatterten wie Taubengefieder um sie herum. Zum Rosenstrauch der Mutter, nur dorthin, nur schnell! Bei dem vertrauten Platz angelangt, hockte sich Gülilah am Rosenstrauch nieder, legte die Hände weich und fest um das starke Holz der Rose und sagte leise, bittend, innig: »Anam« (das ist »meine Mutter«), »ich habe Kummer, tröste mich.« Kaum hatte sie das gesagt, als der Rosenstrauch auseinanderzufallen schien, sich öffnete, wie wenn der Vorhang vor einem Gemach zurückgeschlagen wird, und aus ihm hervor klang die weiche, die zärtliche Stimme der Mutter. »Komm herein zu mir, mein Kind«, sagte sie, »und dein Kummer wird vergehen.«
Zuerst erschrak Gülilah ein wenig, aber dann wurde ihr ganz leicht und freudig zu Sinne, sie lachte leise und rief glückselig: »Ich komme, Anam, geliebte Mutter, ich komme!« Sie trat ein in die schmale Öffnung, die ihre schlanke, junge Gestalt weich umschloß, als umfange sie die Mutter, und der Rosenstrauch schloß sich hinter ihr. Alle Blüten wandten sich nach innen Gülilah zu, alle Dornen nach außen, wie Waffen auf einem Festungswall sich gegen den Feind richten.
Verzweifelt suchte Rukiya ihrer aller Liebling, aber es dauerte bis zum Sonnenuntergang, daß sie an den Platz dachte, den die tote Herrin bevorzugte, und nun dort ihre bangen Rufe nach Gülilah erklingen ließ. Wie erstaunte sie, als eine frohe junge Stimme ihr aus dem Rosenstrauch heraus Antwort gab und gleich darauf der dornige Strauch seine blühende, duftende Innenseite zeigte! Heraus schlüpfte Gülilah, selbst einer Rose gleich duftend, und unzählige Rosenblätter hafteten an ihren grauen Schleiern. »Ich war bei der Mutter, Rukiya, meine Seele, und ich bin so glücklich, oh, so glücklich!« jauchzte die junge Stimme. Die alte Frau dachte sich, daß es mehr Wunder gäbe, als ein Mensch allein verstehen könne, und wenn es nun so sich gestaltete, daß Gülilah von der neuen Herrin Ansprüche nichts bemerkte, vielmehr im Rosenstrauch

geborgen blieb . . . wie gut war das dann, und wie beruhigt konnten sie alle sein!
Und wirklich wurde es auch so, wie die treue Seele gehofft hatte. Da ihm niemand von Gülilah sprach, vergaß der Handelsherr bald, daß er jemals eine Tochter gehabt hatte, und Gülilah lebte, von den Sklavinnen umsorgt und verhätschelt, in den weiten Räumen des großen Hauses unbehelligt dahin. Wurde ihr das Herz schwer, so schlüpfte sie hin zum Rosenstrauch, legte die Hände daran, rief die Mutter und war geborgen im Innern dieses Strauches, der nach außen nur wehrhafte Dornen zeigte.
Das ging lange so weiter, und aus dem Kinde wurde ein Jungfrau. Sie hatte keine Gefährtinnen, und kaum jemand wußte, daß im Hause des Handelsherrn eine Tochter lebte. Für alle anderen Mädchen des Ortes, wo sich der große Besitz befand, kam jetzt aber eine aufregende Zeit. Und das geschah so: An den Waldbesitz des Handelsherrn grenzten Rosenfelder. Sie gehörten dem reichsten Mann der ganzen Gegend, den man allgemein den Rosenbey nannte, waren doch seine Rosenfelder schier unüberschaubar. Er war jung, er war schön, und er war wählerisch in allem. So genügten ihm auch die flüchtigen Freuden der Liebe in ihrem steten Wechsel und steten Gleichmaß nicht, und jedesmal, wenn er von seinen Reisen nach Ispahan, dem Lande der Rosen, heimkehrte, schien er wieder um ein weniges mehr mißgestimmt und unzufrieden. Seine Mutter, der wie allen Müttern daran lag, den Sohn an das Haus zu fesseln, nahm an, dieses Ziel würde erreichbarer sein, wenn ein junges und geliebtes Eheweib den Reiselustigen daheim erwarte, und sie lag dem Sohne mit diesem Anliegen stets in den Ohren. Um sie nicht durch Rauhheit zu verletzen, sagte der Rosenbey eines Tages, mehr zum Spaß als aus wirklicher Überzeugung heraus: »Also gut, Mutter, wie du es wünschst, so sei es. Nein, warte, freue dich noch nicht, denn meine Zustimmung ist an eine Bedingung geknüpft. Es ist diese: ich werde nur das Mädchen zur Frau nehmen, das am süßesten duftet, einer kostbaren Rose gleich, einer einzigartigen.«
Die Mutter starrte ihn erschreckt an, stammelte: »Aber, mein Sohn, wie soll es geschehen, daß man solches erkennt, ehe denn das Mädchen nicht in deiner Nähe wäre? Und du weißt gut, daß das unziemlich und unmöglich ist vor der Hochzeit.«
Der Bey hatte Mühe, sein Lachen vor der Mutter besorgtem Blick zu verbergen, und fand schließlich den Ausweg, auf ihre Frage in dieser Art zu antworten: »Da du von der gebotenen

Sitte sprichst, verehrungswürdige Mutter, so sei daran erinnert, daß es deine Aufgabe ist, mir die geeignete Frau auszuwählen, nicht die meine. Ich denke darum, es wäre möglich, daß du im Hofe des Frauenhauses einige der von dir erwählten Mädchen zusammenholtest, sie verschleiert und somit unkenntlich aufstellen ließest und mir gestattetest, an ihren Reihen entlangzugehen und an ihnen zu riechen, als wären sie Rosen, die ich zu unterscheiden hätte ihrer Art und ihrem Wert nach. Du weißt, daß meine Nase die empfindlichste ist, sogar in Ispahan so gewertet, und daß man mich nicht betrügen kann, wo es um Düfte geht. Willst du es so, Mutter, dann bleibe es, wie ich gesagt habe: ich werde riechen und wählen. Willst du es aber nicht, so reden wir nicht mehr davon. Erlaube mir nun zu gehen, ehrwürdige Mutter.«

Ohne ihr noch Zeit zu lassen für eine Erwiderung, ging der Bey davon und begab sich in seine eigenen Räume im Selamlik, dem Hause der Männer. Er konnte auf dem Wege dorthin, durch die weiten Gänge schreitend, endlich seinem bisher unterdrückten Lachen nachgeben, und so, lachend, kam er zu einigen seiner Freunde, die ihn in seinen Gemächern erwarteten. »Was ist dir, was erheitert dich so?« fragten sie, und so berichtete er ihnen, was er soeben angestellt hatte. »Aman, Freund und Bruder, wie konntest du die ehrwürdige Mutter so verhöhnen! Ist das auch statthaft?« wurde er zurechtgewiesen von einem ernsthaften jungen Mollah. Aber die anderen Jünglinge konnten sich gleich ihm des Lachens nicht enthalten, und als sie später in ihre Behausung zurückkehrten, erzählten sie rechts und links von dem tollen Einfall des Rosenbeys. Die Mütter erfuhren davon, die Schwestern, alles, was Röcke und auch Schleier trug, und wie ein Bienenschwarm summt, wenn er auszieht, Blumenduft zu suchen, so summte und lachte es bald im ganzen Ort und weit darüber hinaus. Wie überall dort, wo es zur Verbreitung einer Nachricht oder eines Geschehens nur das Mittel des Weitersagens von Mund zu Mund gibt, reiste die Neuigkeit schneller, so als rollte sie vom Rücken eines Rennkamels herab, und so kam es, daß, noch ehe die Mutter des Rosenbeys ihre Suche nach einer wohlriechenden Schwiegertochter begonnen hatte, die Preise für Duftwässer ins Ungemessene stiegen und die persischen Händler, die diese Kostbarkeiten überallhin im Lande trugen, Geschäfte machten, die sogar sie selbst überraschten.

Als dann endlich die ihres Amtes waltende Ehevermittlerin wie üblich im Auftrage der Mutter des Beys begann, ihre Run-

de anzutreten und den Müttern der zu erwählenden Mädchen ernsthaft mitzuteilen, welcher Prüfung sich ihre Töchter zu unterwerfen hätten, da begegnete sie heftigster Entrüstung, und aus dem ganzen schönen Plan wäre sicher nichts geworden, wenn sich nicht eine Art Verschwörung der Mädchen untereinander gebildet hätte. Sie fanden es wundervoll, daß in ihrem Leben, das wenig Abwechslung bot, endlich einmal etwas Besonderes vor sich gehen solle, und versprachen, besonders dichte Schleier zu tragen, um auf diese Art bei der Beriechung durch den Rosenbey in nichts gegen die Sitte zu verstoßen. Und endlich erreichten sie die Zustimmung ihrer Mütter; es sollte wirklich dazu kommen, daß ein großer Rosenzüchter sich seine Ehefrau einer Blume gleich nach dem Dufte aussuchen würde . . . Maschallah, welch ein gewaltiger Spaß! Alles lachte, und immer noch stiegen die Preise für Duftwässer.
Der Rosenbey aber hatte die Flucht ergriffen, nachdem er zu seinem Schrecken erfuhr, daß die Mutter allen Ernstes seinen Spaß zur Wirklichkeit machte. Er war plötzlich fort, aber das machte seiner Mutter nichts aus, wußte sie doch, daß er jetzt zur Zeit der Rosenernte bald wiederkommen mußte, ob er mochte oder nicht, und so lange würde sie eben mit der Ausführung ihres Planes warten, zumal alles nun so gut vorbereitet war, daß es nur einiger Botengänge bedurfte, um die Mädchen zusammenzurufen in den Hof des Haremlik.
Von all diesen Dingen erfuhr Gülilah nichts. Sie verträumte die Zeit in ihrem duftenden Gefängnis des Rosenstrauches und war glücklich in der zärtlichen Obhut der Sklavinnen. Wohl aber wußte Rukiya, die alte Amme, um alles, was geschehen sollte, und sie sprach mit den älteren Sklavinnen davon, wie es doch unmöglich sei, daß der toten Herrin Tochter in diesem Hause, wo sich niemand an ihr Dasein erinnerte außer der Dienerschaft, ihr Leben in einem Rosenstrauche verbringe. »Eines Tages«, sagte Rukiya, »wird sich diese neue, harte Herrin darauf besinnen, daß eine Tochter ihres Gemahls vorhanden ist, und dann wird für unsere Gülilah eine schwere Zeit kommen. Jetzt aber, jetzt wäre etwas zu tun geraten! Von süßem Duft reden sie, und daß der Bey sie gleich Rosen am Duft kosten wolle. Wißt ihr nicht, meine Schwestern, wie süß Gülilah stets duftet, wenn sie aus dem Rosenstrauch kommt und ausschaut zudem gleich einer Rose, da an ihren grauen Schleiern die Rosenblätter haften? Nun also, so muß etwas getan werden. Denkt ihr nicht auch so?«
Sie dachten alle so, und am nächsten Tage begab sich Rukiya

zu ihrer Schwester, die, eine befreite Sklavin, als ehrsame Ehefrau eines Schreiners am gleichen Orte lebte. Rukiya hatte erst vor wenigen Tagen den Besuch dieser Schwester gehabt, und die stolze Mutter hatte berichtet, daß ihr Sohn Mehmed nun endlich soweit sei und sich in des Vaters Werkstatt eine Sänfte gebaut habe; als Sänftenträger wolle er nun zusammen mit seinem Freunde Sami sich den Lebensunterhalt erwerben. Um dieser Sänfte willen trat Rukiya den Weg zur Schwester an, und eine lange geheimnisvolle Unterhaltung der beiden Frauen begann. Sie hatten vielmals leise zu lachen, und als vollends der junge Mehmed noch hinzugezogen wurde, nahm die Heiterkeit kein Ende. »Ich gebe rechtzeitig Nachricht«, versicherte der Jüngling und schwur nochmals, sich genau an die gegebenen Vorschriften zu halten. Zufrieden trat Rukiya den Heimweg an und sagte sich, es sei zwar gewiß gut, dem Kismet alles zu überlassen, aber ein weniges durfte man auch helfend dabei eingreifen, ohne die Ehrfurcht vor der gegebenen Bestimmung zu verletzen . . . war es nicht so? Und wer außer ihr dachte sonst an Wohl und Wehe der lieblichen Gülilah? Wem, wenn nicht ihr, hatte die sterbende Mutter das Kind anvertraut?
Schützender Rosenstrauch war wohl gut und schön, aber nicht einzige Bestimmung eines jungen Weibes!
Endlich kam der ereignisreiche Tag. Der Rosenbey war am Abend vorher wieder einmal aus Ispahan zurückgekehrt, und als er ehrfurchtsvoll die Mutter begrüßt hatte, sagte diese kluge Frau, sorgfältig das Gefühl des Triumphes verbergend, das sie durchströmte: »Mein Sohn, deine Heimkehr sei dieses Mal ganz besonders glücklich, ist doch morgen der Tag, an welchem du endlich meinen heißen Wunsch erfüllen wirst und dein Eheweib erwählen.« Der Bey starrte seine Mutter völlig aus der Fassung geraten an und stammelte verwirrt: »Was werde ich . . . was?« »Dir diejenige erwählen, die dir am lieblichsten duftet, mein Sohn, wie du mir versprochen hast. Es ist alles vorbereitet, und als ich Nachricht erhielt, die Vorhut deiner Karawane nähere sich, habe ich sogleich Botschaften ausgesandt, daß, wie es besprochen wurde, die Mädchen in der Morgenstunde sich hier im Hof des Haremliks versammeln. Es sind sechzehn an der Zahl.« Das wurde alles ruhig und sicher vorgebracht, und es schien, als bemerke die Mutter überhaupt nicht das fassungslose Staunen ihres Sohnes. »Du hast, ehrwürdige Mutter . . . du hast das wirklich ernst genommen? Du glaubst, ich werde herumgehen und an sechzehn verschleierten Mädchen riechen, um mir die auszusuchen, die

die kostspieligsten Duftstoffe über sich ausgoß? Aman, meine Mutter, wie ist so etwas möglich?«
Der Bey sank auf dem Kissen, auf dem er zu Füßen seiner Mutter hockte, in sich zusammen und bot das Bild völliger Hilflosigkeit. Die Mutter sah mit dem Ausdruck großer Zufriedenheit auf den Sohn herab, der sich selbst die Schlinge geknüpft hatte, und bemerkte trocken: »Was ein Mann verspricht, das hält er, so er sich nicht vor seinem eigenen Spiegelbild schämen will.« Nichts konnte darauf der beklagenswerte Omer sagen, denn hatte sie nicht recht, diese kluge Mutter? Er ging gesenkten Hauptes in sein Selamlik hinüber, wo er sich mit dieser unmöglichen Lage in Gedanken zu befassen gedachte. Aber dazu wurde ihm keine Zeit gelassen; denn schon hatten auch seine Freunde von seiner Rückkehr gehört, und sie brannten darauf, ihm alles zu erzählen, was sich inzwischen um dieses geplante Mädchenberiechen herum abgespielt hatte. So empfingen sie ihn als Held und wunderbaren Ersinner eines unvergleichlichen Schauspieles, denn sie gedachten alle, am morgigen Tage von den Fenstern seiner Gemächer aus zuzuschauen, während er unten im Hofe des Harems an sechzehn verschleierten Mädchen entlang ging und jede beroch. O herrlich, in Wahrheit unübertrefflich! Angesichts solcher Lobpreisungen blieb dem in seiner eigenen Schlinge gefangenen Omer Bey nichts anderes mehr übrig, als gute Miene zum eigenen erdachten bösen Spiel zu machen und so zu tun, als erheitere auch ihn die künftige Beriecherei ganz übermäßig.
Von der Nacht, die nun anbrach, ist dieses zu sagen, daß die sechzehn Mädchen kein Auge zutaten und der eine Mann auch nicht. Ebenso schlaflos blieb auch Rukiya, die Listenreiche, während Gülilah den tiefen Schlummer wohlbehüteter Jugend schlief.
Seinem Versprechen gemäß erschien Mehmed, der Neffe Rukiyas, schon beim Morgengrauen und berichtete, daß alles sich auf das Ereignis vorbereite. Eine Stunde vor dem Mittagsschuß würden die bewußten sechzehn Mädchen sich im Hofe des Harems einfinden. »Gut, gut«, sagte aufgeregt Rukiya, »dann sei rechtzeitig mit deiner Sänfte hier und achte nur darauf, daß du schnell, sehr schnell wieder zurückkommst, wie ich es dir befahl.« Etwas gelangweilt von den wiederholten Ermahnungen, erklärte Mehmed, weder er selbst noch auch Sami seien des Verstandes beraubt wie kleine Kinder, und was ihm wichtiger erscheine als viele Worte, wäre der in Aussicht gestellte Lohn; wann solle der gezahlt

werden? Jetzt oder nach der Rückkehr? Zu langem Gerede hatte Rukiya keine Zeit mehr, war auch viel zu erregt dafür, und so bekam der freche Junge die Hälfte sogleich, worauf er zufrieden seiner Wege ging.

Jetzt mußte Rukiya noch an das schwere Werk gehen, die ahnungslose Gülilah in ihr feines Maschengewebe einzuwickeln. Ihre Aufregung stieg, als sie sich gegen die dritte Vormittagsstunde zum Rosenstrauch begab, in den sich Gülilah wieder verkrochen hatte. »Komm heraus, meine Taube, meine Seele, komm heraus zu mir, denn ich habe dir eine Bitte vorzutragen, komm heraus!« Als schlüpfe sie durch einen Vorhang hindurch, so schob Gülilah die Blätter und Dornen auseinander und fragte leise: »Eine Bitte? Die ich erfüllen kann? Nenne sie, meine Getreue, und schon ist sie erfüllt.« Rukiya begann in ihrer Verlegenheit an den grauen Schleierfalten herumzuzupfen, als müsse sie die kleine Herrin schmücken, und sagte halblaut, weil ihr die Stimme kaum gehorchte: »Es ist dieses, Herz meiner Seele . . . mein Neffe Mehmed, von dem du weißt, hat sich eine Sänfte gebaut, eine schöne, helle, auf die er sehr stolz ist und die er zusammen mit einem Freunde tragen will. Nun wurde sie noch niemals benutzt, und man weiß nicht, ob sie halten wird oder ob der Boden durchbricht. Da wollte ich dich bitten, da du so leicht bist wie ein Vogel, kleine Herrin, ob du mir die Bitte erfülltest, dich von ihm einige Schritte tragen zu lassen? So werden wir wissen, ob ihm sein großes Werk gelang . . . willst du?«

Gülilah lachte und sagte ein wenig erstaunt: »Aber warum so viele Worte machen um ein so kleines Geschehnis, Rukiya, meine Treue? Gewiß werde ich mich in die schöne helle Sänfte setzen. Dieser Mehmed wird mich nicht weit tragen, denke ich?« Mit sehr schlechtem Gewissen versicherte Rukiya, man werde nur um die Mauer des Besitzes herumgehen, ein einziges Mal nur . . . und zog Gülilah mit sich fort, stand doch die Sonne schon bald in der Himmelshöhe und der Schuß, der die Mittagsstunde ankündigte, mußte bald fallen. Kam er rechtzeitig, dieser freche Mehmed, oder betrog er sie alle? Aber nein, da war er schon, und vor der schmalen Pforte, die den Eingang zu den Sklavenräumen bildete, sah man die schöne helle Sänfte stehen, bewacht von Sami. Mehmed trat seiner Tante entgegen und erklärte keck, daß er da wäre, wie verabredet, dann aber bewies er seine Eignung zum künftigen Geschäftsmann, indem er in höflichster Dankbarkeit der jungen Herrin Gülilah versicherte, welch großen Dienst sie ihm leiste. Die grauen Schleier wurden vor das junge Gesicht

gezogen, und darunter hervor lachte Gülilah leise, sagte, sie freue sich auf das kleine Abenteuer. Ihr fiel es nicht weiter auf, daß Rukiya ein banges »Güleh . . . güleh . . .« murmelte, und wenn sie hingehört hätte, würde sie vermeint haben, ihren eigenen Namen zu hören, nicht aber den Wunsch, es möge alles lachend mit Lachen sich vollenden.
Schon fühlte sie das rhythmische Schweben, das vom gleichmäßigen Schreiten der zwei Sänftenträger verursacht wird, und lehnte sich zufrieden in die weichen hellen Seidenpolster zurück. Die Vorhänge an den Fenstern der Sänfte waren geschlossen, und Gülilah sah nicht hinaus, denn sie vermeinte, an der Mauer des heimatlichen Besitzes entlang getragen zu werden, und an der war nichts zu sehen. Die Geräusche vieler Stimmen störten sie weder, noch wollte dieses Kind der Einsamkeit wissen, was sie hervorrief. So zog geheimnisvoll und verhüllt die kleine schöne helle Sänfte ihres Schicksalsweges dahin.
Unterdessen hatten sich die sechzehn wohlriechenden Mädchen im Hof des Frauenhauses von Omer Beys Besitz eingefunden und standen in der Mittagssonne, von ihren Schleiern dicht verhüllt wie in einem selbstgeschaffenen Badedunst reglos und erwartungsvoll dort. Droben, an den geschlossenen Fenstern des Selamliks, der Wohnung des Hausherrn, standen, durch Vorhangsspalten spähend, die Freunde und Gefährten Omers und wollten sich vor Lachen ausschütten. »Das ist der köstlichste Anblick, den wir je genießen werden«, rief Faik, Omers nächster Freund, »und wir sind dir so sehr dankbar dafür, Freund! Wann aber willst du nun endlich hinuntergehen und an ihnen entlang riechen? Diese Schaustellung zu erleben, ist fast das Geschenk einer jungen Stute wert!« Omer aber hielt sich im Hintergrunde, wollte nicht hinunterschauen, schämte sich der ganzen Veranstaltung und wußte doch, es blieb ihm schließlich nichts anderes übrig, als wirklich duftatmend an der Mädchenaufstellung entlangzugehen.
Als jetzt einer der Diener kam und meldete, die Herrin habe soeben sagen lassen, der Bey Effendi möge sich beeilen, da die Mädchen in der Hitze ohnmächtig zu werden drohten, entschloß sich Omer, der Sache ein Ende zu bereiten, und ging eilends davon. Er betrat den Hof des Harems durch die schmale und niedere Tür, die in einem Winkel des großen Vierecks fast verstohlen angebracht war, und konnte von hier aus genau vor sich zum Eingang des weiten Hofraumes hinüberblicken. Er sah an der Reihe verschleierter Frauen, von

denen ein nahezu betäubender Duft aufstieg, vorbei und beobachtete eine kleine helle Sänfte, die soeben am Hofeingang abgestellt wurde. Ein Eunuch, der wohl annahm, eines der erwarteten Mädchen habe sich verspätet und werde soeben noch herbeigebracht, ging langsam wiegenden Schrittes auf die Sänfte zu, um die Nachzüglerin zu empfangen. Omer sah im gleichen Augenblick, wie eine Hand den Vorhang zur Seite schob und graue Schleier wehten. Er hörte eine leise Stimme fragen: »Warum halten wir?« und gleich danach öffnete sich die Tür der Sänfte, und ein schmaler Fuß in grauem Seidenschuh schob sich vorwärts.
In diesem Augenblick erhob sich von irgendwoher ein leichter Windstoß und von ihm getragen, schwebte zu Omer Bey ein Rosenduft von solcher Süße heran, daß er den Atem scharf einzog. Drei schnelle Schritte brachten ihn zu der Sänfte hin, doch ehe er sie erreichte, erklang ein leiser erschreckter Ruf, die Tür wurde hastig zugezogen, und die Sänfte war schon gehoben und schwebte fort, ehe Omer noch etwas tun konnte, um sie anzuhalten. Auch vergaß er es, rechtzeitig den Befehl zu geben, überhörte sogar das fragende Flüstern des Eunuchen neben sich, denn dort, wo die Sänfte gestanden hatte, lag eine Rose, die wohl dem jungen Wesen in den grauen Schleiern entfallen war, als sie sich so hastig ins Innere der Sänfte zurückflüchtete . . . eine Rose, wie dieser Rosenkenner sie noch niemals gesehen hatte. Omer, der Rosenbey, vergaß alles um sich herum, stand und hielt die fremde Rose in der Hand und sog ihren Duft ein; beide Hände hatte er zu einer Höhlung geformt, und darin ruhte die Rose. Er ging wie ein Träumender den Weg zurück, den er gekommen war, hin zu der kleinen Tür im Winkel des Hofes, vorbei an den sechzehn duftenden Mädchen, die er nicht sah, vorbei an dem ängstlich fragenden Eunuchen, den er nicht hörte, hinauf in seine Räume, dort vorbei an den entrüstet fragenden Freunden, hin zu seinem Schlafgemach, in dessen kühler Dämmerung er sich auf sein Lager streckte, die becherförmig geformten Hände vor dem Gesicht, mit tiefen langsamen Atemzügen den Duft der fremden Rose einatmend. Und so blieb er. Der Tag verging, die Nacht kam, er rührte sich nicht. Sein Diener stellte Becher auf Becher des mit Bergschnee gekühlten Wassers neben ihn, auch eine Schale mit Trauben, und das war alles, was Omer in drei Tagen und drei Nächten zu sich nahm, während deren er sich nicht von der Stelle rührte. Die Rose aber, die fremde Rose in seinen Händen, sie verwelkte nicht! Tief beängstigt stand oftmals seine Mutter neben ihm, blickte

auf diesen Träumer nieder, verließ ihn schweigend wieder. Was sollte sie tun? Sie hatte anfangs zu ihm gesprochen, hatte ihren Ärger an ihm auslassen wollen, der sie in eine so schmähliche Lage gebracht hatte und sechzehn Mütter zu ihren Feindinnen gemacht . . . doch bald begann sie zu begreifen, daß hier ein besonderes Kismet gewaltet haben mußte, war doch diese Rose, die niemals welkte, ein deutliches Zeichen, daß hinter all diesem ein Ifrit oder eine mächtige Peri stand. Welcher sterbliche Mensch aber vermochte gegen solche Gewalten etwas?

Und dennoch schien es einen sterblichen Menschen zu geben, der gegen alles dieses etwas vermochte, und der hieß Rukiya. Die Getreue war über das so mächtig starke Gelingen ihres verschlagenen Planes selbst erschrocken. Als Gülilah ganz aufgeregt zurückgekommen war, von den zwei keuchenden jungen Sänftenträgern im Laufschritt herangebracht, sich in die Arme der Dienerin warf und atemlos berichtete von einem jungen Padischah, der auf sie zugekommen sei - einem, der dem Licht der Sonne gleiche und dem sanften Strahl des Mondes zugleich - da war es der Getreuen doch sehr bange ums Herz geworden. »Aman, aman«, klagte sie vor sich hin, »wer bin ich, daß ich es mir herausnahm, mit dem Kismet zu spielen? Was soll nun werden und wie wird alles enden?« Sie war schon drauf und dran, sich dem gestrengen Handelsherrn anzuvertrauen, als dieser ihr den Entschluß zunichte machte, da er am dritten Tage nach dem großen, von ihm nicht geahnten Ereignis zu einer langen Reise aufbrach, auf die er seine neue Frau mitnahm. So waren sie wieder allein im Sklavenhause und hatten nur die junge Gülilah zu bedienen und zu verwöhnen. Die aber war jetzt ganz in Träume versponnen, war kaum noch für die Nacht aus dem Rosenstrauch herauszulocken und verstrickte durch ihr Verhalten die getreue Rukiya immer tiefer in Sorgen und Ängste. Als die Alte nun vollends vernahm, wie es mit dem Rosenbey seit jenem schicksalsreichen Tage so seltsam stünde, daß er nicht lebe, nur noch träume, da faßte sie ihren Entschluß.

Sie machte sich auf zum Hause Omer Beys und ließ dort bitten, sie zu der Mutter des Herrn zu bringen, da sie dem Bey Heilung versprechen könne. Diese Worte wirkten wie ein Zauberschlüssel, und schon stand Rukiya vor Omers Mutter. »Bringe mich zu ihm, Herrin«, sagte sie, »denn ich weiß, woher jene Rose kam, und kann ihn zum Strauche bringen, daran sie wuchs. So wird er geheilt sein, Inschallah.« Die Mutter Omer Beys fragte nichts und zögerte auch nicht; sie packte

Rukiya am Arm, sah sie strahlend an und sagte: »Komm mit mir, meine Schwester, dich sandte ein guter Geist« und zog sie mit sich fort durch die weiten Gänge des großen Hauses bis zum Eingang des Selamlik, das sie als Mutter des Hausherrn betreten durfte. Dem Diener am Vorhang der Eingangstür flüsterte sie zu: »Laß uns durch, Sami, wir bringen dem Herrn Heilung«, worauf er schweigend zur Seite trat. Die Mutter ging lautlos und eilig durch die hohen stillen Räume, schlug einen Vorhang zurück und wies stumm auf das Lager, darauf die reglose Gestalt des Sohnes ruhte. »Er hält die Rose in den gehöhlten Händen, siehst du es, Schwester? Die Blume blieb frisch wie am Tage, da er sie fand. Geh hin, sprich zu ihm, rufe ihn an!« Rukiya nickte, tat einige schnelle Schritte und sagte eindringlich leise, sich tief zu dem Liegenden herabbeugend, so daß ihre Schleier ihn streiften: »Herr, willst du den Strauch finden, an dem die Rose in deinen Händen wuchs, so komme mit mir.«
Kaum waren die Worte verhallt, als der Bey auch schon aufrecht vor Rukiya stand; er packte sie am Arm, sagte heiser und leise: »Bringe mich hin, schnell . . . und wehe dir, wenn du mich betrogst.« »So komme, Herr. Willst du zu Fuß gehen? Es ist nicht weit.« »Ja, ja, gehen wir, gehen wir. Sieh nur, wie schön sie ist, meine Rose, und . . . ach, wie sie duftet!«
Rukiya war eine sehr ruhig und einfach denkende Frau, und sie merkte, daß sie diesen gänzlich verstörten Träumer wie ein Kind behandeln mußte, wollte sie ihr Ziel erreichen. So packte sie ihn am Arm, machte der Mutter und Hausherrin ein Zeichen, das diese auch sogleich verstand, denn sie ging voran, den Weg zum Ausgang weisend. Omer Bey schritt fast taumelnd neben Rukiya her, hatten ihn die drei Tage und Nächte doch beträchtlich geschwächt. Sie zog ihn mit sich durch schmale dämmerige Straßen und erreichte in Kürze die Umfassungsmauer des großen Besitzes, in dem Gülilah daheim war.
Der Bey fragte nichts, sah sich auch nicht um, taumelte nur wie im Traum befangen dahin. Ohne sich dem Hause zu nähern, trat Rukiya durch das hohe in der Mauer befindliche Tor ein und führte Omer an den weiten Gärten entlang in den waldgleichen Teil, darin sich der geheimnisvolle Rosenstrauch befand. Sie wußte in Wahrheit nicht, ob sie es vermochte, die Ereignisse weiter zu beherrschen, ob sie Gülilah etwas berichten sollte von der Anwesenheit des sonnengleichen Mannes, und es war ihr bei allem recht ängstlich zu Sinne. Als sie nun bei dem Rosenstrauche anlangten, sah sie

erschreckt, daß er alle Dornen nach außen gestreckt hatte. So war Gülilah darin? Was tun . . . ach, was tun?
Aber eben an diesem Punkte bewies das Kismet, daß es dennoch immer das Führende bleibt und sich der menschlichen Hilfe nur ganz nebenbei bedient, denn der Bey hob den gesenkten Kopf, sah sich um, holte tief Atem, sagte leise und voll Beglückung: »Der Duft! In Wahrheit der Duft meiner Rose! Oh, sei bedankt, du glückselige Botin! Aber warum hat er alle Dornen nach außen, dieser geliebte Strauch? Verbirgt er sie, die gleich seinen Rosen duftet?« Leise und sacht strich der Bey mit seinen immer noch gehöhlten Händen an den Dornen des Rosenstrauches entlang. Da - Rukiya erschrak heftig - erklang aus dem Strauch die weiche Stimme Gülilahs; sie sagte: »Bist du es, mein Bey, mein Herr und Gebieter? Bist du es? Sprich!« Omer Bey drückte die Hände fest gegen die Brust und sagte leise, wie ein Hauch: »Ich bin es, o Rosengleiche! Ich kam, um an deinem Dufte zu genesen und zu neuem Leben zu erwachen. Warum aber verbirgst du dich vor mir? Darf ich nicht deine taubengrauen Schleier mit den Fingern streifen, zart und ehrfürchtig, wie man geweihte Talismane berührt, o Rosengleiche?«
Da klang ein helles junges Lachen aus dem Rosenstrauch hervor, und Gülilah sagte heiter: »Du darfst es nicht, Herr! Und ich verberge mich, weil mir so meine Mutter zu tun befahl. Sie schloß mich hier ein und befahl mir so zu sprechen: wenn er jetzt kommt, der vom Duft deiner Rose träumt, dann sage ihm dieses: Der Strauch wird sich öffnen, wenn du ihn ausgegraben hast, tief und lange gegraben hast, vierzig Tage lang; in der gleichen Zeit sollst du auf deinem eigenen Grund ein Loch graben lassen, das ebenso tief sei wie dieses, das du um meinen Strauch ziehen lässest; dann bringe den Strauch hin zu deinem Grund und Boden, senke ihn dort in dein Erdreich, und der Strauch wird sich öffnen, dir die zu zeigen, die dir bestimmt ist. Vorher aber wirst du sie nicht erblicken. So, o Herr, gab mir meine Mutter auf, zu dir zu sprechen.« Gülilah schwieg; Rukiya hatte sich ganz im Hintergrund verborgen, den Schleier noch fester um sich gezogen, und ihr Herz schlug schwer und hart vor Bangen. Was, o was hatte sie da angerührt?
Der Bey aber schien nicht erschreckt; er ließ sich vor dem Strauch nieder, auf den Absätzen hockend, und fragte: »Ist deine Mutter bei dir dort drin, Rosengleiche?« »Nein, Gebieter, sie starb und ließ mir diesen Strauch als Trost zurück, und bin ich in ihm, höre ich ihre Stimme. Bisher konnte ich aus und

ein, wann immer ich wollte, nun aber . . . vierzig Tage sind eine lange Zeit. Und wirst du graben lassen wollen, o mein Bey?« Omer lachte leise, sagte schnell: »Wenn du mir eine deiner Wunderrosen zuwerfen kannst, so wird sie mich über die vierzig Tage fort trösten, und ich werde sogleich den Befehl geben, daß mit dem Graben begonnen wird. Bekomme ich die Rose?« »Da ist sie, o mein Bey«, sagte die weiche Stimme, und ein winziger Spalt zeigte sich in den Dornen, zwei zarte Finger warfen eine Rose hindurch; ehe aber der Bey die Finger erfassen konnte, schloß sich der Spalt wieder, doch er hielt eine Rose in Händen, genau derjenigen gleich, die ihm solange ihren Duft geschenkt hatte und ihm frisch geblieben war. Kaum aber legte er die frische Rose neben die erste, die er noch hielt, als diese in duftenden Staub zerfiel. Der Bey wischte den Staub der ersten Träume von seinen Fingern, sprang auf, barg die zweite Rose in seinem Gewand, sagte heiter und eifrig: »Ich gehe, o Rosengleiche, und bringe schon jetzt Arbeiter herbei. Immer werde ich hier sein, mit dir reden, mit dir scherzen, und jeden Tag sollst du mir eine neue Rose geben. Willst du es so, du Liebliche?« »Ich will es, Herr«, sagte die junge weiche Stimme, und als der Bey davoneilte, wollte es ihm scheinen, er habe Flügel an den Füßen, so wie es von den Ifrits berichtet wird.

Und so, wie es geplant war, so geschah es. Jeden Tag und den ganzen Tag saß der Rosenbey vor dem Rosenstrauch, der seine Gefangene nicht freigab, und sie redeten, sie scherzten, sie glaubten sich sehen zu können. In Verborgenheit bei den Bäumen stand Rukiya, die auch immer wieder ihren Liebling fragte, ob nicht Hunger, nicht Durst sie plage? »Für den Durst genügt der Tau, o Rukiya, für den Hunger aber der Duft der Rosen . . . es ist, als sättige er mich gleich einer köstlichen Speise.« Vierzig Tage, vierzig Nächte. Der Mann draußen vor dem dornigen Strauch, das Mädchen drinnen zwischen lauter Rosen, die Arbeiter im weiten Umkreise grabend, immer tiefer grabend, denn keine noch so zarte Wurzel durfte verletzt werden. Und ebenso andere Arbeiter im Grund und Boden des Rosenbey grabend nach gleicher Art. Die Tore blieben geschlossen, aber viel Volks stand draußen vor den Mauern, schweigend das Wunder dort drinnen bewachend. Und die Mutter des Bey richtete die Gemächer her für die, die als des Sohnes Braut einziehen sollte.

Von all diesem wußte nur einer nichts, der Handelsherr, der Vater der Gülilah, und erfuhr auch niemals etwas davon, denn auf diesem Zuge ward er das Opfer räuberischer Scharen, und nur ein Diener konnte entkommen und die schlimme Nachricht bringen, auch, daß des Gebieters neues Weib von den Räubern mitgeschleppt worden sei. So gab es niemanden, der Ja oder Nein zu sagen gehabt hätte, als am vierzigsten Tage die Grube um den Rosenstrauch ausgeschachtet war. Der sorgfältig dafür gebaute große und breite Wagen, gezogen von starken Maultieren, stand bereit, und mühsam, unter vielem Rufen und angstvollen Beschwörungen des Beys, man möge den Strauch nicht erschüttern, wurde er endlich aufgeladen, und die hohen Tore ihres Heimathauses öffneten sich, um Gülilah, die Gefangene des Rosenstrauches, hindurchzulassen. Der Rosenbey ging nebenher, sprach zu ihr, stellte besorgte Fragen, wenn auf der unebenen Straße der Wagen stieß; sie aber lachte nur, denn sie zitterte vor Freude und Erwartung. Wenn sie es auch nicht zugestand - welches Mädchen hätte solches jemals zugestanden? - sie hatte ihn, den sie sonnengleich nannte, jeden Tag einmal gesehen. Wenn sie ihm die tägliche Rose durch den feinen Spalt reichte, dann spähte ihr dunkles Auge aus der winzigen Öffnung und erlabte sich am Anblick dessen, der für sie Schicksal, Glück und Liebe bedeutete. Er aber? Er hatte sie noch niemals gesehen. Und wenn es auch die Sitte so erfordert, daß der Bräutigam die ihm Bestimmte erst erblickt, wenn sie ihm schon ehelich angetraut ist, hier hatte es etwas gegeben, das sonst niemals vorkam: sie hatten vierzig Tage lang miteinander gesprochen, sich alles Sehnen und Denken anvertraut und kannten sich, soweit sich Mann und Frau jemals kennen können.

War sie so schön, so lieblich, wie der Rosenduft, der sie umgab, es ihm vorspiegelte? O Ungeduld, o Sehnen! Hätte er doch wieder wie damals Flügel des Ifrits an den Füßen, und schwebte doch der schwere Wagen mit seiner großen Last auf Wolken! So dachte Omer auf dem ihm endlos erscheinenden Wege zu seinem weiten Besitz. Endlich nun . . . endlich! Da erblickte er schon eine Menschenmenge, vernahm das Rufen seiner Freunde, schritt ihm feierlich und freudig der Imam entgegen, der, kaum daß sich der Strauch öffnete, ihm die Rosengleiche verbinden sollte. Nahe der großen weiten Grube sah er die tief verschleierte Mutter stehen, denn sie wollte die neue Tochter sogleich in ihre Obhut nehmen; neben der Mutter Omers stand mit klopfendem Herzen die treue Rukiya. Jetzt dann . . . jetzt war es soweit! Der Wagen war derart gebaut worden, daß seine eine Seite sich kippen ließ. »Langsam, nur jetzt langsam!« beschwor der Bey seine Arbeiter. »Sei ohne Sorge«, rief die lachende Stimme aus dem Rosenstrauch, »ich halte mich fest, lasse sie nur tun!« »Maschallah!« riefen die, die zum ersten Male diese Stimme aus der Rose hörten und sich des Wunderns nicht genug tun konnten. Und jetzt, jetzt eben berührte die Erde des Rosenstrauches die Erde von des Beys Heimatgrund, jetzt eben sank der Strauch tiefer ein, sank, war am großen Erdblock im Grunde der Grube angelangt. Kaum aber war das geschehen, als, ohne daß eine Hand sich rührte, die beiden Erdflächen sich aneinanderschlossen, und zugleich öffnete sich, wie ein Vorhang sich auftut, der Strauch.

Da stand sie, Gülilah, die Rosengleiche. Hinter ihr Rosen, ihr zu Seiten Rosen und dazwischen die schlanke junge Gestalt, in ihre grauen Schleier gehüllt, die zwei schmale Hände über der Brust zusammenhielten. An diesen Schleiern aber war nicht ein einziges Teilchen, nicht ein Fältchen, das nicht ein Rosenblatt hielt, und so sah sie aus, als sei sie in Rosen gekleidet und von einer Wolke umschwebt. Schweigen grüßte diesen wundersamen Anblick, den niemand vergaß, dem er zuteil geworden war. Der Bey stand wie versteint, denn er glaubte, sein Herz müsse ihm zu den Lippen herausspringen, so wild tobte es in ihm. Dieses Wunder sein eigen? Diese Schönheit sein? In das Schweigen erhob sich langsam wie singend die tiefe Stimme des Imam, sprach, fragte, sprach wieder und sagte dann endlich: »Nimm, mein Sohn Omer, dieses dein Weib Gülilah und sorge, daß kein Auge außer dem deinen ihre Rosenschöne betrachte.« Da rührte sich Gülilah; sie streckte die Hände aus, und sogleich war Omer bei ihr, hob die schmale Gestalt aus dem Rosengehäuse, hüllte seinen weiten Mantel um sie und trug sie mit federnden Schritten in sein Haus.

Schweigen herrschte noch immer, da erhob der Imam nochmals seine Stimme und sagte im singenden Tonfall, wie Bedeutsames vorgesprochen wird: »Wessen Geist auch immer dieses Wunder wirkte, wie gut, wie klug, wie groß war sein Gedanke! Die geheiligten vierzig Tage lang war die Braut verborgen, von Dornen umgeben, doch in Rosen eingehüllt, und erst als die Erde ihrer Heimat sich mit der Heimaterde des Gatten vermählte, wurde sie frei aus ihrer Gefangenschaft. Preisen wir die Weisheit des großen Geistes, die uns solches erleben ließ, ein Gleichnis höchster Klugheit, voll Bedeutung für Mann wie Weib. El hamd üllülah . . .« Die herumstanden wiederholten leise murmelnd das »El hamd üllülah«, und dann zerstreuten sie sich, wie wenn sie auf die Feier einer Hoch-

zeit verzichteten, da sie schon mehr als eine Feier erlebt hatten. Rukiya aber, die Treue, der dieser Tag die Freiheit gebracht hatte und die Gebieterin über die Sklavinnen der jungen Herrin wurde, sprach an diesem Abend zu ihren Untergebenen, den dienenden jungen Frauen und Mädchen . . . sie sagte: »Hört mich, ihr, die ihr auch an Männerliebe denkt, hört, was ich euch sage! Dieses, was hier geschah, wird fortleben noch für Ungeborene, wird ein Beispiel sein für die Liebe und ihre Wunder. Und wenn auch viele Zweifler sagen werden, es sei alles nur eine Sage, ein Märchen . . . laßt sie! Wir wissen um die Wahrheit und die Wirklichkeit, und jede Rose, die aus unsrem Tal ihren Duft entsendet, wird bis in fernste Zeiten künden von Omer und Gülilah. El hamd üllülah . . .«
Und so war es, so ward es, so blieb es.

Enti gelingt es bis zum Abend nicht, Sidis Isolation zu durchbrechen oder Brücken zu ihr zu schlagen, nicht durch das Märchen, nicht durch den Gesang der Knaben, die beim Mondaufgang in den Garten kommen. Sidi scheint unangreifbar, bietet keine schwache Stelle, in die man hätte eine Bresche schlagen können, wünscht nichts, tadelt nichts, fragt nichts.

Enti hat keine Zeit mehr zu verlieren.

Am nächsten Morgen greift sie an: sie legt sich zu Sidi, schmiegt sich an sie, beginnt sie zärtlich zu streicheln. Nach altem Haremsbrauch beginnt sie bei den Füßen, sucht sie zu lähmen mit sanfter Gewalt, küßt sie, gibt sich diesen Füßen hin, breitet den Samt ihrer Haut über Sidis Beine aus, tastet hinauf zu ihrem Leib -
Sidi stößt sie zurück, springt auf. Ja, jetzt braucht sie ihre Worte. Sie herrscht das Wesen an, das nicht verdient, ein Mensch zu sein, das eine Knechtin ist, eine gekaufte Kreatur, dem Manne hörig!
Enti steht ungerührt, drängt sie zum Bett zurück. Bis Sidi sie an den Schultern packt und schüttelt, schreit, daß die Diener kommen, Frühstück verlangt und eine Peitsche.
»Das ist der Angriff, mein Du, fürchte dich nicht!« signalisiere ich entschlossen, als die »Strings« aufglimmt.
»Leiste weiter Widerstand, laß sie nicht an dich heran. Du hast sie geschüttelt, nun schüttle sie ab. Sie hat Angst vor Schlä-

gen, sie zittert um ihre Haut. Die Peitsche vor Augen, wird sie dich nicht angreifen. Am Widerstand entsteht Bewußtsein: für sie heißt das nichts weiter als Angst vor Züchtigung, vor Folter, vor dem Tod durch Ersäufen oder Erdrosseln. Sie kennt nur Angst. Aber sie fürchtet für ihre vielgepriesene Haut. Weise sie zurück, schreie sie an, du bist stärker als sie, weil du reiner bist. Niemand wird dir dort helfen, aber Hilfe naht von anderswo her. Ich sehe es noch nicht genau, aber ich vertraue.«

Sidi sitzt viele Stunden am künstlichen Wasserfall zwischen hohem Bambus und prächtigen Orchideen, die Peitsche auf den Knien. Ihre Wärterin spricht unentwegt auf sie ein, wagt sich aber nicht an sie heran. Die spröde Stimme fällt peinigend auf sie herab, Wassertropfen gleich, die immer auf derselben Körperstelle aufschlagen. Sie versucht die Ohren zu schließen, sich unempfindlich zu machen für das Geräusch der Worte. Manchmal prallen Sätze an ihr ab und auf die Sprecherin zurück, die zusammenzuckt, sich jedoch nicht aus der Fassung bringen läßt.

Sidi sieht diesen ebenmäßigen Körper, dieses unbewegte Gesicht, diesen flachen, feuchten Blick mit zunehmendem Abscheu. Sie ertappt sich bei dem Wunsch, zuzuschlagen, läßt die Lederpeitsche mit dem kurzen Stiel und den langen, enggeknoteten Riemen auf ihren Knien jedoch unberührt. Der Tag vergeht. Ein sattsilberner Mond, sich im tiefblauen Nachthimmel in sanftes Gold hüllend, taucht am Horizont auf. Sie hält Zwiesprache mit dem freundlichen Gestirn.

Sie weiß nicht, daß sie mich anschaut. Ich erwidere ihren Blick. Der Zeitfluß stockt. Ich sitze am Stundenglas und zähle die rinnenden Sandkörnchen. Ich fühle meinen Puls kleiner werden, fühle mich mutlos wie nie zuvor. Sie schaut mich an durch den kaum merkbar abnehmenden Mond hindurch in die für sie unauslotbare Tiefe des Universums hinein. Niemand kennt meinen Stern und ich wüßte nicht, wie ihn von ihr aus zu orten.
Das Reich der Werte überzieht das Dort und Hier, macht es gleich. Wir sind unverlierbar vereint und zugleich unüberbrückbar getrennt. Und gefährdet durch die Gefahr, die ihr droht. Ihre Wärterin hat nur noch einen Tag, den Befehl des Herrn auszuführen, sie psychisch zu zermürben. Physisch soll sie unangetastet bleiben, er will sie nehmen, benützen, ver-

nichten. Physisch gehört sie ihm, aber psychisch soll Enti sie brüchig machen.
Enti wird Drogen zu Hilfe nehmen, morgen, am letzten Tag ihrer Macht. Danach wird Timur Husain kommen und sie belohnen oder bestrafen. Schon jetzt bereitet die schlaue Schöne Sidis Zerstörung vor: sie mischt den Saft von Hanf und Mohn zu gleichen Teilen, wird ihn Sidis Speisen zufügen.
Immer noch schaut Sidi mich an, suchend, fragend, zweifelnd. Nie war sie in der Macht eines Mannes, seit man ihrer Mutter Gewalt angetan und sie, das in ihr wachsende Leben, aufgerufen hatte, diese Gewalt in Frage zu stellen, abzulösen durch Menschlichkeit. »Ich bin bei dir, mein Du - nicht auf dem blauen Planeten der werdenden Menschen, sondern bei den gewordenen, die sich weiter entfalten. Ich bin bei dir und will wirken wie du. Fürchte dich nicht!«
Sidi träumt meine Mahnung, am kommenden Tag nichts zu essen und nichts zu trinken. Im Traum sieht sie Früchte und Speisen zu schwarzen Käfern werden, die auf sie zukriechen, in ihre Kleider hinein. Erregt sucht sie das Ungeziefer zu zerdrücken, sieht sich zerfressen von dunklen Schwären, läuft zum Bad, will untertauchen, sieht das Wasser voll von Kraken, Kröten, Quallen, wälzt sich auf dem Rasen und speit schließlich Schleim und Kakerlaken aus, quälend lange.
Sie fährt aus dem Schlaf hoch, findet die vorletzte »Strings«, tastet nach ihrem Feuerzeug, saugt den frischen Duft ein, hört mir zu, während sie Enti ein gleichgültiges Gesicht zeigt und sie mit der Peitsche zurücktreibt, wenn sie sich ihr nähert.
»Nichts essen, nichts trinken, den Raum nicht verlassen, die Peitsche einsetzen, wenn nötig! Du hast dich verschanzt in der Festung des Schweigens, du hast kampflosen Widerstand geleistet und den listigen, lüsternen Angriff abgewehrt. Nun wirst du dich verteidigen, wenn nötig, indem du selbst angreifst.
Deine Wärterin hat nie nach eigenem Willen gehandelt, kennt keine Ehre und kein Erbarmen. Die Feigen sind die Furchtbarsten unter den Gegnern, man muß sie einschüchtern und durch ihre eigene Angst überwinden.
Sei wachsam, laß keinen der Diener aus den Augen, wenn sie um euch sind; verstecke die letzte Zigarette in deinen Haaren, schminke dich gut und benutze Parfum - du sollst unangreifbar elegant sein. Begreifst du?«
Bestürzt sieht Sidi den letzten zartblauen Dunstwölkchen nach, möchte sie festhalten.
Sie kauert sich auf ihr Bett und beginnt zu beten. Betende

darf man nicht stören. Enti redet, singt, tanzt, ruft nach ihr, läßt Mahlzeiten auftragen, bringt ihr zu trinken. Nichts vermag Sidi in ihrer Meditation zu stören.
Ich stütze sie in Gedanken, durchtunnele die Zeitmauer rings um den Planeten Erde, treffe auf den Tag danach, sehe Jennifer im Hubschrauber, erkenne die Piloten der Liga-Zentrale, höre sie vor dem Palast landen - Sidi wird siegen!

Timur Husain, eine Peitsche neben sich auf dem Tisch mit der tiefroten Porphyrplatte, steht vor ihr, als sie am Tag danach in seine Empfangsräume geführt wird.
»Enchanté, Madame Sidonie«, sagt er lächelnd, »so wünsche ich mir eine Frau: ausdauernd, stark, schön. Ich werde Sie zu meiner Gemahlin machen!«
Man bringt Gewänder und Schmuck. Sidi greift in ihre silbrigen Locken, hat die »Strings« in der Rechten, bittet um Feuer. Ein galanter Herrscher reicht es ihr persönlich.
»Spiele das Spiel mit, mein Du. Jennifer braucht noch zehn Minuten. Entwinde dich dem Schleier - wenn er über dir liegt, bist du des Herrschers Eigentum und rechtlos!«
Er will ihr die Zigarette aus dem Mund nehmen. Sie zuckt zurück. Er greift nach der Peitsche und schlägt sie ihr von den Lippen.
»Ça compte cher« sagt sie ruhig.
Sein Spaß an diesem Spiel wächst.
»Combien?« fragt er.
»La couronne«, sagt sie.
Er klatscht in die Hände, flüstert. Man bringt das Diadem aus Smaragden und Brillanten, in Weißgold gefaßt.
»Contente?« fragt er.
»Pas encore«, sagt sie. »J'attends un cadeau plus précieux.«
Er klatscht wieder in die Hände, gibt Befehle. Sidi hält sich kerzengerade, betet inständig.
Man bringt die Taube. Die Taube aus mondhellem Silber, fein ziseliert, mit Saphiraugen und Rubinschnabel, das Federkleid über und über mit Türkisen und Amethysten besetzt.
»Une très belle pièce«, sagt Sidi. »Un travail magnifique. Merci, Monsieur!«
»C'est donc reglé«, sagt er. »Vous acceptez ma proposition?«
»D'abord il faut discuter les lois pour les femmes de votre pays«, sagt Sidi. »Asseyons nous!«

Zu weit gegangen. Er lächelt nicht mehr. Das Spiel ist aus.
Er winkt den Dienern mit den Gewändern. Sidi zählt die Sekunden. Etwas scheint zu fehlen. Sie hört Schritte. Zerschlagenes Glas klirrt, im Vorraum kommt Lärm auf.
Als zwei halbnackte Äthiopier ihr den Schleier überwerfen, dringen Schüsse in den Raum.
Sie duckt sich unter den Tisch mit der Porphyrplatte, reißt den Schleier aus ihren Haaren, kriecht rückwärts.
Jennifer ist da, zieht sie mit sich, als sie durch die hohen Türen ins Freie laufen.
Der Copilot sichert die Flucht. Kaum sind sie im Cockpit, hebt der Hubschrauber ab. Dächer, Säulen, Rosenbüsche bleiben unter ihnen, die Stadt in der Oase, die Oase im Hochland, das Hochland im westlichen Iran.
Sie landen in Teheran, umarmen zum Abschied die beiden Piloten. Sidi und Jennifer nehmen die nächste Maschine nach Paris.

»Ich habe nicht einmal eine Zahnbürste bei mir« klagt Sidi; Jennifer reicht ihr einen Computerausdruck: »Aber Termine für die nächsten zwei Monate!«
»Ja, Arbeit. Und ein Du habe ich«, meint Sidi.
»Ein Du irgendwo im Weltraum. Es hat mich gerettet«, berichtet sie und fährt fort mit der Geschichte der »Strings«, die ihr Jennifer vor einigen Wochen zusteckte.
Jennifer hört aufmerksam zu, bittet um Einzelheiten, kommentiert die Abfolge, will mehr wissen.
»Erinnerst du dich unserer Lehrzeit, Jennifer? Immer dieselbe Mahnung: »Machen Sie sich das klar, meine Damen!«
Jennifer nickt.
»Wie schwer ist es, diese Klarheit zu erlangen! Und doch leben wir erst dann con sciencia, conciente, conscient, conscious, keusch, wenn wir Klarheit gewinnen, Bewußtheit, die wir annehmen und umsetzen können.«
Jennifer nickt, stellt neue Fragen.
Sidi, sehr müde, wiederholt und ergänzt. Halb träumend schon, wie aus weiter Ferne, spricht sie den Satz: »Leben ist unauflösbare Einheit«, wendet sich Jennifer zu und fragt: »Begreifst du?«
Dann lehnt Sidi sich zurück, schließt die Augen, horcht in sich hinein, dankt ihrem Du.

Von NANINE sind bei uns erschienen:

»Geschichten wie Märchen«

handgeschrieben, auf Bütten gedruckt, illustriert von Bruno Epple, Leinen. Die sieben Geschichten im Märchenton handeln vom Maßhalten des Menschen – vom rechten menschlichen Maß.

»Du holder Schwan« Erzählungen

Titelbild von Bruno Epple: Schwan bei Nacht, 1975. In den zwölf Erzählungen geht es um die Veruntreuung der Treue und deren Folgen für Mensch und Gesellschaft.

»Im Tränental« Gedichte

Mit Farbfotografien von Ulrike Schneiders. Buchkassette mit den Erzählungen und Gedichten zum Sonderpreis.

»Wandland« Roman

Es geht nicht nur um die »Verwandung« des einzelnen, sondern auch um die Möglichkeiten seiner Wandlung. Ein symbolträchtiges Buch mit dem Motto: »Der Mensch braucht Zeit, um das zu finden, was immer schon da ist.«